Sur l'auteure

Née en 1962 en Californie, Naomi Hirahara est auteure de romans policiers et ancienne journaliste. Elle est à l'origine de trois séries policières renommées à travers le monde, de romans, de recueils de nouvelles et d'œuvres de non-fiction. Elle a reçu de nombreux prix, dont le prix Edgar-Allan-Poe en 2007.

NAOMI HIRAHARA

MA SŒUR EST MORTE À CHICAGO

Traduit de l'anglais (États-Unis)
par Pascale Haas

10
18

Titre original :
Clark and Division

ISBN 978-2-264-08017-2
Dépôt légal : octobre 2022

À Heather, Jane et Sue Kunitomi Embrey
(1923-2006)

1

Rose a toujours été là, même à l'instant où je suis née. L'accouchement s'était fait par le siège ; la sage-femme, inondée de sa sueur et de celle de ma mère, venait de batailler pendant des heures sans voir que ma sœur, alors âgée de trois ans, s'était faufilée près du lit maculé de sang. D'après cette dame, ma mère hurlait en japonais des choses impossibles à répéter lorsque Rose, la première à entrevoir un bout de moi, a serré d'une main ferme mon pied gluant.

« Ito-*san* ! » La voix de la sage-femme transperça le chaos qui régnait dans la chambre, où mon père entra pour en faire sortir Rose.

Mais aussitôt elle lui échappa, il ne la rattrapa pas tout de suite et, quand enfin il y parvint, il fut incapable de la maîtriser. En moins de quelques minutes, nullement rebutée par le sang sur mon corps qui se tortillait, Rose revint près de moi pour me faire entrer dans son fan-club. Jusqu'à la fin de ses jours, et encore après, mon regard resterait rivé sur elle.

Notre première rencontre devint la légende de la famille Ito, cette façon dont je vis le jour dans notre ville de Tropico, un nom que quasiment plus personne à

Los Angeles ne connaît aujourd'hui. Pendant un temps, je n'ai pas eu le souvenir d'un moment où j'aurais été séparée de Rose. Nous dormions enroulées comme deux punaises sur le même matelas tout fin, un *pachanko* aussi plat qu'une crêpe, mais ça ne nous dérangeait pas. À cette époque, nos colonnes vertébrales étaient pleines de souplesse. Nous aurions pu dormir sur une couverture dans le jardin, comme on le faisait parfois durant les chauds étés indiens de Californie du Sud, notre chiot, Rusty, couché au bout de nos pieds nus.

Tropico était la ville où mon père et d'autres Japonais étaient venus labourer la terre alluviale pour y cultiver des plants de fraises. Ils étaient les *issei*, la première génération, les pionniers, et nos géniteurs à nous, les *nisei*. Mon père avait plutôt bien réussi, jusqu'au jour où fut décidée la subdivision des parcelles. Les autres paysans *issei* partirent au sud à Gardena ou au nord vers la San Fernando Valley, mais lui resta là et trouva un emploi dans l'un des marchés en gros de primeurs regroupés au centre de Los Angeles, à seulement quelques kilomètres de chez nous. Tonai's vendait toutes les sortes de légumes et de fruits imaginables : céleri Pascal de Venice ; laitue iceberg de Santa Maria et Guadalupe ; fraises Larson de Gardena ; et melons Hale's Best de l'Imperial Valley.

Ma mère avait émigré de Kagoshima en 1919, quand elle n'avait pas vingt ans, pour épouser mon père. Les deux familles se connaissaient depuis des lustres et, bien qu'elle n'ait pas été une fiancée recommandée de manière officielle, elle n'en était pas loin. Mon père, à qui sa propre mère avait envoyé une photo, aimait bien son visage : sa large et forte mâchoire laissait penser qu'elle serait capable de survivre en Californie. Et son intuition s'était révélée la bonne ; à maints égards, ma mère était plus résistante que mon père.

J'avais cinq ans lorsqu'il fut promu au poste de directeur, ce qui nous permit d'emménager dans une maison plus grande, toujours à Tropico. Comme elle se trouvait tout près de l'arrêt du tramway électrique Red Car, il n'était pas obligé de conduire pour se rendre au travail, mais il prenait en général sa Model A ; attendre un tram n'était pas son genre. Rose et moi continuions à partager une chambre, sauf qu'on avait chacune notre lit, même si, certaines nuits, quand les vents de Santa Ana soufflaient à travers le châssis des fenêtres, je me faufilais dans le sien. « Aki ! » criait-elle en sentant mes pieds glacés contre ses chevilles. Puis elle se retournait et se rendormait tandis que je tremblais dans son lit, effrayée par les ombres des sycomores qui se mouvaient telles des sorcières démentes au clair de lune.

Peut-être parce que ma vie a commencé à son contact, j'avais besoin d'être près d'elle pour me sentir vivante. J'étais son élève appliquée, tout en sachant bien que je ne pourrais jamais lui ressembler. Souvent, j'avais le visage rouge et bouffi ; je souffrais d'une allergie au pollen à cause des longues tiges d'ambroisie qui s'infiltraient dans chaque fissure du ciment le long du fleuve Los Angeles. Rose, au contraire, avait un teint sans défaut, avec juste un grain de beauté en haut de la pommette droite. Chaque fois que j'étais suffisamment proche d'elle pour la regarder, j'avais l'impression d'être enracinée, centrée et inamovible, moins affectée par ce qui pourrait nous arriver.

Rose avait beau être entourée d'admirateurs, elle gardait assez de distance pour avoir l'air mystérieuse et désirable. C'était une chose que nous avions apprise de nos parents. Bien que les autres Nippo-Américains aient une bonne opinion de nous, nous n'étions pas du genre à fréquenter n'importe qui, en tout cas avant la guerre. À l'école, nos camarades de classe, en majorité des enfants blancs issus de la bourgeoisie, allaient à des bals de débutantes ou aux fêtes des Daughters of the American Revolution[1], des activités qui nous étaient interdites. L'établissement ne comptait qu'une dizaine d'enfants *nisei* dont les parents étaient fleuristes ou puéricultrices ; des garçons intelligents et obéissants et des filles aux habits impeccables, dont Rose disait qu'elles « en faisaient trop ». Son style à elle était décontracté et, quand elle n'était pas à la maison, j'enlevais ma jupe écossaise pour enfiler en douce sa tenue préférée : un chemisier blanc, une longue jupe en laine kaki et un pull fin jaune citron, une couleur que la plupart des filles *nisei* évitaient de porter. Je me regardais dans le grand miroir de l'armoire et fronçais les yeux en voyant la jupe me boudiner le ventre ; en plus, elle était trop longue et me tombait aux chevilles, mais elle couvrait mes gros mollets. Et cette nuance de jaune donnait un aspect cireux et souffreteux à ma peau, confirmant, s'il l'eût fallu, que les vêtements de Rose n'étaient pas pour moi.

Les jours où je n'étais pas à l'école, je passais mon temps à faire de longues balades à Tropico avec Rusty.

1. Les Filles de la révolution américaine. (*Toutes les notes sont de la traductrice.*)

Les premières années, nous nous aventurions par-delà les buissons de genêts qui faisaient penser à des femmes prostrées, sous les bouleaux où les aigrettes d'une blancheur aveuglante posaient leurs pattes élégantes, et on entendait le chant aigu des crapauds, qui me rappelait le grésillement des fils électriques brûlants. C'était avant que le Los Angeles ait débordé de son lit et que la ville ait décidé de le bétonner. Après, on entendait toujours les crapauds, mais pas aussi fort.

Mes années d'adolescence, j'aurais voulu pouvoir les passer dehors toute seule avec mon chien ; cependant, grandir impliquait de côtoyer d'autres personnes de mon âge. Comme je n'avais pas de nombreuses occasions de fréquenter les filles *hakujin* en dehors de l'école, le jour où je reçus une invitation s'avéra un grand événement. Un matin, en classe de quatrième, Vivi Pelletier, qui était assise à côté de moi, me donna une invitation à sa fête autour de la piscine. Une invitation rédigée à la main sur du papier blanc crème aux bords festonnés. On disait des Pelletier, venus d'Europe à Los Angeles, qu'ils avaient des accointances avec les studios de cinéma. Ils vivaient dans les collines de Los Feliz et étaient l'une des premières familles du coin à avoir une piscine.

Je serrai le carton d'invitation si fort dans ma main qu'il était tout humide au moment où je le montrai à ma mère, laquelle se demanda si je devais accepter. Ce serait une réunion *hakujin* huppée, or qui sait ce que je risquais de faire qui jetterait la honte sur ma famille. J'étais connue pour commettre des impairs, par exemple courir partout avec une tache sur mon short, parce que ma serviette hygiénique avait glissé pendant un *undokai*, une fête sportive japonaise qui se tenait à Elysian Park.

Et puis, il y avait le problème du maillot de bain. Le mien, un modèle en coton rayé dont le tissu pendouillait autour de mes *oshiri*, donnait l'impression que je portais des couches. Ce maillot était parfait pour les pique-niques à White Point, pas très loin des conserveries de poisson de Terminal Island, où vivaient environ deux mille *issei* et *nisei*. Mais il ne conviendrait pas pour la fête autour de la piscine de Vivi Pelletier.

« Laisse-la y aller, dit Rose à ma mère. Je l'emmènerai acheter un nouveau maillot. »

On alla à la mercerie de First Street, à Little Tokyo. La sélection était limitée, mais je trouvai un maillot une pièce bleu marine qui couvrait mes grosses fesses.

Je mis le maillot plié dans un sac avec mon cadeau – des sels de bain parfumés que je jugeais appropriés pour une fille venant de France. N'ayant jamais assisté à une fête chez une *hakujin*, j'observai tous les invités avec attention pour ne pas faire de fautes graves. Quelques mères étaient là, mais j'étais soulagée d'être venue toute seule. Être l'unique Japonaise aurait mis ma mère mal à l'aise. Quant à Rose, elle se serait ennuyée à périr.

Nous venions de terminer les sandwiches aux œufs durs dans du pain de mie sans la croûte lorsque la mère de Vivi m'entraîna à l'écart dans une pièce qu'elle appelait le séjour. Une fois de plus, je craignis d'avoir fait je ne sais quoi qu'il ne fallait pas.

« Je suis vraiment désolée, mais pourrais-tu revenir te baigner avec Vivi un autre jour ? »

La mère de Vivi croyait-elle que j'étais venue sans rien ? « J'ai mon maillot dans mon sac.

— Non, non, petite, ce n'est pas le problème. » Avec ses yeux écarquillés et son grand front, Mrs. Pelletier ressemblait à un des animaux de la forêt dans le *Blanche-Neige* de Walt Disney.

Je finis par comprendre. C'était comme au Brookside Park à Pasadena : les mères ne voulaient pas que je me baigne dans la piscine avec leurs filles.

Je filai sans dire au revoir à Vivi. Le trajet jusqu'au bas de la colline était long. Tremblant de tout mon corps, je marchai en tapant des pieds sur l'asphalte.

Lorsque j'arrivai chez nous par la porte arrière, Rose leva les yeux du patron qu'elle était en train de découper avec ma mère sur la table de la cuisine. « Pourquoi rentres-tu si tôt ? »

Je ne pus m'empêcher de fondre en larmes, puis je racontai ce qui s'était passé.

« Je t'avais bien dit de ne pas y aller », murmura ma mère en japonais. Lorsqu'elle se sentait offensée par ses amies *issei*, des immigrantes du Japon comme elle, sa colère s'exprimait sans détour, mais dès qu'il s'agissait de *hakujin*, ma mère se dégonflait, croyant plus ou moins à ce qu'ils pensaient de nous.

Rose n'était pas du tout de cet avis. « Je n'ai pas perdu un après-midi pour rien à faire les boutiques ! » maugréa-t-elle. Elle exigea que je retourne avec elle affronter Mrs. Pelletier. Je tentai de résister mais, comme toujours, ma sœur eut gain de cause et me tira jusque dans la voiture. Quand elle insistait pour faire une chose, toute la famille finissait par céder.

Rose appuya sur la sonnette des Pelletier plusieurs fois d'affilée. Sur le seuil, elle présentait une silhouette saisissante ; sa robe cintrée soulignait sa taille fine et sa peau semblait scintiller. Elle ne laissa même pas le temps à Mrs. Pelletier d'ouvrir la bouche. « Avez-vous invité ma sœur à votre fête à la piscine et lui avez-vous dit ensuite de ne pas entrer dans la piscine ? »

Mrs. Pelletier vira au rouge écrevisse. Elle tenta de s'excuser en disant que ce n'était pas elle, mais que ses invitées étaient mal à l'aise. « Aki est la bienvenue pour venir se baigner une autre fois quand elle le voudra », dit-elle.

Cependant, comme toujours, Rose ne céda pas. « C'est inacceptable ! Vous devez des excuses à ma sœur.

— Oh, ma chère, je suis désolée... Sincèrement. Je suis nouvelle en Amérique. »

Mais pas nous, songeai-je.

Rose ne fit aucun discours sur l'égalité des races ni rien de ce genre. Pendant le trajet du retour, aucune de nous ne prononça un mot. Ce soir-là, j'allai me coucher de bonne heure et, après la tombée de la nuit, elle grimpa dans mon lit et m'entoura de ses bras. Son haleine sentait très fort le *takuan*, le radis *daikon* mariné que notre mère avait servi au dîner. « Ne les laisse jamais croire qu'ils valent mieux que toi », chuchota-t-elle au creux de mon oreille.

Le lundi suivant, Vivi, l'air gêné, me rapporta mon sac avec mon maillot de bain plié et une carte du même papier blanc crème, pour me remercier sans doute de mon cadeau. Je la regardai à peine et jetai le sac dans la poubelle du hall sans ouvrir la carte.

À l'école, je m'étais fait quelques amies, mais que des filles qui avaient l'air aussi isolées que moi. L'unique chose que nous semblions avoir en commun était la peur de nous retrouver seule pendant le déjeuner et la récréation. Il me tardait de passer au lycée pour être sur le même campus que Rose. Notre lycée, construit cinq ans auparavant, était une structure gothique qui évoquait les Hauts de Hurlevent, à ceci près qu'il était sur une colline ensoleillée et non sur une lande noyée de brume. Lorsque je finis par entrer en troisième, je suivis Rose et ses groupies comme Rusty me suivait d'une pièce à l'autre. En public, elle prétendait qu'elle me connaissait à peine ; elle se contentait de lever les yeux au ciel en disant : « Que puis-je y faire ? C'est ma petite sœur. »

Rose était la seule *nisei* inscrite au club de théâtre. Un jour, en fin d'après-midi, elle entra dans notre chambre, les joues toutes rouges, en tenant un texte relié à la main. « C'est moi qui ai le rôle principal ! Aki, tu te rends compte ? »

J'attendis qu'elle l'annonce au dîner, mais elle n'en fit rien, se contenta d'engloutir plus vite que d'habitude l'*okazu* de notre mère – du sauté de porc avec du tofu. « Pourquoi tu n'as rien dit à Maman et à Papa ? lui demandai-je une fois que l'on fut couchées.

— Je ne voudrais pas que ça me porte malchance… Ou que Maman s'emballe trop. »

En effet, c'était un point à prendre en considération. Notre mère était connue pour décrocher son téléphone, ou aller à Little Tokyo ou au marché afin d'y croiser des gens « par hasard », et se répandre sur nos derniers exploits… enfin, surtout ceux de Rose. Ne pas être un sujet de fierté pour elle ne me dérangeait pas. En restant sous le radar, j'étais libre d'être tout à fait moyenne.

Chaque soir, je faisais répéter ses répliques à Rose. *Un œuf*, de Babette Hughes, était une comédie en un acte, ce qui m'étonna étant donné que ma sœur n'était pas du genre à raconter des blagues. La pièce mettait en scène trois acteurs dans un café – un client, une cliente dénommée Mary et la serveuse.

Alors que je lisais les répliques de l'homme et de la serveuse, il m'apparut de plus en plus clair que les deux clients se disputaient à propos d'autre chose que des œufs. Il y avait de la romance dans l'air, et ça me perturbait.

« Tu es sûre que c'est bien que tu joues Mary ? finis-je par demander.

— Pourquoi ça ne le serait pas ?

— Je ne sais pas. » Je ne parvenais pas à formuler mon appréhension avec des mots. Nous étions tous habitués aux règles invisibles et aux tabous, nous les respirions dans l'air de nos maisons, de nos écoles et de nos églises. En Californie, les Japonais ne pouvaient pas épouser des Blancs, et je sentais que donner ce rôle à Rose était un acte subversif de la part du professeur de théâtre. J'étais à la fois emballée et inquiète pour elle ; l'insistance qu'elle mettait à ne pas être traitée différemment de qui que ce soit risquait de lui attirer des ennuis.

Environ une semaine avant le spectacle, Rose entra dans notre chambre, ses yeux, d'habitude si brillants, rougis et gonflés.

« Qu'est-ce qui ne va pas ? m'enquis-je, l'estomac retourné en anticipant les ennuis.

— Rien. Qui t'a dit que quelque chose n'allait pas ? » Elle arrêta de répéter avec moi, et le texte disparut de la chambre.

Le soir de la première, Rose prétexta qu'elle devait aller chez Doris Motoshima pour organiser une levée de fonds en faveur du club de l'école. Incapable de rester à la maison, j'emmenai Rusty faire une longue balade jusqu'au lycée. L'auditorium étant dépourvu de fenêtres, je me faufilai dans le hall, où l'un des ouvreurs, un élève senior comme ma sœur, m'arrêta pour me dire que les chiens n'étaient pas admis. J'attrapai néanmoins un programme. Une fois ressortie, je vis que Rose tenait le rôle de la serveuse, et Sally Faircloth celui de Mary. Après avoir attaché Rusty à un arbre, je retournai dans le hall.

« Il doit y avoir une erreur, dis-je à l'ouvreur qui, je m'en souvenais, faisait partie du club d'admirateurs de Rose. Ma sœur joue Mary, pas la serveuse. »

Il haussa les épaules. Manifestement, il s'agissait là d'un détail mineur dont il se fichait. Jugeant ce garçon tout à fait inutile, j'allai m'asseoir dans le fond de la salle, où je regardai le spectacle en cours, une autre pièce en un acte, au jeu sérieux et sirupeux. Ensuite commença *Un œuf.* Rose entra sur la scène en tenue de serveuse, une banale robe bleu pâle comme en portent les employées dans les restaurants minables. C'était la seule chose qui paraissait subversive dans son personnage. Elle avait mis des escarpins en vernis noir – ses plus belles chaussures, en fait – et un gros nœud bleu roi dans ses cheveux aux boucles impeccables. Ses lèvres étaient rouge vif – sûrement sa teinte favorite, *red majesty*. Dans la pièce que j'avais lue pendant qu'on répétait, la serveuse était une employée exaspérante, agaçante. Dans la version qu'en donnait ma sœur sur la scène, elle était une sirène, qui aguichait le client – « Non, monsieur, oui, monsieur » – et éclipsait la cliente que jouait Sally Faircloth.

Ce soir-là, quand Rose vint se coucher, elle avait encore son rouge à lèvres.

« Comment ça s'est passé ? demandai-je sans lever la tête de l'oreiller mais les yeux grands ouverts et inquisiteurs.

— Je t'ai vue assise dans le fond. Tu n'aurais pas dû venir.

— De toute façon, le rôle de la serveuse était le meilleur », rétorquai-je, m'en persuadant presque. Rose n'avait pas besoin de m'expliquer que le changement avait été décidé à la suite de je ne sais quelle plainte. À ce moment-là, nous comprenions comment le monde fonctionnait pour nous. Dénoncer les comportements malveillants à notre encontre leur aurait conféré du pouvoir et de la crédibilité. On préférait évacuer notre douleur en silence, la laisser monter en ballons invisibles, qu'on ne voyait pas mais qu'on sentait cogner nos fronts et nos épaules, nous rappelant de ne pas trop nous éloigner de ce qu'il était attendu de nous.

Après avoir terminé le lycée, Rose alla travailler comme employée au marché de gros dirigé par notre père, où elle tapait à la machine les commandes que passaient les épiceries. Papa partait à l'aube réceptionner les cageots de légumes livrés dans des camions à plateau, des fourgonnettes et d'énormes véhicules de transport. Rose prenait le Red Car à une heure plus raisonnable, vers huit heures. Après le lycée, quand je commençai à suivre des cours au Los Angeles City College, je l'accompagnai parfois en ville. Fière d'être assise à côté d'elle, j'essayai de l'imiter en gardant mes chevilles croisées. Mais, arrivée au terminus de Hill Street, je me rendais compte que j'avais les jambes écartées et que ma jupe s'étalait sur une bonne partie du siège.

Parce qu'il était né américain, le fils du patron, Roy Tonai, était enregistré officiellement comme le propriétaire du marché. Il en pinçait très fort pour Rose, et tout le monde prédisait qu'ils se marieraient, notamment parce qu'il avait déjà vingt-quatre ans et était en âge de s'établir.

« Il paraît qu'il va y avoir une soirée dansante à Nishi ce week-end, dit Maman un soir après le dîner. Je sais par la mère de Roy qu'il prendra leur nouvelle voiture. Il veut t'emmener.

— J'en ai assez de ces histoires qui circulent sur moi et Roy ! s'énerva Rose en jetant sa serviette sur la table. Je ne l'épouserai pas ! Je sais que ça va ruiner tes plans d'aller raconter ça à tout le monde au marché ! » La réaction de ma sœur me surprit, car je voyais bien que d'autres filles *nisei* auraient été ravies d'être à sa place. Roy était un beau garçon, avec une mâchoire carrée et une tignasse qu'il plaquait en arrière à la gomina. Et il avait beau être le fils du patron, il transportait autant de cageots que n'importe quel employé.

Mais Rose était comme notre père ; elle n'aimait pas qu'on la force. Chaque fois qu'on essayait de l'acculer dans un coin, elle s'en échappait. J'y repense souvent aujourd'hui. Au fait que, à Chicago ce jour-là, elle a dû se battre. Au bout de toutes ces années, il m'arrive encore de fermer très fort les yeux pour remonter le temps et faire comme si, en m'obligeant à y penser, ma sœur aurait pu se sentir un peu moins seule.

2

Pour les Ito, le 7 décembre 1941 ne ressembla en rien à un dimanche ordinaire. Il commença à l'aube, longtemps avant qu'on ait su ce qui allait se passer. Je me sentais aussi misérable que Rusty. Âgé de douze ans, ce qui est vieux pour un golden retriever, il était quasi sourd et avait une patte arrière paralysée ; il marchait en tressautant comme une voiture qui a un pneu crevé. Mais il persévérait, sa grande gueule se fendait d'un sourire et sa langue rose et humide pendait chaque fois que j'attrapais sa laisse.

Ce matin-là, Maman, Papa et Rose partirent à cinq heures au temple bouddhiste local, où ils devaient aider à organiser la réception d'un mariage. La mariée était une lointaine parente du côté de ma mère ; toutefois, étant donné que la plupart de sa famille habitait à Spokane, à mille six cents kilomètres de nous, même une cousine au second degré était appréciée pour peu qu'elle vive à Los Angeles.

Comme je ne pouvais pas sortir à cause de mon allergie, ma mère m'avait préparé de l'*oyaku*, un porridge de riz. J'étais d'ailleurs en train d'en manger un bol, une prune rouge en saumure flottant sur la surface d'un blanc nacré, lorsqu'on frappa à la porte. Je n'y prêtai pas attention, pas plus que Rusty, qui n'entendait rien.

On frappa de nouveau. Embêtée, je posai mes baguettes, puis resserrai la ceinture de mon peignoir. Mon père avait foré un trou d'environ trois centimètres sous le judas d'origine afin qu'il soit à notre hauteur ; j'y collai mon œil. Des cheveux noirs ondulés, des sourcils foncés… Roy Tonai.

Je ne voulais pas que qui que ce soit, encore moins un homme, me voie dans mon peignoir élimé, mais Roy faisait quasiment partie de la famille. Après m'être mouchée, je fourrai le mouchoir dans ma poche et allai ouvrir. « Bon sang, Roy, qu'est-ce qu'il y a ? »

Ma tête migraineuse ne comprenait pas les phrases qui se déversaient de sa bouche. Le Japon avait bombardé Pearl Harbor, à Hawaii. Et tué des soldats américains. À coup sûr, ce serait la guerre. Nous connaissions de nombreux employés originaires de Hawaii, des hommes à la peau sombre et aux accents mélodieux qui avaient travaillé précédemment dans des plantations de canne à sucre. Je m'imaginais Hawaii comme un paradis de cocotiers et de plages de sable blanc. Que le Japon ait décidé de bombarder un endroit pareil paraissait incroyable.

En moins d'une heure, mes parents et ma sœur étaient revenus. Le mariage avait été annulé en raison de l'« incident ». Je me sentais toute patraque. Ma mère plaqua sa main sur mon front et m'ordonna d'aller au lit. Bien que ravie d'obtempérer, je ne parvins pas à me reposer. Des employés de mon père n'arrêtaient pas d'entrer et de sortir de chez nous en exprimant leur inquiétude et leur désarroi.

Le lendemain, le président Franklin D. Roosevelt déclara officiellement que les États-Unis étaient en guerre contre le Japon. Notre monde s'écroula, nos amis commencèrent à disparaître. Le père de Roy fut emmené et emprisonné à Tuna Canyon avec d'autres *issei*, des prêtres bouddhistes, des enseignants de langue japonaise et des professeurs de judo. Plusieurs jours après, le gouvernement les envoya lui et les autres quelque part en train, sans que l'on sache où. Mon père, qui ne faisait partie d'aucun comité d'une école de langue ou autre association japonaise, n'avait pas été inquiété, ce que par la suite il prit pour une insulte, comme si, contrairement à ses congénères, il n'avait pas eu assez d'influence pour qu'on voie en lui une menace à la sécurité nationale.

Même avant cela, après un verre de saké de trop, notre père avait craché du vitriol sur les façons qu'avait le monde de s'en prendre à nous, les Japonais. Les *issei* s'étaient déjà vu interdire d'acheter des terres en Californie et, en 1920, l'État avait fait en sorte que même les louer devienne pour eux compliqué. Désormais, avec la guerre, un couvre-feu limitait les déplacements de tous les Nippo-Américains. Ne pas avoir le droit de sortir avant six heures du matin lui paraissait injuste ; tous ses collègues *hakujin*, y compris ceux émigrés d'Allemagne ou d'Italie, étaient libres de vaquer à leur guise à n'importe quelle heure. Or, à six heures du matin, il aurait raté de multiples commandes passées du Midwest et de la côte Est.

Quant à Rose, elle détestait être obligée de rentrer à la maison tous les soirs à huit heures. « Ils ont même annulé les soirées du marché aux fleurs ! » se plaignit-elle auprès de moi. Les réunions *nisei* organisées dans le vaste bâtiment de Wall Street, à quelques blocs du marché en gros de Los Angeles, ne me semblaient pas vraiment constituer une menace pour le gouvernement.

Au début de la Seconde Guerre mondiale, les relations qu'entretenait Rose avec les associations de *nisei* nous permirent de savoir comment nous conformer aux règles à Tropico. Richard Tokashiki, dont le père possédait un magasin de fleurs à Los Feliz, lui indiqua où il fallait qu'on apporte nos radios et le fusil de chasse de mon père, lequel lui servait uniquement à effrayer les lapins. Ce fut également Richard qui persuada Rose de soutenir une association de *nisei* patriotes, la Japanese American Citizens League[1]. Ils installaient des tables lors de divers événements organisés dans la journée en vue de recruter des membres. Et ma sœur avait beau me tanner pour que je l'accompagne, je ne supportais pas de m'éloigner de Rusty, qui ne marchait plus du tout et refusait de se nourrir. On aurait dit qu'il savait ce qui allait nous arriver, ou peut-être qu'il absorbait la tension sous-jacente qui régnait dans la maison.

Un jour, je finis par céder et tins une table avec Rose après qu'un dirigeant de la JACL venu de l'Utah eut prononcé un discours. N'ayant pas pris la peine de m'inscrire, j'avais un sentiment d'imposture. Quelque chose me déplaisait dans le serment d'allégeance qu'on était censé signer, à côté de la photo de votre tête en noir et blanc et de l'empreinte de votre index de la main droite. La déclaration proclamait que nous soutenions

1. Ou JACL, Ligue des citoyens nippo-américains.

et défendions la Constitution, « que Dieu me vienne en aide ». Après qu'un huissier avait vérifié leur signature, on conseillait aux adhérents de garder le papier dans leur poche ou leur porte-monnaie, comme si ce document fournirait la preuve qu'ils étaient de vrais Américains.

Cette campagne de recrutement me dérangeait. Seuls pouvaient devenir membres ceux qui étaient nés américains. Et nos parents ? C'étaient eux qui avaient dû lutter pour se construire une vie ici. Une vie qu'ils avaient choisie, pour laquelle ils s'étaient battus. Et pendant ce temps-là, Rose et moi étions apparues tel un miracle, américaines comme par magie, sans même avoir eu à traverser l'océan Pacifique.

Je faisais partie des deux cents *nisei* inscrits au Los Angeles City College. Les autres étudiants, qui venaient d'autres communautés d'Uptown, de South Central, de Boyle Heights ou de Little Tokyo, se rassemblaient souvent en cliques locales. Je ne prenais pas les cours très au sérieux. À l'instar de Rose, au cours de l'hiver 1942, je passai le plus clair de mon temps à travailler au marché, où tout semblait différent, on aurait dit qu'un violent tremblement de terre en avait ébranlé les fondations. Les hommes avaient un air plus dur, plus impatient. Certains clients fermaient leur compte sans raison. L'un d'eux, le responsable d'une chaîne d'épiceries, expliqua expressément que c'était parce que nous étions japonais.

Mon père ne paraissait pas trop s'en soucier. « Tout le monde a besoin de se nourrir. Il faut bien manger. Et tout le monde sait que nos légumes sont de première qualité », disait-il à Roy et aux employés. Mais, dès qu'ils sortaient de son bureau, son sourire s'évanouissait.

Cette histoire de guerre préoccupait tellement toute ma famille que je craignais que ça ne précipite le déclin de la santé de Rusty. Un vendredi après-midi, le voir haleter si fort dans le jardin me fut insupportable. Après trois tentatives aussi pénibles que douloureuses, je réussis enfin à hisser mon chien dans une brouette trouvée dans la remise. Cahin-caha, je le roulai dans Glendale Boulevard au-delà de la gare et le transportai chez un vétérinaire qui, en principe, soignait les chevaux.

Le médecin m'annonça la mauvaise nouvelle que je redoutais. Le cœur de mon chien lâchait. Rusty me jeta un regard, comme s'il comprenait. Il était prêt à partir.

Au moment où on revint à la maison, il faisait froid. Rusty s'était allongé sous un cèdre, la respiration de plus en plus laborieuse. « Je t'aime, Rusty, je t'aime », lui répétai-je en boutonnant mon gros manteau avant de m'étendre à ses côtés. Je sentais son haleine fétide et l'odeur de la terre, un mélange qui aujourd'hui encore me hante.

Tandis que la nuit tombait, j'apercevais derrière les fenêtres les silhouettes de mes parents et de Rose en train de débarrasser la table du dîner. Et je ne distinguais pas les propos saccadés que tenait ma mère en japonais, mais j'entendais mon nom. J'aurais dû me lever pour leur dire où j'étais, je le savais, seulement je ne voulais pas laisser Rusty tout seul. J'étais tellement fatiguée que je m'assoupis.

Au moment où je me réveillai, mon chien était tout raide et tout froid ; je compris qu'il n'était plus là.

L'idée que des ratons laveurs ou des coyotes viennent déchiqueter ses chairs m'était insupportable. Après avoir pris une vieille pelle dans la remise, je cherchai l'endroit où ma mère plantait son *shiso* chaque printemps et commençai à creuser un trou. Le sol était si dur que je dus me servir du tranchant de la pelle. Et là, dans l'obscurité, j'enterrai Rusty.

En rentrant à la maison, j'étais complètement couverte de terre.

« Que t'est-il arrivé ? s'affola Rose, manquant lâcher l'assiette qu'elle essuyait.

— Rusty est mort. »

Personne ne pipa mot ni ne m'adressa la moindre remontrance pour être restée dehors si tard après le couvre-feu.

Au mois de mars, je vis pour la première fois l'ordre d'exclusion cloué sur un poteau téléphonique, près d'un restaurant écossais très prisé de Los Feliz Boulevard. Les mots imprimés en noir me terrifièrent : INSTRUCTIONS DESTINÉES À TOUTES LES PERSONNES D'ASCENDANCE JAPONAISE. L'ordre stipulait que nous, « les étrangers et les non-étrangers », devions nous présenter au poste de contrôle civil de Pasadena au début du mois de mai. On nous demandait d'apporter du linge, des affaires de toilette et des vêtements, le tout tenant dans des balluchons que nous pourrions porter. Où le gouvernement nous emmenait-il ?

Bon nombre de responsables *issei* étant déjà partis, leurs femmes débarquèrent chez nous, désespérées, apeurées, déconcertées. Ma mère éteignait toutes les flambées de panique. On n'avait pas le temps de s'émouvoir. Nous devions traverser une étendue d'eau inconnue dans un canot instable. Si on s'arrêtait pour pleurer ou poser des questions, on serait certains de couler.

Nous empaquetâmes nos affaires dans des boîtes en carton, dans les malles en paille que nos parents avaient apportées du Japon lorsqu'ils s'étaient embarqués pour l'Amérique et, bien entendu, dans des cageots en bois. Un fermier allemand nous prêta sa grange pour y entreposer la plupart de nos cartons. Un employé mexicain garda notre vaisselle et les outils de Papa. Une église de Glendale accepta de conserver nos albums de photos. Après avoir vu des morceaux de moi m'être arrachés et éparpillés dans divers endroits, j'appris très vite à ne pas être trop sentimentale concernant quoi que ce soit.

Roy, en tant que propriétaire d'un commerce, était mis au courant des dernières informations par les politiciens et les hommes d'affaires de la région. Un jour, il vint nous prévenir que sa mère, sa sœur et lui allaient se présenter dans un centre de rassemblement situé dans la vallée de l'Owens, espérant ainsi ne pas être déplacés vers un endroit inconnu dans un autre État. Ce centre, Manzanar, à environ quatre heures de route en direction de la Vallée de la Mort, était entouré par les montagnes de la Sierra Nevada. « Au moins, on sera en Californie », dit-il à mes parents et à ma sœur debout au milieu du salon vide.

Rose, qui d'ordinaire n'avait pour Roy que de l'indifférence, l'écouta avec attention et acquiesça. « Oui, mieux vaut savoir où on sera », admit-elle.

Mon père dressa une liste au crayon des divers lieux où étaient réparties nos affaires, puis il glissa le bout de papier dans le ruban de son chapeau en feutre. « Nous serons tous revenus avant même que vous vous en soyez rendu compte », dit-il. Ses émotions passaient du chaud au froid, tout dépendait de ce qu'il avait bu, cependant, quand il était question de la famille ou du travail, l'optimisme avait été jusqu'à ce jour la clé de son succès.

Je n'avais pas un tel espoir. Je partis marcher le long de la berge bétonnée en quête d'un dernier chant de crapauds. Puis je déposai des fleurs des champs sur la tombe de Rusty, l'ancien carré de *shiso* de ma mère. Comme elle, j'étais certaine que nous ne reviendrions pas, et que, au cas très improbable où une telle chose se produirait, nous ne serions plus les mêmes.

Lorsqu'on arriva à Manzanar, à la fin de mars 1942, les structures des plus de cinq cents baraquements étaient déjà en place. Nous avions roulé en formant un convoi que fermait la police militaire. À l'instant où je descendis de la Model A de Papa, mon cœur se serra dans ma poitrine. Le vent hurlait et soulevait mes cheveux, rabattait ma jupe entre mes jambes. Immédiatement, la police militaire confisqua la Model A. Comprenant enfin ce qu'on allait nous prendre, mon père se décomposa.

Le camp était divisé en trente-six blocs résidentiels, composés de quatorze baraquements de six mètres sur trente, disposés en deux rangées de sept. Chacun comportait quatre pièces. Nous en partagions un avec la mère, la tante veuve et la sœur aînée de Roy, qui, lui, habitait un baraquement pour les célibataires, également dans le bloc vingt-neuf. De ma fenêtre, j'apercevais le « village des enfants », une unité spéciale réservée à des orphelins qui avaient été placés dans trois foyers pour enfants avant la guerre, dont l'un, appelé Shonien, n'était pas loin de Tropico. Ces orphelins, aussi bien de tout jeunes bambins que des presque adultes, représentaient pour nous un mystère dans la mesure où ils avaient leur propre cuisine et se débrouillaient en grande partie tout seuls. Plus tard, des infirmiers *issei* créèrent un jardin et plantèrent des cerisiers autour du village des enfants, comme si les plantes avaient pu guérir les blessures du déplacement.

Chaque bloc disposait d'une salle où étaient alignés des W.-C, une pour les hommes, une pour les femmes. La première fois que j'entrai dans la nôtre, constater qu'il n'y avait pas de séparation entre les toilettes m'horrifia. Ma mère, ma sœur et moi nous y rendions toujours ensemble, l'une ou l'autre tenant un manteau ou une serviette de manière à protéger des regards celle qui allait aux toilettes. Pendant que nous logions au camp, nos menstruations, que nous avions eues à peu près en même temps lorsqu'on vivait à Tropico, cessèrent totalement, signe du stress terrible que nous endurions. Nous ne nous plaignions pas à voix haute, mais notre corps savait la vérité.

Au début, notre famille demeura étroitement soudée, supporta cet environnement étranger en se serrant les coudes. Cependant, au fil des semaines, nos liens se distendirent. Le magnétisme glacial de Rose attirait les deux sexes. Très vite, une association composée exclusivement de jeunes filles *nisei*, les Just Us Girls, connue sous le nom de JUGS, la recruta parmi ses membres. Elle prenait tous ses repas et passait la plupart de ses soirées en leur compagnie. Me sentir exclue me blessa à tel point que, au lieu de chercher à m'imposer à ma sœur et à ses nouvelles amies, je les évitai complètement.

Le camp eut des effets ravageurs sur mes parents. Privé de son titre de directeur, mon père commença à se rabougrir, à se renfermer sur lui-même. Le travail du bois ou le jardinage, que nombre d'hommes *issei* avaient adoptés, étaient, selon lui, des activités futiles. Il se mit à boire davantage, traînant avec d'autres vieux sacripants déterminés à fabriquer le meilleur alcool de contrebande possible à base d'épis de maïs ou de la moindre chose qu'ils trouvaient dans le camp.

Ma mère continua à sauver les apparences. De petits duvets gris apparurent à la naissance de ses cheveux, qu'elle passait la plupart de ses matinées à arracher, quand elle ne nous chargeait pas Rose ou moi de cette tâche fastidieuse. Tous les jours, elle veillait à avoir une liste de choses à faire et, dès qu'elle en avait terminé une, elle la cochait d'une croix. Je l'entendis expliquer aux autres femmes *issei* qu'elles devraient en faire autant si elles ne voulaient pas perdre la tête.

Je trouvai un emploi au *supply department*[1], où on distribua des vestes et des couvertures lorsque le temps se refroidit. C'est là que je fis la connaissance de Hisako Hamamoto, originaire de Terminal Island. Hisako était un peu grassouillette, mais elle s'en fichait ; elle se moquait même de son bourrelet à la taille qu'elle palpait en riant après que nous avions déjeuné ensemble. Tôt le matin, nous allions au Victory Garden aider Roy et des fils de producteurs de fleurs à bécher la terre avant

1. Service des fournitures.

de semer des graines de laitue ou d'épinard. Un jour où nous étions assises par terre, Hisako poussa un cri de douleur. Le coupable ? Un méchant scorpion, que j'aplatis sous le talon de ma chaussure. Le haut de sa cuisse, là où le scorpion avait injecté son venin, était rose vif et boursoufflé. Je l'accompagnai en vitesse au mess le plus proche et désinfectai la blessure avant de lui appliquer une compresse de glace.

« Le dard n'est pas resté dans la peau, ça va aller », la rassurai-je, avant de lui expliquer que Rusty n'avait pas été aussi chanceux au cours d'une de nos balades le long du Los Angeles. Mon père m'avait montré comment extraire le dard de sa patte avec une pince à épiler et soigner la plaie.

« Tu ferais une bonne infirmière ! me complimenta Hisako en rabattant sa jupe. Tu réagis bien en cas d'urgence. Moi, j'ai du mal à garder les idées claires. » En réalité, j'étais une pleurnicharde, toutefois, si un danger immédiat menaçait, j'étais capable d'accéder à une autre partie de mon cerveau et de faire des choses que je n'aurais jamais imaginées.

La remarque de Hisako demeura gravée dans mon esprit, de sorte que, le jour où j'entendis parler d'une formation d'infirmière au Manzanar Hospital, je m'y inscrivis. De toute manière, je ne voyais pas beaucoup Rose, qui restait tard le soir au mess, où elle fabriquait des fleurs en papier pour des événements spéciaux : des mariages, ou des pots de départ de soldats *nisei* mobilisés par l'armée américaine. Certains des nouveaux amis malicieux de mon père s'en prirent violemment aux dirigeants de la JACL, lesquels avaient œuvré dans l'intention de faire enrôler nos gars. Pourquoi devait-on verser notre sang sur le champ de bataille pour prouver qu'on était de loyaux Américains ? Libérez-nous d'abord de nos cages, après quoi on envisagera peut-être de faire le service militaire.

J'avais beau partager leur point de vue, je ne pouvais pas le dire à Rose, qui passait presque tout son temps avec les *nisei* pro-JACL. J'entendis même circuler des rumeurs selon lesquelles ma sœur était une *inu*, une informatrice qui dénonçait les *issei* ou les *nisei* éduqués au Japon, que le ministère de la Justice envoyait dans des centres de détention comme celui où était enfermé le père de Roy. Bien que cette accusation soit absurde, le camp était de plus en plus polarisé entre ceux qui s'en accommodaient et les dissidents.

Au printemps 1943, le gouvernement commença à inciter les *nisei* « loyaux » à quitter le camp pour rejoindre l'ensemble de la population américaine libre, à la condition qu'ils se tiennent à l'écart de la zone militaire de l'Ouest. Au lieu de retourner chez nous en Californie, on devait partir s'installer dans des villes du Midwest et de l'Est, partout où il fallait une main-d'œuvre bon marché pour remplacer les hommes envoyés se battre outre-mer.

Parmi toutes les régions, Chicago apparaissait comme la Terre promise. La seconde plus grande ville des États-Unis regorgeait d'usines et de fabriques à la recherche d'ouvriers. Au camp, on nous projeta une série de films promotionnels en noir et blanc qui vantaient les mérites de la ville, *Hello Chicago*. Rose écarquilla les yeux lorsqu'elle vit les gratte-ciel et la rivière coupant la ville, les femmes *hakujin* et noires avec des chapeaux et des talons hauts qui traversaient les rues animées.

Cette scène m'effraya, car j'avais presque oublié ce que c'était d'être entourée de *hakujin* et d'avenues. Je m'étais plus ou moins habituée au vent cinglant qui s'engouffrait dans la sinistre vallée de l'Owen et au paysage de montagnes déchiquetées qui entouraient nos baraquements, où étaient hébergés dix mille Nippo-Américains.

En juin 1943, la War Relocation Authority[1] recruta Rose pour faire partie des premiers *nisei* qui partiraient à Chicago. Répondant à une invitation officielle, ma sœur assista à une réunion informelle, d'où elle rapporta une brochure qu'elle balança sur son dessus-de-lit. Je m'en emparai aussitôt et lus toutes les instructions sur la manière de s'assimiler au mieux à la vie normale.

« Ne vous rassemblez pas en groupe de plus de trois personnes », stipulait la brochure.

Nous sommes quatre, songeai-je. *L'un de nous serait-il en trop ?* « Je suppose qu'ils ne veulent pas que les Japonais soient trop visibles.

— Ils veulent qu'on soit invisibles, oui ! s'esclaffa Rose. C'est carrément impossible ! »

Puisque nous ne pouvions faire autrement que d'être vus, nous devions être les meilleurs spécimens *nisei*, ceux aux grands sourires éblouissants et aux costumes ou robes impeccables. Je comprenais la stratégie du bureau de réinstallation. Si je travaillais pour le gouvernement, j'enverrais des centaines de Rose Ito vers les immenses plaines du Midwest ou les villages de Nouvelle-Angleterre. Et si quelqu'un était capable de convaincre un public

1. Ou WRA, bureau de réinstallation.

suspicieux que nous, les Japonais, étions des Américains patriotes, ce serait bien ma grande sœur. À en juger par l'éclat radieux de son visage, je devinai qu'elle avait accepté la proposition.

Ce jour de septembre 1943 où elle est partie de Manzanar, je me le suis repassé maintes et maintes fois dans la tête, comme si, à force d'y repenser, de nouveaux détails me reviendraient. J'avais pleuré, parce que je ne voulais pas être séparée de Rose. Tout le monde s'était moqué de voir une fille de vingt ans sangloter autant. Je n'étais pas connue pour être très expansive mais, parfois, mes émotions me débordaient et m'échappaient avant que j'aie pu refermer cette porte.

« Prends soin de Maman et de Papa », me dit Rose en soulevant sa valise en cuir fauve. La poussière tourbillonnait autour d'elle ; alors que n'importe qui aurait eu l'air sale et grotesque, on aurait dit un ange sous une pluie d'or. Elle avait mis sa robe préférée, la bleu marine à petits pois blancs, et un chapeau sur ses cheveux parfaitement coiffés.

J'acquiesçai en lui jurant que j'y veillerais, sans me douter à quel point ce serait difficile. Puis je lui tendis le cadeau d'adieu que j'avais préparé depuis qu'elle avait annoncé avoir reçu l'autorisation de partir. C'était un journal intime, recouvert avec du bois récupéré sur une boîte ayant contenu autrefois des produits de toilette. Le vieil *issei* qui travaillait au camp à l'atelier de bois m'avait donné du papier émeri et de la teinture. Il avait aussi percé trois trous dans les deux plaques de bois, que j'avais attachées avec un vieux lacet pour maintenir les feuilles de papier. Sur la couverture, à l'aide d'un bouchon brûlé, j'avais écrit le nom de Rose et dessiné une fleur.

« Oh, Aki, c'est magnifique ! s'exclama-t-elle. Je ne suis pas sûre que j'écrirai quelque chose dedans… Tu me connais ! » Voyant mon air dépité, elle s'efforça de me réconforter. « Ah, mais je l'adore, vraiment ! Je vais le mettre dans mon sac, comme ça je l'aurai avec moi pendant tout le voyage. »

Rose monta dans un bus, avec plusieurs hommes *nisei* assignés à une ferme de betterave sucrière dans d'autres États. Elle nous adressa de grands signes de la main, mais je ne levai pas tout de suite la tête pour lui dire au revoir. Je craignais, si je le faisais, de pleurer et de ne plus jamais m'arrêter. Mais, dès que le bus démarra, je finis par lever les yeux. Le visage de Rose était déjà tourné vers là où elle allait.

« Moi aussi, je serai bientôt à Chicago », annonça Roy lorsqu'il nous apporta le courrier au baraquement à la Noël 1943. Il avait été élu directeur de notre bloc, et distribuer le courrier était probablement la meilleure partie de ses attributions. Nous n'avions jamais reçu beaucoup de lettres mais, depuis son départ, Rose nous envoyait des cartes postales. Sur celle-ci, on voyait le Chicago's Moving Stairs, un escalator du métro nouvellement construit. Une autre représentait le Mark Twain Hotel, situé au 111 West Division, à l'angle de Clark Street. Apparemment, l'hôtel était à une courte distance à pied de l'appartement que ma sœur partageait avec deux autres filles *nisei*. Elle avait trouvé un emploi dans une célèbre usine de confiseries qui fabriquait des barres de chocolat enrobées de noisettes et de caramel.

Je l'imaginais enveloppée d'un nuage de sucre tandis qu'elle classait des papiers, ou quoi qu'elle ait à faire en tant que secrétaire. Sur cette carte, elle avait écrit qu'elle cherchait un logement où pourrait vivre notre famille quand nous serions tous réunis à Chicago.

« Tu n'es pas censé lire notre courrier ! reprochai-je à Roy pour plaisanter.

— C'est une carte postale. Je ne peux pas faire autrement.

— Est-ce que Rose t'a écrit à toi aussi ? »

Il rougit, sans que je parvienne à savoir si c'était parce qu'elle l'avait fait ou parce qu'elle ne l'avait pas fait.

Roy ignora ma question. « Il faut que je sorte de ce camp, dit-il en reprenant sa besace remplie de courrier. Ici, un gars peut mourir trop jeune. »

Moins d'un mois plus tard, en janvier 1944, il était parti à Chicago. Impatiente de les rejoindre lui et Rose, je préparai nos papiers de départ, répondant à des questions qui n'avaient pas grand sens. Par exemple : renoncerions-nous à prêter allégeance à l'empereur du Japon ? Qui disait que nous lui avions prêté allégeance ? Si on ne répondait pas à ces questions de façon précise, on était étiquetés « déloyal », et contraints à un nouvel exode, dans un camp cette fois plus dur, près de l'Oregon. Plus que jamais, nous voulions quitter Manzanar pour vivre en zone libre.

Rose s'était toujours occupée de la paperasse administrative officielle en anglais pour notre famille, une responsabilité qui désormais m'incombait. Je n'arrêtais pas de rayer certaines réponses et relisais de multiples fois les questions les plus simples. Quand j'expliquais à mes parents quelle serait la prochaine étape, ils me dévisageaient d'un air ahuri comme s'ils ne me reconnaissaient pas vraiment. « Et fini les sorties tard le soir, Papa ! » dis-je à mon père. On ne pouvait se permettre aucun contretemps.

Une semaine avant le jour de notre départ, j'aperçus mon père debout en pleine nuit en train d'enfiler ses vieilles chaussures.

« Où vas-tu ? » Je me redressai dans mon lit, mais il sortit avant que j'aie pu le retenir. Incapable de me rendormir, j'écoutai la respiration brève et saccadée de ma mère dans son sommeil, comme si la pièce ne contenait pas assez d'oxygène.

L'aube venait tout juste de poindre lorsque le baraquement fut ébranlé par l'arrivée de deux hommes : mon père, complètement ivre, soutenu par le policier du camp, Hickey Hayashi. Aussitôt ma mère se leva, et on le porta toutes les deux jusqu'à son lit, sur lequel il s'écroula en sombrant dans un coma éthylique.

« Vous savez qu'il ne lui est pas permis d'avoir ça, Ito-*san*. » Hickey brandit le bocal en verre dans lequel je savais que mon père mettait son saké de contrebande.

Mon ventre se tordit. Cette infraction allait-elle compromettre notre libération ? Alors que j'étais prête à me jeter à genoux pour supplier Hickey, ma mère s'interposa. Plantée devant lui en chemise de nuit, elle se répandit en excuses dans un japonais qu'on utilise en principe pour s'adresser aux rois. Puis elle prit des chaussures sous le lit, la nouvelle paire que nous avions commandée dans le catalogue Sears Rosebuck pour mon père en vue de notre départ à Chicago. Elles étaient censées remplacer celles toutes trouées qu'il avait à l'instant aux pieds et qui reposaient à même les draps.

Ma mère les offrit au policier du camp en échange de son silence.

Hickey refusa d'un signe de tête. « Non, Ito-*san*, ce n'est pas nécessaire...

— C'est une façon de vous remercier. Pour les services que vous nous avez rendus ces derniers mois. »

Après trois échanges dans ce goût-là, Hickey renonça et repartit avec les chaussures neuves de Papa. Une semaine plus tard, nous étions en route pour Chicago.

On effectua le voyage en train. Après avoir été confinés si longtemps dans un périmètre d'un kilomètre carré au milieu de la vallée de l'Owens, être dans un train paraissait très étrange. Vivre dans un camp de concentration durant des mois m'avait donné l'impression que nos vies avaient été compressées dans une de ces boules à neige, et que le monde que j'avais connu autrefois aurait pu être une invention de mon imagination. Mais non, nous étions bel et bien là ! Derrière les vitres défilaient les sommets splendides du Colorado, auxquels succédèrent les plaines immenses du Nebraska.

Brusquement, alors que nous approchions de la frontière de l'Iowa, je me sentis mal. Une douleur lancinante me vrillait si violemment les entrailles que j'eus un mal fou à faire comme si de rien n'était.

« Aki-*chan*, je t'avais pourtant dit de ne pas manger ce qu'a préparé ton amie du mess », observa ma mère en remarquant mon malaise.

Hisako avait pressé du *koge*, du riz brûlé, avant de le saupoudrer de sucre – un en-cas des plus précieux en prévision de notre long voyage. Ma mère trouvait le résultat dégoûtant mais, moi, ce cadeau m'avait touchée.

Finalement, je réussis à aller jusqu'aux toilettes. C'était très embarrassant vu que, à ce moment-là, mes joues dégoulinaient de sueur et que mes jambes flageolaient. Une fois la porte refermée, je faillis m'évanouir. Je crus entendre la voix de ma sœur dans mon oreille, « Prends soin de Maman et de Papa », non pas comme si c'était un souvenir mais un nouvel ordre. *C'est ce que je fais*, songeai-je, agacée à l'idée que le peu qu'attendait de moi ma famille pouvait s'immiscer dans mon subconscient.

Quand je revins à ma place, comme je m'étais aspergé le visage à l'eau froide, une bonne partie de mon maquillage était étalée sur mon mouchoir. Mon père s'était déjà endormi, son chapeau rabattu sur les yeux. Le papier désormais jauni sur lequel il avait noté où se trouvaient nos affaires à Los Angeles dépassait du ruban.

« Je me demande si Rose viendra nous chercher à la gare », dit ma mère. Nous étions sans nouvelles de ma sœur depuis deux semaines. Le télégramme que je lui avais envoyé pour la prévenir du jour de notre arrivée était resté sans réponse. Sur le moment, on ne s'était pas inquiétés. Elle ne pouvait pas vraiment nous téléphoner au camp. Ma mère la soupçonnait d'être tombée amoureuse d'un jeune homme à Chicago. Dans le train, on voyait passer des GI *nisei*, tirés à quatre épingles, magnifiques dans leur uniforme, et j'imaginai que l'un d'eux avait conquis le cœur de ma sœur.

Plus notre destination se rapprochait, plus mon père s'excitait. Assis tout droit alors que le train brinquebalait, il n'arrêtait pas de jeter des coups d'œil par la fenêtre et de se retourner vers les passagers qui descendaient ou montaient. Oh, moi, voir le sourire éclatant de Rose me suffirait !

Lorsque, enfin, on arriva à Union Station, mon père fut le premier sur le quai avec sa valise. Les murs de la gare, gigantesque et imposante, étaient en marbre blanc. Une immense affiche sur les obligations de guerre était accrochée au-dessus de l'horloge, et les drapeaux de nos alliés militaires – les États-Unis, la Grande-Bretagne, la France et l'Australie – suspendus sur les piliers. Au centre de la gare, un bureau de l'USO[1] informait tous les soldats en permission qui voulaient se renseigner sur les meilleurs hébergements et distractions à Chicago.

Tandis que nous nous heurtions à cette masse humaine, un petit groupe de Japonais se dirigea vers nous. Je reconnus parmi eux l'un de nos anciens responsables *nisei* au camp, Ed Tamura, qui avait filé de Manzanar dès qu'il l'avait pu. Son visage rond était si lisse que j'aurais été étonnée qu'il ait dû se raser tous les jours. Puis j'aperçus Roy et ses cheveux plaqués en arrière, l'air un peu abattu par la chaleur de mai.

Je me sentis d'abord gênée que se soit déplacé pour nous ce comité d'accueil. Nous n'étions que les Ito, un ancien directeur de marché de primeurs en gros de Los Angeles, sa femme et sa fille cadette. Je cherchai des

1. United Service Organizations, association d'aide aux soldats qui fournit soutien moral et divertissements.

yeux ma sœur. Mais il n'y avait là aucun sourire aux lèvres rouges éclatant.

« Il est arrivé quelque chose… » J'entendis à peine la voix de Mr. Tamura dans le brouhaha de la gare.

Roy ne parvenait pas à nous regarder en face. « Il y a eu un accident à la station de métro hier soir », dit-il.

Avant même qu'il ait eu le temps d'ajouter « Elle est morte », je compris. Je l'avais ressenti dans mes os au moment où j'avais eu ce malaise. Rose avait quitté ce monde, de façon aussi dramatique qu'elle seule aurait pu le faire.

3

Cette nuit-là, bien qu'épuisés par le long périple en bus et en train depuis Manzanar, aucun de nous ne dormit. On ne toucha pas à nos valises, que Mr. Tamura et Roy avaient déposées devant la cheminée de notre deux pièces. Nous aurions dû ouvrir les fenêtres pour laisser entrer l'air frais de la nuit dans la chambre, mais nous n'en avions pas l'énergie. Toujours vêtus de nos habits de voyage, nous étions étendus sur les lits, mes parents sur l'un, moi sur l'autre, exactement comme au camp. Et j'avais beau être seule dans le mien, je restai du côté droit pour ne pas empiéter sur la place où aurait dû être allongée Rose. *Est-elle réellement partie pour toujours ?*

Le lendemain, je me préparai à aller reconnaître son corps à la morgue. Ce n'était pas nécessaire ; Roy l'avait déjà identifiée auprès des autorités. Néanmoins, je tenais à le voir. Non pas pour me convaincre que ma sœur était morte mais parce que, tant qu'elle ne serait pas enterrée, je ne voulais pas qu'elle reste seule. Et puisque j'y allais, mon père décida qu'il devait venir lui aussi.

Personne n'avait vu ce qui s'était passé exactement, on savait juste que quelqu'un avait été écrasé par un métro à la station Clark and Division. La police, arrivée sur les lieux quinze minutes après, avait ramassé le sac de Rose sur les rails. Le contenu était intact, mais l'anse avait été emportée par le train suivant.

Tels des somnambules, mon père et moi prîmes un taxi. Je ne prêtai aucune attention à ce qui m'entourait avant d'entrer dans la morgue. L'odeur, à la fois âcre et chimique, était épouvantable. Un drap recouvrait le corps de Rose, probablement nu et fracassé. Il était remonté sous son menton, mais le haut de son épaule qui dépassait révélait que son bras avait été arraché. En voyant l'affreuse mutilation, mon père s'effondra par terre. Je ne cherchai pas à le relever. Nous étions tous les deux sous le choc.

Je me raidis de tout mon être. Ce visage était-il celui de ma sœur ? Toute sa beauté avait disparu – l'éclat rosé de ses joues, ses lèvres pleines, l'humour dans ses yeux. Ce visage que je connaissais si bien ressemblait à une peau d'animal tendue sur un crâne humain. Même ses cheveux noirs, toujours impeccablement coiffés, semblaient avoir perdu leur brillance. Son grain de beauté, encore visible sur sa pommette droite, confirmait que ce corps avait été habité autrefois par l'âme de Rose Mutsuko Ito.

Incapable de bouger, je demeurai là, y compris au moment où mon père se redressa tant bien que mal et sortit de la salle d'un pas pesant.

J'ignore combien de temps j'étais restée ainsi quand la voix du médecin légiste me parvint par-delà le ronronnement du ventilateur. Il me demanda si j'en avais assez vu. Je hochai la tête. Il remonta le drap sur le visage de Rose.

« Puis-je vous parler, Miss Ito ? » Il m'emmena dans son bureau. Des piles de dossiers étaient entassées par terre et sur une table au milieu de la pièce.

Il m'indiqua une chaise à roulettes branlante, qui, à l'instant où je m'assis, recula de quelques centimètres. Rien dans ma vie n'était stable ou là où il le fallait, pas même le plancher de ce bureau administratif.

Le médecin légiste attrapa un dossier, puis lécha son doigt avant de tourner les pages d'un formulaire, mais il alla ensuite droit au but. « Votre sœur a avorté. Récemment. Il y a sans doute une quinzaine de jours. » Ses yeux bleus étaient de la couleur des billes avec lesquelles avait joué un de mes voisins à Tropico.

« Vous devez faire erreur. » M'entendre le déclarer me surprit moi-même. En temps normal, jamais je n'aurais osé dire à un représentant de l'autorité qu'il se trompait, surtout un *hakujin.* Pourquoi parlait-il d'un acte criminel aussi terrible qu'un avortement alors que ma sœur était morte ? « Un métro l'a écrasée.

— La preuve qu'il y a eu avortement est indiscutable. Je vais devoir le consigner dans mon rapport. Mais ce n'est pas la cause de la mort. Il s'agit certainement d'un suicide. »

Que cet homme qui n'avait pas connu Rose puisse affirmer de façon aussi catégorique qu'elle s'était suicidée était incroyable. Je voulais lui crier : *Ma sœur ne s'est pas tuée ! Pas la veille de notre arrivée à Chicago !*

Le légiste me regarda en silence, semblant deviner mes pensées. Ma sœur s'était suicidée *parce que* nous arrivions à Chicago – sans doute de honte après ce qu'elle avait fait.

« Rose ne ferait pas ça ! » Malgré mon impression d'avoir hurlé à tue-tête, les mots sortirent de mes lèvres à peine audibles.

« Je suis navré d'être celui qui doit vous l'apprendre », rétorqua-t-il. Je compris que je n'arriverais pas à le convaincre.

« J'aimerais avoir ses affaires. » Je ne voulais pas que le bureau du légiste garde quoi que ce soit appartenant à Rose.

« La police a le contenu de son sac.

— Sa robe…

— Nous avons dû la découper. Il y avait beaucoup de sang.

— Je veux sa robe.

— La police l'a également. »

Je le dévisageai. Disait-il la vérité ? Je n'en savais rien. « Il me faut l'adresse du commissariat. »

Celui-ci se trouvait au 113 West Chicago Avenue ; je priai le légiste de me l'écrire sur un papier. Après l'avoir fait, il se leva. « Bien. Nous ferons transférer le corps au funérarium dès que le commissariat nous aura contactés. »

Mon père m'attendait devant la morgue, son chapeau rabattu sur ses yeux gonflés. Il était évident que nous ne serions plus jamais les mêmes.

Un taxi nous ramena d'Ogden Avenue. Je dus donner au chauffeur une bonne partie de l'argent de mon porte-monnaie. L'immeuble de LaSalle Street où Rose nous avait trouvé un appartement comportait plus de cent logements, dont le seul encore disponible était au dernier étage. Mr. Tamura s'en était excusé d'innombrables fois lorsqu'il nous y avait conduits la veille. « Avec tous ces gens relâchés des camps, le logement pose un réel problème. » Mais nous disposions de deux pièces : une chambre et un salon, un luxe quand la plupart des gens vivaient dans des studios, parfois à six dans une pièce.

Je dus batailler avec la clé pour ouvrir la porte. La chaleur était étouffante. Nos valises étaient toujours devant la cheminée. Roy, qui avait promis de passer en sortant du travail, était assis devant la table en bois, du noyer, peut-être. Les lits et deux chaises constituaient le reste du mobilier. Sur la table étaient posés deux canettes de bière, un journal ouvert, trois carnets de coupons de rationnement et plusieurs brochures que Mr. Tamura avait laissées à notre intention. Il n'y avait pas de vraie cuisine, seulement une kitchenette avec un évier, une plaque chauffante et une glacière, dans laquelle il fallait mettre un pain de glace. Ce n'était pas grand-chose, mais mieux que ce qu'on avait eu au camp.

Je ne pris pas la peine de dire bonjour à Roy. À quoi bon ? « Où est ma mère ?

— Elle est allée se coucher. Le médecin lui a donné quelque chose pour dormir. »

Je regrettais que l'un de nos médecins *issei* de Californie du Sud ne soit pas à Chicago pour s'occuper de nous. Mais la plupart d'entre eux étaient toujours détenus dans les dix camps de concentration répartis à travers l'Amérique. Plus de cent mille Nippo-Américains avaient besoin de leur aide.

« J'ai acheté des sandwiches, reprit Roy.

— Papa, viens, dis-je à mon père, resté planté devant la porte comme s'il venait d'entrer chez des inconnus. Roy nous a apporté des sandwiches. Il faut que tu manges. »

Lentement, il s'avança au milieu de la pièce et s'inclina si bas que sa tête faillit heurter le bord de la table. « Merci pour tout ce que tu as fait pour nous, dit-il à Roy en japonais.

— Ce n'est rien, *ojisan*. Je suis désolé... » Je crus entendre sa voix se briser.

J'allai prendre les sandwiches sur le comptoir. Au moment où je me retournai, mon père avait disparu, ainsi qu'une des canettes de bière. Fronçant les sourcils, je m'apprêtai à filer dans la chambre pour lui conseiller de ne pas boire l'estomac vide, mais Roy m'arrêta.

« Aki, laisse-le... Il a besoin d'un peu de temps tout seul. » Il termina sa bière. « C'était dur, non ? De la voir comme ça... »

Étrangement, je me sentais le devoir de protéger Rose dans son état de morte. Pourquoi fallait-il que Roy fasse ce commentaire ? « Qu'est-ce qui s'est passé ? Tu étais avec elle ?

— Non, la police est allée à son appartement, où une de ses colocataires m'a appelé au boulot. Elles m'ont dit que c'était probablement un suicide.

— Rose ne se serait jamais suicidée, tu le sais très bien !

— Alors, c'est sûrement un accident. »

Mes parents étant à côté, je n'osais pas lui parler de l'avortement. « Elle avait un petit ami ? »

Roy se rembrunit. « Pas à ma connaissance... Quoi, elle t'a dit qu'elle en avait un ? »

J'entendis s'ouvrir la porte de la chambre, puis mon père marcher sur le carrelage de la salle de bains.

« Bon, je ferais mieux d'y aller, dit Roy.

— Il faut que je te parle. Et vite », murmurai-je.

Il comprit que je ne voulais pas que mes parents participent à la conversation. « Eh bien, on n'a qu'à prendre un verre un de ces jours.

— Je n'irai pas dans un bar avec toi. » Au camp, j'avais parfois entendu dire que Roy était un peu rapide, qu'il serrait les filles de trop près quand il dansait.

« Demain, je travaille à l'usine de confiseries. Il y a un *diner* à côté. On peut se voir là. » Il m'indiqua le nom et l'intersection de rues la plus proche, que je notai sur le carnet que je gardais dans mon sac.

On décida de se retrouver le lendemain.

Il reposa sa canette vide, puis me montra le journal. « Il y a un article sur Rose. Tu préfères peut-être que tes parents ne le voient pas. » Ce furent ses dernières paroles avant de partir.

L'article du *Chicago Daily Tribune* se résumait à un bref encadré de la taille d'une boîte d'allumettes : une femme était morte écrasée par un métro à la station Clark and Division. Il n'y avait aucun nom ni description. La police menait une enquête sur l'incident, survenu deux jours auparavant à six heures du soir.

Pour le bien de ma famille, j'espérais qu'il n'y aurait pas d'autre article. Mais, en même temps, je ne pouvais pas laisser Rose disparaître dans une boîte de cinq centimètres.

Je n'avais qu'une envie, m'écrouler, or je savais que je n'arriverais pas à dormir à côté de mes parents. Au camp, ça avait été assez compliqué, mais là, avec tout ce chagrin qui nous accablait, il m'aurait été impossible de respirer. Je devais faire quelque chose.

Il n'était que sept heures et il faisait encore jour. Je pris un stylo dans mon sac et écrivis sur un coin du journal :

Je suis sortie. Je reviens vite.
Aki

Après avoir plié la page où figurait l'article sur Rose, je la rangeai dans mon sac et sortis sa dernière carte postale, celle du Mark Twain Hotel. Au dos était notée son adresse, un appartement dans Clark Street. Je feuilletai les brochures de réinstallation « Welcome to Chicago » jusqu'à ce que je trouve un plan du centre-ville.

En partant, je veillai à refermer la porte à clé derrière moi.

4

Je savais que Rose avait eu deux colocataires, une femme de Pasadena, Louise, qui venait du camp de Gila River, et une autre de San Francisco, dont je ne me rappelais plus le nom. Puisque, pour l'instant, je ne pouvais rien obtenir de plus précis de la part de Roy, j'irais voir les femmes qui avaient vécu avec ma sœur.

Cette partie de Chicago était organisée en forme de grille, de sorte que repérer sur le plan où aller ne s'avéra pas compliqué. Notre immeuble était dans LaSalle Street, une rue qui traversait la ville du nord au sud. Clark Street était la parallèle juste après, et la suivante, Dearborn Street. Division Street les coupait d'est en ouest. Habituée à me déplacer toute seule à Los Angeles et à Manzanar, je crus, à tort, que me rendre à l'angle de Clark et Division serait un jeu d'enfant.

Dès que je fus dehors, l'odeur des pots d'échappement me submergea. Les voitures qui passaient projetaient des débris dans mes yeux. J'essayai de battre des cils, mais une poussière tenace resta collée sur mon œil en me faisant pleurer de plus belle. J'étais dans un état pitoyable et avais perdu tout sens de l'orientation.

Je parcourus deux blocs en me dirigeant du mauvais côté. Le Chicago grandiose des films promotionnels que nous avions vus au camp était inexistant. Ici, le crépuscule n'avait pas l'éclat rassurant qui semblait embraser Tropico et les collines brunes dans le lointain. Le boulevard gris paraissait hostile, plein de gens hagards pressés d'arriver à destination.

Pendant une seconde, j'envisageai de retourner à l'appartement. C'est alors que je me retrouvai à l'angle de Clark et Division, face à un magnifique bâtiment de construction récente : le Mark Twain Hotel, qu'on voyait sur la carte postale de Rose. Être devant l'un des points de repère de ma sœur, un endroit auquel elle s'était identifiée suffisamment pour m'en avoir envoyé une image, m'apparut comme un signe qui me remonta le moral. La rue de l'autre côté de l'hôtel, Clark Street, était plus animée – *nigiyakana*, comme aurait dit ma mère. Divers commerces se succédaient, des restaurants, des bars, des salons de coiffure, ainsi que de nombreux immeubles d'habitation. Au milieu de la rue, coincé entre une blanchisserie et un bar, se trouvait celui de ma sœur.

Devant le perron traînaient des garçons *nisei* en costume zazou, large pantalon à pinces et revers de veste pelle à tarte, avec des chaînes pendant à leur ceinture. J'avais vu des *pachuke* comme eux à Los Angeles, près de Downtown ou de Boyle Heights, où de nombreux Nippo-Américains cohabitaient avec des Mexicains, des Russes et des juifs. Au camp, on racontait qu'ils volaient les chaînes attachées aux bondes des lavabos pour parfaire leur tenue.

Je serrai mon sac contre ma poitrine en regrettant d'être venue ici toute seule.

« Hé, la fille de Manzanar... Vingt-neuf ! » me lança un des garçons sans que je comprenne, avant de reconnaître le numéro de notre bloc.

Je ne savais pas du tout qui il était, mais je n'étais pas d'humeur à lui parler. Au camp, il y avait eu certains garçons dont on savait qu'il valait mieux les éviter. Cependant, avec les aînés *issei* un peu partout, ils ne pouvaient pas franchir certaines limites. Ce qui n'était pas le cas à Chicago. Ici, j'avais l'impression que les jeunes faisaient la loi.

Je baissai la tête et continuai à gravir les marches. Voyant que j'avais du mal à ouvrir la porte vitrée, le garçon qui m'avait interpellée arriva et la força. Il sentait si fort l'eau de Cologne que je faillis éternuer. « C'est comme ça qu'on fait », dit-il. Sans le regarder, je redressai le menton et entrai.

Je montai l'escalier tapissé de moquette jusqu'au premier étage. Un cafard se carapata. Rose, je m'en souvenais, avait écrit que la ville était infestée de punaises. Je résistai à l'envie de me gratter les chevilles. Les petites bêtes étaient le cadet de mes soucis.

À gauche sur le palier se trouvait le numéro quatre, l'appartement de ma sœur. Je faillis fondre en larmes et pris deux grandes inspirations. *Ochitsukinasai !* me rabrouai-je. Il fallait que je me ressaisisse, pour Rose.

Deux coups fermes frappés avec mon poing, le bruit d'un verrou qui coulisse, puis la porte s'ouvrit sur une *nisei* menue avec des cheveux châtains bouclés sur la nuque. Bien que le couloir soit sombre, les lampes allumées à l'intérieur éclairaient d'une vague lumière.

La jeune femme, un peu plus âgée que moi, portait une robe marron ajustée et du rouge à lèvres framboise. Apparemment, elle savait ce qui mettait sa frêle silhouette en valeur.

« Je suis la sœur de Rose. »

Elle se décomposa. Ses yeux et sa bouche s'affaissèrent, et elle se figea un instant.

« Je suis désolée, finit-elle par dire. Entre, entre… »

La pièce contenait trois petits lits, deux face à face et un qui bloquait quasiment la porte. Des robes sur des cintres étaient suspendues à des clous en haut du mur. À côté d'un des lits, le papier peint déchiré laissait apparaître une longue fissure et une tache brune probablement due à une fuite d'eau. Il y avait une petite glacière et une plaque chauffante dans un coin, mais pas d'évier.

« Aki, c'est bien ça ? J'ai vu une photo de toi. Rose parlait tout le temps de sa petite sœur. Je suis Louise. »

La porte s'ouvrit de nouveau sur une autre jeune femme avec une serviette autour du cou. Elle avait de grands yeux et d'épais sourcils qui avaient l'air dessinés mais étaient sûrement tout ce qu'il y a de plus naturel. On aurait dit une de ces filles saines du style fermières capables de travailler plus dur que la plupart des hommes.

« Bonsoir ! dit-elle avec entrain en me regardant.

— C'est la sœur de Rose, Aki, lui chuchota Louise.

— Oh… Moi, c'est Chiyo. » Elle me tendit sa main, qui me parut douce et un peu molle avant qu'elle ne serre la mienne avec vigueur.

Je fronçai les sourcils une seconde. Chiyo ne donnait pas l'impression d'être de San Francisco, et je ne reconnaissais pas son nom. « Il y avait une autre colocataire, je crois…

— Oh, tu dois parler de Tomi ! dit Louise. Elle a déménagé il y a quelques mois et travaille maintenant comme domestique à Evanston. Elle ne supportait pas la grande ville.

— C'est moi qui ai pris sa place. Et vu qu'avant je vivais dans un couloir, ici, c'est mille fois mieux ! » Chiyo plia sa serviette sur un cintre qu'elle accrocha à un clou sur le mur. « Je n'ai pas connu ta sœur très longtemps. On ne s'est pas beaucoup parlé. Mais je suis vraiment navrée. »

En irait-il ainsi dorénavant ? Les gens nous regarderaient avec pitié, moi et mes parents ? En guise de réponse, je baissai la tête.

Louise m'apporta la valise en cuir fauve de Rose. « Elle avait mis toutes ses affaires là-dedans…

— Mais sa brosse à dents et son gobelet sont restés dans la salle de bains commune, ajouta Chiyo. Je vais les chercher. »

La tête me tournait. Louise dut remarquer que je me sentais mal.

« Tiens, assieds-toi… » Elle me montra le lit qui occupait le milieu de la pièce. Je me laissai tomber sur le matelas et les ressorts gémirent sous mon poids. Était-ce là qu'avait dormi ma sœur ?

Je sentis les yeux de Louise me fixer tandis que je m'efforçais de reprendre ma respiration. Une attention qui me rendit plus nerveuse que reconnaissante.

Chiyo revint avec une brosse à dents rouge et un pot qui avait dû contenir de la confiture de fraises. Pourquoi aurais-je voulu ça, je l'ignorais. Je les pris néanmoins, avec gratitude.

« Quel horrible accident, dit Louise.

— C'est ce que disent les gens ? »

Louise et Chiyo échangèrent un regard. « Oui, qu'est-ce que ça pourrait être d'autre ?

— Le médecin légiste pense que Rose s'est suicidée.

— Quoi ? » Louise avait l'air sincèrement troublée. Chiyo, en revanche, pas du tout.

« Rose n'aurait jamais fait ça. » Elle ne m'aurait pas abandonnée. « Pourriez-vous me dire comment elle était, ce jour-là ?

— Ces derniers temps, elle ne se sentait pas très bien, répondit Chiyo.

— Oui, elle avait passé beaucoup de temps au lit, précisa Louise. J'ai supposé qu'elle avait attrapé la grippe. »

Ma sœur, qui était forte comme un cheval ? À Manzanar, quand on l'avait vaccinée, elle n'avait même pas été malade, alors que d'autres avaient couru aux latrines toute la journée.

« Est-ce qu'elle a vu un médecin ?

— Non, elle a refusé. » Louise le dit sur le ton du regret, comme si elle aurait dû insister. « Certains hôpitaux n'acceptent pas les Japonais.

— Mais il y en a plein qui nous soignent nous aussi », dit Chiyo.

J'avais besoin de comprendre ce qui était arrivé à Rose. « Pouvez-vous me dire avec qui elle passait du temps ?

— Eh bien, avec Roy, bien sûr. C'est pour ça que je l'ai appelé quand la police est venue ici, expliqua Louise.

— Qui d'autre ? Fréquentait-elle quelqu'un ?

— Pas que je sache. Il n'y avait personne d'autre. Enfin, on allait toutes à des soirées dansantes et à des fêtes. Et tu connais Rose… toujours entourée d'amis ! »

Chiyo ne confirma pas la remarque de Louise. « Je ne vais pas souvent à des soirées dansantes.

— Avant que Tomi parte à Evanston, elle et Rose passaient beaucoup de temps ensemble.

— Puis-je avoir le numéro de téléphone de Tomi ?

— Oui. Mais je préfère te prévenir, la dame pour qui elle travaille n'aime pas qu'elle reçoive trop d'appels.

— Son adresse, alors ? »

Louise grimaça, montrant que, cette fois, je l'embêtais vraiment. Puis elle s'agenouilla près du lit sur lequel j'étais assise pour attraper une boîte en dessous. Après avoir feuilleté un répertoire en cuir vert, elle me donna une adresse que je notai sur la page de journal pliée dans mon sac. Au moment où elle remit la boîte sous le lit, je sursautai en apercevant une pile de livres.

« Oh, ces vieux bouquins appartiennent à Tomi ! dit Louise. On lui a demandé de venir les chercher. »

Mais j'avais reconnu la tranche du journal intime que j'avais offert à Rose le jour de son départ. « Celui-ci est à ma sœur. »

D'un œil perplexe, Louise me regarda l'extraire de la pile en faisant tomber les livres placés au-dessus sur le plancher.

« Je l'ai fabriqué pour elle. » Agrippant la couverture rugueuse, je passai ma main sur les lettres, ROSE, que j'avais tracées avec un bouchon brûlé.

« Oh, c'est bien que tu l'aies repéré ! » s'exclama Chiyo tandis que j'ouvrais la valise et posais le journal sur les vêtements pliés de ma sœur. Je sortis une écharpe, celle qu'elle avait commandée dans le catalogue Sears Roebeck en prévision des hivers glacés de la vallée de l'Owens, et l'enroulai autour du pot à confiture, que je rangeai avec la brosse à dents dans la valise.

« Oui, on ne savait même pas qu'elle tenait un journal… » Louise se releva en époussetant ses doigts et sa robe. « À part des cartes postales, je n'ai jamais vu Rose écrire beaucoup. »

Au moment où je refermai la valise, on frappa un coup discret à la porte.

« Un autre *okyaku-san* ! » Chiyo paraissait enchantée. Elles ne devaient pas recevoir de nombreuses visites.

Sur le seuil apparut une autre jeune femme dans nos âges qui tenait à la main une valise bleu pâle. En la voyant, je faillis m'évanouir. On aurait dit le sosie de Rose. Elle était grande, avec un long visage et un sourire éclatant qui aurait amadoué n'importe quel *issei* grincheux ou *nisei* bureaucrate. Sa voix, en revanche, bien plus douce, effaçait totalement la ressemblance initiale.

« Bonsoir, je suis Kathryn. Je viens de Rohwer, dans l'Arkansas. Ce sont les American Friends qui m'envoient. Excusez-moi d'arriver si tard, mais ils m'ont dit qu'il pourrait y avoir une place ici. »

Un silence gêné s'abattit mais, très vite, Chiyo réagit. Elle se présenta, présenta Louise, puis hésita quand vint mon tour. Je volai à son secours. « Je suis Aki. »

Kathryn aperçut la valise de Rose. « Oh, c'est vous qui déménagez ?

— Ah non… » Je me levai. « Il faut que j'y aille. »

Chiyo acquiesça, comme si le temps qui m'avait été imparti s'était en effet écoulé.

« Je te raccompagne, dit Louise.

— Ce n'est pas la peine. » Voir que Rose avait été remplacée aussi rapidement me peinait. Ses colocataires ressentiraient-elles encore son absence demain ?

« Au moins jusqu'à l'escalier. »

Kathryn m'adressa un au revoir radieux. Je me demandai si quelqu'un lui raconterait ce qui était arrivé à la fille dont le lit serait désormais le sien.

En suivant Louise dans le couloir, je remarquai le gros verrou sur la porte, qui avait l'air tout neuf comparé au reste dans l'appartement décrépit.

Arrivée devant l'escalier, je me sentis obligée de dire quelque chose. « Rose ne s'est pas suicidée. Tu es celle qui la connaissait depuis le plus longtemps, Louise. Tu sais que ce que je dis est vrai.

— Je ne la connaissais pas vraiment, rétorqua-t-elle en tripotant le bouton du haut sur sa robe. Elle était dans son monde, moi dans le mien… Je suis désolée. »

Je n'ajoutai rien de plus. Mon sac et la valise dans une main, je descendis les marches en effleurant la rampe du bout des doigts. *C'est la rampe que Rose a touchée*, songeai-je.

En dépit de son apparence polie et soignée, je ne croyais pas entièrement Louise. Pourquoi avais-je dû insister pour obtenir les coordonnées de Tomi ? Quant à la vigoureuse et chaleureuse Chiyo, elle acceptait sans difficulté l'hypothèse du légiste selon laquelle Rose s'était suicidée. Comment avaient-elles pu se remettre aussi vite de sa mort et accepter une nouvelle colocataire ? La vie de ma sœur ne représentait-elle donc rien pour elles ?

Tomi. Tomi serait peut-être la clé des secrets de Rose.

L'entrée de la station de métro Clark and Division apparut devant moi de façon si soudaine que je ne compris pas tout de suite où j'étais. L'escalier, semblable à la fine bouche d'un monstre, s'enfonçait dans les entrailles du métro. Je voulais aller voir le quai où s'était tenue Rose au moment de son dernier soupir. Mais j'avais la valise, et je ne voulais pas descendre et remonter en la traînant. Je me dis que je reviendrais le lendemain. Peut-être vers six heures, heure à laquelle l'article du journal précisait qu'elle avait été tuée.

Je fis passer la valise dans ma main gauche. Elle était de plus en plus lourde à mesure que j'avançais. Des hommes qui flânaient devant des bars en fumant des cigarettes et des cigares m'interpellèrent.

« Salut, baby !

— Hé, la rose de Tokyo !

— Jolie petite chose !

— Viens par ici !

— On discute un peu ? »

La nuit était tombée. Je ne me sentais pas en sécurité.

Une personne en robe du soir et outrageusement maquillée – et qui mesurait plus d'un mètre quatre-vingts – déboula dans la rue et s'engouffra dans le Mark Twain Hotel. Je commençais à comprendre que, à Chicago, rien n'était ce qu'il paraissait.

Après être rentrée à l'appartement, je me sentis toujours aussi troublée. Je retirai mes chaussures à talons et marchai en socquettes blanches sur la pointe des pieds. Derrière la porte de la chambre, j'entendais le ronflement familier de mon père. Au moins mes parents avaient-ils un peu de répit par rapport au cauchemar de notre réalité.

Dans le salon, je vidai lentement la valise. Hormis un petit placard dans l'entrée, il n'y avait aucun endroit où ranger des affaires. Je devrais sans doute replier le tout et le remettre dans la valise, mais ce n'était pas grave.

J'étalai chaque chose avec soin. Quelques paires de bas en soie, des articles précieux. Rose n'en avait pas eu au camp, c'est certain. Trois autres robes, dont une plus habillée que je n'avais jamais vue. Sa robe à pois n'était pas là. Un album pour mettre des timbres d'obligations de guerre ; je me souvenais qu'elle l'avait acheté à Los Angeles avant notre départ pour Manzanar. L'album pouvait contenir 187 timbres à dix cents, ceux de couleur rouge, illustrés d'un soldat de la guerre d'Indépendance. Ma sœur en avait collectionné des dizaines, et il ne restait plus qu'une page vide. Je sortis le pot à confiture de l'écharpe et le posai sur la table, comme un signe que Rose était encore avec nous.

Il me tardait de regarder son journal intime. S'en était-elle servie ? Elle n'était pas du genre à noter des choses ou à s'appesantir sur ce qu'elle avait fait. J'ouvris le cahier. Quelque chose tomba par terre. Un bout de papier déchiré, avec un *20* imprimé en rouge. Ce chiffre ne me disait rien. Sans doute l'avait-elle utilisé comme marque-page. Après l'avoir remis à l'arrière du cahier, je feuilletai les pages au hasard.

Voir son écriture longue et ample si familière me fit fondre en larmes. Avec toute l'émotion qui m'oppressait, je ne pensais pas pouvoir lire quoi que ce soit ce soir. En refermant le cahier, je remarquai qu'il manquait des pages. Elles avaient été arrachées. Je ne pus m'empêcher de me demander si elles avaient contenu des secrets sur la raison pour laquelle ma sœur était morte.

5

Aujourd'hui, c'est le premier jour de ma nouvelle grande aventure. Chicago !

Au marché, il m'arrivait de téléphoner à Chicago de la part de Papa. Je prenais une voix aiguë et raffinée pour avoir l'air blanche et non japonaise. Mon professeur d'anglais au lycée m'avait dit que j'avais une belle voix, que j'aurais même pu être présentatrice à la radio. Vous imaginez ça ?

Ma sœur Aki m'a fabriqué ce journal intime, alors je suppose que je devrais essayer de m'en servir. Elle sait que je ne suis pas du genre à écrire des choses, mais peut-être que je lui prouverai qu'elle se trompe. De toute façon, dans ce train, il n'y a personne à qui parler. Oh, mais c'est l'heure du déjeuner ! Je vais aller au wagon-restaurant. Je n'ai encore jamais mangé dans un train.

Le lendemain, je fus incapable de sortir de mon lit. Mes parents s'étaient levés de bonne heure et avaient mis leurs seconds plus beaux vêtements ; les plus beaux étaient ceux qu'ils avaient portés dans le train pour partir à Chicago.

« Où allez-vous ? » Tout en frottant mes yeux ensommeillés, je regardai mon père attacher sa montre et ma mère attraper son sac. La veille, j'avais pris le temps de mettre des bigoudis, mais des épingles étaient tombées si bien que des boucles pendouillaient autour de ma tête telles des araignées géantes.

« Au bureau de réinstallation. *Tou-san* et moi devons trouver un travail. »

Je les suivis au salon dans mon pyjama en coton. Ce serait la première fois que ma mère chercherait un emploi payé. Mais il nous fallait absolument de l'argent. Dans cet appartement, il n'y avait littéralement rien à manger ni à boire. L'eau qui sortait des robinets de la salle de bains et de la cuisine était marronnasse. Et la glacière avait toujours besoin d'un pain de glace.

Toute la nuit, j'avais réfléchi pour décider si je devais répéter à mes parents ce que m'avait dit le médecin légiste. Et si un nouvel article dans le journal évoquait l'avortement ? Quel choc ce serait ! Avorter était interdit par la loi. Au lycée, j'avais entendu parler de filles tombées enceintes mais, en général, on les avait envoyées quelque part chez des parents au milieu de nulle part. Une des camarades de classe de Rose s'était fait avorter par son médecin, seulement c'était un tel secret que la plupart d'entre nous ne pouvaient même pas en parler.

Au camp, j'avais lu tout haut un bref article paru dans le journal de la JACL, le *Pacific Citizen*, à propos d'un médecin *issei* qui vivait dans la partie libre de l'Arizona et avait été condamné à une peine de prison pour avoir pratiqué un avortement sur une femme *hakujin*. « Ah la la ! », telle avait été la sentence de ma mère. Plus que le mot « avortement », ce qui la scandalisait, c'était « peine de prison ». Il allait de soi que, si on avortait, il ne fallait pas que ça se sache, et encore moins se faire prendre.

Comment pouvais-je dire quoi que ce soit à mes parents ?

J'avais rangé la valise de Rose dans le placard pour qu'ils ne la voient pas tout de suite. Ils avaient le cœur si tendre qu'ils n'avaient nul besoin d'un rappel supplémentaire qu'elle n'était plus avec nous.

« Il faut prendre des dispositions pour l'enterrement, dit ma mère avant de partir.

— Je vais m'en occuper. » Aussitôt, son visage ridé s'adoucit. « Je dois demander pour quel jour ? Ce week-end ?

— Le plus tôt sera le mieux.

— Tu veux dire… dès demain ? »

Elle jeta un regard à mon père, non pas pour avoir son avis, mais pour juger de son état d'esprit. « Demain ira très bien…

— Sauf si on trouve un *shigoto* », lui rappela Papa.

Mes parents le savaient, il ne serait pas facile à deux immigrants japonais de trouver un emploi décent, notamment un qui n'impliquerait pas de faire la cuisine ou le ménage.

« Bien, *ittekimasu !* » dit ma mère, comme chaque fois qu'elle sortait de la maison, comme dans la vie normale de tous les jours. Cette formule en japonais me fit l'effet d'un baume chaud sur le cou. Mon père, en revanche, ne m'adressa qu'un bref signe de tête, comme à une vague connaissance croisée dans la rue par hasard.

Après avoir pris une douche rapide sous l'eau marron, je venais d'enfiler une de mes robes en coton lorsqu'on frappa à la porte.

« Qui est là ? criai-je en fermant le dernier bouton de mon col.

— Harriet Saito. J'habite au premier étage. » Sa voix, claire mais ferme, me fit penser à celle d'une institutrice.

Je déverrouillai la porte. Harriet, une femme *nisei* de taille moyenne comme moi, avait un haut chignon de boucles châtain foncé. Mes désastreuses ondulations me firent honte. Il fallait que je sache qui la coiffait.

« Je travaille avec Mr. Tamura au bureau de réinstallation. » Elle brandit une Thermos et quelque chose dans un sac en papier. « J'ai pensé que vous pourriez avoir besoin de manger un peu. »

Acceptant volontiers, je l'invitai à entrer. La Thermos contenait du café tout chaud, et le sac, un exemplaire du *Pacific Citizen*, une miche de pain et de la confiture de fraises. Je reconnus le pot : le même que celui que Rose avait utilisé comme gobelet pour se brosser les dents.

« Oh, merci beaucoup ! » Ces cadeaux tout simples me semblaient plus précieux que de l'or.

« Et ne vous inquiétez pas, le *Pacific Citizen* ne mentionnera pas la mort de Rose. J'ai entendu Mr. Tamura dire qu'il comptait leur parler. Et il fera en sorte que rien ne paraisse non plus dans le *Manzanar Free Press*. »

Je ne savais pas quoi répondre. J'avais beau vouloir protéger la mémoire de ma sœur et l'intimité de ma famille, notamment des ragots qui circuleraient dans le camp, effacer sa mort ne reviendrait-il pas à desservir Rose ?

Harriet, qui avait dû percevoir mon malaise, reporta son attention sur la kitchenette, où elle examina la plaque chauffante et la glacière branlante. « Il va vous falloir de la glace », dit-elle, avant de me recommander un vendeur dans l'une des brochures de Mr. Tamura.

On s'installa autour de la table. J'enregistrai tous les conseils pratiques qu'elle avait à me donner concernant la vie quotidienne. Pour la coiffure, elle m'indiqua deux salons, dont celui du Mark Twain Hotel. « La famille était au camp d'Amache, dans le Colorado. Comme vous venez de vous installer, ils vous feront une remise. »

Lentement, je bus le café dans la tasse de la Thermos, savourant l'énergie que chaque gorgée redonnait à mon corps. Brusquement, Harriet baissa la tête. « J'ai perdu mon frère à la guerre. Je sais ce que vous traversez. »

J'écarquillai tout grands les yeux. « En Europe ? »

Elle acquiesça. « En Italie. Il y a un mois.

— C'est affreux…

— Mes parents ont organisé une cérémonie au camp à sa mémoire. J'étais ici et je n'ai pas pu y aller. N'est-ce pas étrange que, une fois qu'on en est sorti, ils font tout pour qu'il soit compliqué de retourner au camp ? »

L'ironie de sa remarque me sidéra. Moi non plus, je ne supportais pas l'idée que ses parents aient dû faire leurs adieux à leur fils mort derrière des barbelés.

« Il sait que je l'aime. » Harriet avait employé le présent, comme si son frère était toujours en vie.

Bien qu'elle ait cherché à me consoler, je ressentis une colère soudaine. Pourquoi les nôtres devaient-ils mourir pendant qu'on nous arrachait à nos foyers ?

Je revissai la tasse sur la Thermos. « Aujourd'hui, je vais aller au commissariat.

— Pourquoi ?

— Pour récupérer les affaires de ma sœur.

— Mr. Tamura peut s'en charger à votre place. Ça vous évitera d'être confrontée à toute cette laideur…

— Non, j'ai besoin d'y aller moi-même. » Harriet n'avait pas réussi à être en paix avec son frère disparu dans un pays lointain, mais je n'étais pas du même bois.

« Mr. Tamura a dit qu'il prêterait de l'argent à votre famille pour payer les pompes funèbres et l'enterrement. »

Mon père n'aimerait pas ça, cependant, on n'avait pas vraiment le choix. Juste avant notre départ, la WRA nous avait remis vingt-cinq dollars à chacun, et il me restait environ dix dollars gagnés au *supply department* à Manzanar. La majeure partie de cet argent était passée dans l'appartement.

« Allez voir Klaner's, reprit Harriet. C'est à deux rues d'ici. Mr. Tamura les a déjà prévenus. Vous serez notre premier… » Elle laissa sa phrase en suspens, et je ne comptais pas l'aider à la terminer. Puis elle se leva et s'excusa gauchement en marmonnant qu'elle allait être en retard au travail. Je lui dis qu'elle verrait sans doute mes parents, partis au bureau de réinstallation il y a une heure.

« C'est bien qu'ils y soient allés tôt, rétorqua-t-elle. Parfois, l'attente dure toute la journée.

— Si jamais vous les croisez, ne leur dites pas que je suis allée au commissariat.

— Bien sûr, je comprends. » Harriet m'adressa un petit sourire mêlé d'inquiétude.

D'après le plan, le commissariat n'était distant que de six rues. LaSalle Street regorgeait de pensions et d'églises historiques avec de hauts clochers et des portes en bois au sommet arrondi.

Le commissariat occupait un bâtiment rectangulaire à deux niveaux composés de blocs de brique géants. Une enfilade de sept longues fenêtres courait sur chaque étage, et des marches menaient à l'entrée sous un porche. Étant donné que j'avais rarement mis les pieds dans un commissariat à Los Angeles, entrer dans celui d'une grande ville comme Chicago me secoua. Je pris plusieurs longues inspirations avant de monter l'escalier.

Les portes s'ouvrirent subitement sur trois femmes *hakujin* en habits moulants, les cheveux ébouriffés et la bouche barbouillée de rouge à lèvres. Deux hommes noirs, dont l'un en costume de prêtre tenant une bible à la main, sortirent à leur suite, mais ils ne semblaient pas avoir de lien avec elles. Il n'était pas encore midi, et le poste de police d'East Chicago Avenue était déjà en pleine effervescence.

Au bureau d'accueil, personne ne remua un cil lorsque je déclarai être la sœur de la femme tuée à la station de métro Clark and Division. Je me trouvais dans un lieu où l'on était habitué aux fins tragiques.

Je dus attendre au moins une demi-heure, pendant laquelle je vis passer des hommes *hakujin* et noirs au menton ombré de barbe, escortés par des policiers en uniforme sombre et casquette. Enfin, un agent aux cheveux noir de jais se dirigea vers moi. « Ito ? » Il prononça mon nom avec un fort accent que je n'avais jamais entendu. Quand il s'approcha, je m'aperçus que son visage tout ridé le faisait paraître plus vieux que je ne l'avais pensé.

Je me levai du banc. « Je suis Aki Ito. »

Il se présenta comme étant l'agent Trionfo. Ses yeux de serpent me toisèrent en remontant de mes chaussures marron à ma robe bleue. L'humidité avait des effets bizarres sur mes cheveux. Du coin de l'œil, j'entrevis une boucle folle dressée sur ma tête.

J'expliquai que j'étais la sœur de Rose et que je venais chercher ses affaires.

« Vous ne voulez pas les prendre, dit-il. Tout est sale, plein de sang et dégoûtant. Demandez à votre père ou au responsable du bureau de réinstallation de passer les récupérer.

— Non. » Papa ne tenait que par un fil. Je n'allais pas lui infliger cette épreuve. Et Ed Tamura était un bureaucrate qui, bien que plutôt sympathique, ne faisait pas partie de la famille. « Non, j'aimerais les prendre moi-même. » Entendre ma voix fluette et tremblante me gêna. Le policier se fendit d'un sourire entendu, comme s'il était certain de me faire changer d'avis.

Ça ne m'allait pas du tout. J'étais là en tant qu'avocate de Rose. Et je n'allais pas l'abandonner.

Avant même de m'en rendre compte, je hurlai quasiment : « Donnez-moi les affaires de ma sœur ! »

Sans doute surpris par mon éclat de voix, le policier referma la main sur sa matraque. Imaginant s'abattre une avalanche de coups, je les accueillis d'avance ; peut-être la douleur physique atténuerait-elle la douleur qui me déchirait le cœur. Je fermai très fort les yeux, mais rien ne se passa. En les rouvrant, je vis qu'un policier *hakujin* entre deux âges s'était interposé entre nous.

Il ne portait pas de casquette, et ses cheveux coupés en brosse avaient la couleur du miel.

« Que se passe-t-il ? demanda-t-il à Trionfo.

— C'est la petite sœur d'Ito. Elle veut son sac et sa robe. Tout est en lambeaux.

— Pourquoi vous ne les sortez pas du coffre ? »

L'agent soutint le regard de l'homme que je supposai être son supérieur.

« Agent Trionfo ! » La voix du blond était autoritaire.

L'agent secoua la tête, puis descendit par un escalier vers un sous-sol.

« Merci. » Je lissai les plis de ma robe.

« Je suis le sergent Graves. » Alors que la veste de Trionfo boudinait ses gros bras et sa bedaine, l'uniforme de ce policier tombait à la perfection sur son corps élancé. Toutes les parties visibles de sa peau étaient parsemées de taches de son.

« Aki Ito. »

Mon nom semblait l'amuser, comme si c'était une sorte de blague. Il me montra d'un geste le bureau d'accueil. « Il va nous falloir quelques renseignements sur vous pour vous restituer ses affaires. »

Je remplis un formulaire, dans lequel j'indiquai mon nom, mon lien de parenté avec Rose et mon adresse. N'ayant pas eu le temps de mémoriser le numéro de la rue, je dus le vérifier dans mon carnet. « Nous sommes arrivés à Chicago il y a deux jours », expliquai-je.

Le sergent ne parut nullement surpris. « Alors, bienvenue… Je regrette que vous ayez dû arriver comme ça dans notre belle ville.

— Ma sœur ne s'est pas suicidée. Ce n'était pas son style.

— Vous et les vôtres avez traversé beaucoup de choses, ces deux dernières années. »

L'entendre formuler aussi simplement par un *hakujin* m'étonna.

« Oui. C'est vrai. » J'attendis de voir s'il allait m'assurer que l'enquête se poursuivrait, mais il garda le silence, un sourire patient sur les lèvres. Puisqu'il ne me faisait aucune promesse, je ressentis le besoin d'insister. « Vous allez découvrir ce qui est arrivé à ma sœur ? »

Graves hocha la tête. « Mais oui. Le dossier n'est pas encore refermé. J'ai vos coordonnées, par conséquent je veillerai à envoyer quelqu'un chez vous s'il y a du nouveau. »

Je n'étais pas très optimiste quant au fait qu'il suivrait l'affaire, il avait néanmoins l'air plus accessible que l'autre policier.

« Vous allez où, à présent ? me demanda-t-il.

— Aux pompes funèbres. Klaner's, je crois que ça s'appelle.

— Ma foi, vous serez là entre de bonnes mains. » Sur ce, il s'excusa en disant que l'agent Trionfo n'allait pas tarder à revenir avec les effets personnels de Rose.

« Merci, sergent. »

Il me serra la main. Ses doigts étaient frais et enveloppants, comme s'il était habitué à serrer les mains des femmes en deuil.

Trionfo réapparut au bout de quelques minutes.

« Tenez ! » Le paquet qu'il me lança à la figure m'effleura le front. Humiliée d'être traitée avec aussi peu de respect, je jetai des regards alentour pour voir si quelqu'un avait assisté à la scène, mais tout le monde était absorbé par d'autres problèmes apparemment plus urgents que le mien.

Klaner's, un immense bâtiment impressionnant au 1253 North Clark Street, une rue au nord de Division Street, comportait un élégant salon funéraire.

Mes parents n'allaient pas régulièrement à l'église, ils montraient davantage d'inclination pour le bouddhisme que pour autre chose, mais Rose et moi avions fréquenté l'église chrétienne japonaise de Glendale de temps à autre. Dans les documents qu'il avait fallu remplir avant de partir du camp, nous avions tous écrit que nous étions de religion chrétienne.

Le directeur des pompes funèbres, un homme aux joues affreusement vérolées, se montra attentif et appela le bureau du médecin légiste afin de savoir quel jour serait rendu le corps de Rose. Être allée à l'église de Glendale m'aida à répondre à ses questions concernant la cérémonie. « Des psaumes pour la lecture de l'Évangile, dis-je. Quelque chose à propos de Dieu qui nous fait reposer dans de verts pâturages. »

Je n'arrivai pas à penser à d'autres chants qu'« Amazing Grace ». « Est-ce qu'on peut se dispenser de chanter ? finis-je par demander. L'organiste pourrait simplement jouer quelque chose. » Bien qu'un peu surpris par ma requête, le directeur en prit note dans son dossier. « Et il lui faudra un lieu de repos.

— Ah ! on peut l'incinérer et vous remettre les cendres dans une urne… Vous voudrez sûrement l'avoir près de vous.

— On préférerait l'enterrer. »

Le *hakujin* baissa les yeux, comme s'il n'osait pas me regarder en face. Puis il sortit du bureau et alla parler à un employé avant de passer un coup de téléphone.

Finalement, il revint. « Vous pouvez organiser la cérémonie ici, mais l'enterrement risque de poser un problème. » Je m'efforçai de suivre ce qu'il disait. « Nous allons devoir recommander une crémation. Vous déciderez ensuite où placer les cendres.

— C'est parce que nous ne sommes pas de Chicago ? »

Ses épaules voûtées s'affaissèrent plus encore. Le langage de son corps me rappela la mère de Vivi Pelletier et tous ces gens qui faisaient comprendre aux Japonais qu'ils n'étaient pas les bienvenus. Et, naturellement, se sentant acculé, il prononça la phrase que je redoutais. « En cette période particulière, les cimetières n'acceptent pas les défunts japonais. »

Je n'avais pas l'énergie de protester ; s'ils refusaient Rose, je n'avais aucune envie qu'elle soit enterrée où que ce soit par ici.

« Je vous conseille de parler à ces personnes. » Il me tendit une feuille, sur laquelle il avait écrit Chicago Japanese Mutual Aid Society et un numéro de téléphone. Nous prîmes des dispositions pour que la cérémonie ait lieu le surlendemain, le temps de faire transférer le corps de Rose du bureau du légiste.

En sortant de ce rendez-vous, je partis vers le restaurant où je devais retrouver Roy. J'avais l'impression d'être une vieille serpillière. Dans la désolation de Manzanar, Chicago nous était apparu comme une lumière au loin. Mais, maintenant que nous étions là, je voyais bien que ce n'était que le mirage de ce que nous avions si fort espéré.

Toutefois, ce que ma mère disait toujours à propos des tâches menées à bien était vrai. Si éprouvantes et décevantes qu'aient pu être mes rencontres au commissariat et aux pompes funèbres, avoir organisé les funérailles de Rose me donnait le sentiment du devoir accompli. Et bien que ces institutions de Chicago m'aient un peu ébranlée, dans quelques minutes, je serais attablée dans un restaurant, chose qui ne m'était pas arrivée depuis plus de deux ans.

Dès que j'entrai dans le *diner*, un serveur posté près de la porte me remit une petite boîte de Milk Duds. Ne sachant trop quoi en faire, je restai plantée là comme une imbécile, jusqu'à ce que Roy m'interpelle de l'un des box.

« On m'a donné ça. » Je lui montrai la boîte jaune.

« Offrir un truc sucré avant le repas est une tradition grecque. »

Je me glissai dans le box en face de lui. Il avait mis une cravate, et des mèches s'étaient échappées de sa pompadour gominée. Sans perdre de temps, j'engloutis les Milk Duds l'un après l'autre. C'était exactement le remède dont j'avais besoin, qui me transforma en l'Aki que Roy avait connue avant tout cela.

On commanda tous les deux un café et, après qu'il eut longuement insisté en disant qu'il m'invitait, je pris en plus des pancakes, mon plat préféré. Ceux du camp étaient si farineux qu'ils manquaient de m'étouffer. Aussi y avais-je renoncé ces deux dernières années.

« Il y a quoi, là-dedans ? demanda Roy en me voyant poser délicatement le paquet sur la banquette en Skaï.

— Les affaires de Rose que m'a rendues la police.

— Bon sang, Aki, qu'est-ce que tu fous à trimballer ça dans tout Chicago ?

— Je suis venue directement du commissariat. Et du funérarium. » N'ayant aucune envie de revivre mon entrevue avec l'agent Trionfo, je décidai de ne pas entrer dans les détails. « La cérémonie aura lieu après-demain, à onze heures. Tu peux le faire savoir ? » J'imaginais que peu de monde viendrait dans la mesure où la plupart des gens travailleraient, mais Roy m'assura qu'il serait là.

« Elle va être incinérée, ajoutai-je d'une voix éraillée.

— Ça ne m'étonne pas. Aucun cimetière *hakujin* ne veut des Japonais... C'est pareil à Los Angeles.

— Je croyais que ce serait différent à Chicago. »

Il se contenta d'émettre un grognement.

« Je suis censée contacter la Japanese Mutual Aid Society pour entreposer ses cendres dans leur mausolée.

— C'est au cimetière de Montrose. Vous pourrez les laisser là-bas un moment.

— C'est loin ? » Je n'imaginais pas abandonner Rose trop loin de nous.

« Assez loin vers le nord. Un collègue allemand y a acheté une prairie. Mais c'est encore dans Chicago.

— Est-ce que c'est près d'Evanston ?

— Pourquoi, tu comptes t'inscrire à l'université de Northwestern ?

— C'est là que vit Tomi. »

Roy fronça les sourcils.

« Tu connais Tomi, l'ancienne colocataire de Rose.

— Pourquoi veux-tu la voir ? lança-t-il avec une hargne tout à fait gratuite.

— Pour qu'elle me parle de ma sœur.

— Je ne pense pas qu'elle sache grand-chose. Ces derniers temps, Rose et elle ne se parlaient pas beaucoup. »

Je ne comprenais pas pour quelle raison Roy se montrait aussi réticent. Mon agacement dut se voir car il poussa une grosse boîte sur la table. « Tiens, c'est pour toi et ta famille. »

Des barres au chocolat et au caramel, vingt-quatre, d'après ce qui était inscrit sur la boîte.

« Tu les as volées ? »

Roy éclata de rire. J'en fis autant. Je ne l'avais pas entendu rire depuis avant la guerre. « Tu sais bien que je travaille dans une usine de confiseries ! »

Mes pancakes arrivèrent. J'eus envie de pleurer. Deux disques bruns parfaits, tout chauds et fumants, avec un morceau de beurre qui fondait sur le dessus. Je versai du sirop d'érable sur la pile jusqu'à ce que Roy me fasse signe d'arrêter. « Tu te comportes comme une clocharde qui vit dans la rue !

— Je me fiche de ce que pensent les autres. » Ma mère m'avait toujours reproché d'avoir une attitude très peu féminine, et j'en avais assez qu'on me dise de réprimer mes penchants naturels.

Entre deux bouchées de pancake, je lui racontai mon passage dans l'ancien appartement de Rose et la découverte de son journal intime.

« Je ne savais pas qu'elle en tenait un… Ça ne lui ressemble pas. » Il porta sa tasse de café à ses lèvres et, juste avant de boire, ajouta : « Est-ce qu'elle a écrit quelque chose sur moi ?

— Non », mentis-je. Il me fallait encore du temps avant de me plonger dans son journal, mais j'avais vu que Roy y était mentionné plusieurs fois. « Enfin, pas grand-chose. »

Il tambourina des doigts sur la table en Formica. S'inquiétait-il à l'idée que Rose ait écrit quelque chose sur lui ? Si ce qu'affirmait le médecin légiste était vrai, quelqu'un avait mis Rose enceinte. Or Roy était l'homme dont elle avait été la plus proche à Chicago.

« J'aimerais bien voir ce journal, un jour », dit-il.

Je tapotai mes lèvres collantes avec ma serviette. Je n'avais aucune intention de lui montrer le journal de ma sœur. « Elle parle surtout de choses du quotidien… Ses déplacements dans Chicago… Le salon de coiffure Beauty Box du Mark Twain Hotel… Les trucs habituels de Rose.

— Donc, ça parle surtout d'elle. »

J'ignorai l'insulte de sa remarque. « D'après son journal, elle n'avait pas l'air déprimée. Je ne crois pas que Rose se serait suicidée. Et toi ? »

Roy se passa la main dans les cheveux. « Sortir du camp a des effets… Finalement, on est libre sans l'être. C'est comme si on restait enfermé derrière des barreaux invisibles. Dès qu'on fait quelque chose qu'on n'est pas censé faire, on se heurte à un mur.

— Comme quoi ?

— Comme demander une promotion parce qu'on a travaillé plus dur sur la chaîne que les autres. » Sa mâchoire se crispa. « S'il n'y avait pas ma mère, je me serais déjà engagé dans l'armée. »

Je repensai au sort qu'avait connu le frère de Harriet. « Mais… tu pourrais te faire tuer.

— Je ne suis pas une lavette ! Je sais ce que disent les gens. » Sa famille dépendait de lui, notamment pour communiquer avec les personnes qui avaient repris le marché de primeurs des Tonai ; Roy les traitait de vautours. Son père était toujours enfermé dans un centre de détention pour étrangers à Santa Fe, au Nouveau-Mexique. Et comme il y avait peu de chances que le gouvernement accepte de le libérer rapidement, les femmes de sa famille avaient décidé de rester au camp, en tout cas pour l'instant.

La serveuse vint débarrasser mon assiette. J'avais tout dévoré, sans laisser une seule miette ou goutte de sirop.

Deux femmes *nisei* qui venaient d'entrer dans le *diner* s'arrêtèrent devant notre table. La plus grande tira la plus petite par le bras pour la dissuader de nous parler, mais sans succès. « Eh ben, dis donc, tu n'as pas perdu de temps ! » Elle avait une voix rauque de fumeuse. Son chapeau à large bord accentuait la rondeur de son visage.

Roy baissa les yeux, comme s'il ne voulait pas les regarder en face. « C'est la sœur de Rose, Aki. » Les deux femmes demeurèrent bouche bée.

Je les saluai, mais je ne retins que le nom de la plus petite, Marge. « Je ne savais pas que Rose avait une sœur », dit cette dernière d'une voix émue. La plus grande, qui avait des lunettes papillon, me toisa du regard.

Après s'être excusées avec maladresse, elles filèrent se réfugier dans un box à l'autre bout de la salle.

« C'était quoi, Roy ? »

Il tira sur sa mèche pompadour. « Je suis sorti avec une de leurs colocataires… Ça ne s'est pas très bien passé.

— Et pour toi et Rose ?

— Quoi, moi et Rose ?

— Tu sais bien !

— On était amis, Aki. Des amis de là-bas, chez nous en Californie. Rien d'autre. D'ailleurs, elle était plus aimable avec moi à Chicago. Sans doute parce que tes parents et toi n'étiez pas là. Elle ne connaissait personne d'autre de Los Angeles.

— Elle avait des petits amis ? Est-ce qu'elle sortait ?

— Tu connais ta sœur… » Il contempla sa tasse vide. « Elle était toujours entourée de gens, mais personne ne la connaissait vraiment. Personne ne pouvait s'approcher… Tu es probablement la seule qui connaissait la vraie Rose. »

Cette conversation ne menait nulle part. Depuis le temps que je connaissais Roy et les Tonai, pouvais-je lui faire confiance ? De toute évidence, Rose avait eu une relation avec quelqu'un, et si ce n'était pas Roy, alors qui ? Qu'il n'ait en rien éclairé ce qui s'était passé dans la vie de ma sœur m'embêtait. Je le laissai régler l'addition : je n'avais pas assez d'argent pour payer mes pancakes. Il me promit que, la prochaine fois, il m'emmènerait manger un chop suey dans un restaurant chinois.

Avant de nous séparer, je lui rappelai : « N'oublie pas. Après-demain. Les funérailles de Rose. »

J'avais tellement mal aux jambes d'avoir tant marché que, bien que ce soit juste pour une station, je pris le métro. Étant donné que c'était l'heure de pointe, je me retrouvai quasiment écrasée entre des hommes en costume rêche et des femmes en talons hauts. De l'air chaud s'engouffrait dans le wagon. Par moments, l'odeur que dégageait le paquet d'affaires de ma sœur me donnait la nausée. J'ai toujours eu l'estomac fragile, trop dépendant de mes émotions. Avant que je m'en sois rendu compte, le haut-parleur annonça la station Clark and Division. Mon cœur fit un bond. Les yeux embués de larmes, je me cramponnai aux affaires de Rose. J'avais eu l'intention d'observer les allées et venues sur le quai où elle-même s'était trouvée le soir du 13 mai, mais une marée humaine m'emporta, comme si je n'avais ni attache ni amarre.

6

Plusieurs filles ont trouvé un boulot dans une fabrique de soutiens-gorge. J'ai pensé que ce serait chouette si on avait des échantillons gratuits. Mais il s'avère qu'il faut travailler dans une pièce sans fenêtre et que les soutiens-gorge sont mal faits, avec des crochets qui vous rentrent dans le dos.

Ma colocataire Tomi, qui travaille dans la grande usine de confiseries, m'a dit qu'il y aurait peut-être une place pour moi. J'ai été reçue par un homme tout rond à la moustache gominée, comme on en voit dans les westerns. Je me retenais tellement de rire que je crois bien que j'ai souri pendant tout l'entretien. Et j'ai obtenu le poste.

La veille des funérailles, ma mère et moi nous rendîmes chez le coiffeur. Cela faisait à peine une semaine que nous étions allées à celui du camp à Manzanar, afin d'être sûres d'avoir l'air présentables à Chicago. Mais là, il fallait qu'on soit *chanto*, irréprochables, pour dire au revoir publiquement à Rose.

On laissa mon père tout seul en lui rappelant que le livreur de glace allait passer. Dans la rue, la chaleur qui s'élevait du trottoir nous plongea aussitôt dans un épouvantable bain de sueur ; et on n'était qu'à la mi-mai ! Jamais je n'aurais imaginé que je regretterais les étés dans la vallée de l'Owens, où le soleil aveuglant et implacable brunissait nos visages, nos bras et nos jambes si on oubliait de les couvrir. Mais, là-bas, la chaleur était sèche, pas humide comme ici.

Comparé à notre immeuble, le Mark Twain était grandiose. Il s'étirait à un angle tel un oiseau en vol et comportait au moins quatre étages. Il y avait même un hall, avec deux employés derrière le bureau de réception. L'un d'eux, au large torse et aux cheveux bouclés, semblait être un *nisei*. En nous voyant passer, il se contenta de nous dévisager sans sourire ni poser de question, comme s'il savait que nous venions de sortir du camp.

Le Beauty Box se trouvait vers le fond du rez-de-chaussée. Deux hauts fauteuils faisaient face à des miroirs et des tiroirs. « Nous n'avons pas pris rendez-vous, m'excusai-je auprès de la propriétaire *nisei* en train de faire payer une cliente, une *hakujin* qui avait l'air de se promener en chemise de nuit rose et robe de chambre.

— Pas de problème, pas de problème… Le reste de l'après-midi est libre. »

La coiffeuse, qui se présenta sous le nom de Peggy, observa la chevelure de ma mère. « Vos cheveux sont très sains et très noirs. Vous devez manger beaucoup de *nori*. »

Pour la première fois depuis longtemps, ma mère sourit. Elle était très fière de ses cheveux. « Je m'appelle

Yuri, dit-elle en s'abstenant de prononcer notre nom de famille. Et voici ma fille, Aki.

— Yuri et Aki. Des noms faciles à retenir. Vous êtes nouvelles à Chicago ? »

On acquiesça toutes les deux. J'avais très envie de l'interroger au sujet de Rose, mais je savais que ma mère ne voudrait pas que je parle d'elle à une inconnue.

Peggy ne nous posa pas beaucoup de questions sur nos antécédents. On lui précisa toutefois qu'on arrivait de Manzanar, c'était tout ce qu'elle avait besoin de savoir. Elle s'occupa d'abord de ma mère, dompta d'une main experte sa mèche qui la faisait parfois ressembler à une perruche calopsitte. Après l'avoir installée sous le séchoir, elle m'observa.

« Une coupe courte vous irait bien. Avec l'humidité qu'il y a à Chicago, ce sera plus facile à entretenir. »

J'ignorais comment Peggy avait compris que prendre soin de ma personne était l'un de mes points faibles. Mais sans doute était-ce une évidence. J'avais gardé les cheveux aux épaules parce que c'était à cette longueur que les portait Rose.

« Ah… »

Ma mère sortit la tête du séchoir vrombissant. « Oui, Aki-*chan*, coupe-les ! Ce sera *sukkuri* pour l'été. »

Avoir l'air léger m'était bien égal. « Ne me faites pas ressembler à un garçon ! » suppliai-je tout bas Peggy.

La coiffeuse éclata de rire, un rire aussi cristallin qu'un carillon. « Même si je vous rasais la tête, vous auriez toujours l'air d'une fille ! Mais, faites-moi confiance, vous êtes entre de bonnes mains… Vous sortirez d'ici jolie comme un cœur ! »

Pendant qu'elle procédait à la coupe, je me sentis choyée comme je ne l'avais pas été depuis… comme jamais je ne l'avais été. Elle me mit des bigoudis, puis m'installa à mon tour sous le dôme du séchoir et, quand elle les retira, elle réarrangea mes cheveux avec le manche d'un peigne qui aurait pu me crever un œil. Dans le miroir, mon visage se métamorphosa, passant d'une version moins séduisante de ma sœur à une fille que je n'avais jamais vue.

« Oh, pourquoi vous pleurez ? Ça ne vous plaît pas ? » Peggy me tendit deux mouchoirs en papier qu'elle attrapa dans son tiroir.

Pendant ce temps, ma mère m'avait observée tel un oiseau de proie. Je savais très bien ce qu'elle pensait. *Ne t'avise pas de dire quoi que ce soit. Tais-toi.*

Je me tamponnai les yeux. « Je pleure pour un rien… En général, les gens mettent plus de temps à s'en apercevoir.

— Oh, vous avez vécu tant de choses… Venir du camp dans cette grande ville est un choc pour l'organisme. Ça en a été un pour moi aussi. » Elle farfouilla dans ses tiroirs, d'où elle sortit trois bigoudis dont elle me fit cadeau. « Mettez-les avant de vous coucher.

— Aki-*chan*, on va être en retard », dit ma mère, bien que nous n'ayons rien à faire d'urgent. Elle paya ce qu'on devait avant de pour ainsi dire m'arracher du fauteuil.

Dans le couloir, elle me dit tout bas en japonais : « Nos affaires de famille sont nos affaires. Personne n'a à savoir ! » Cependant, le lendemain, nous assisterions à des funérailles, et tout le monde saurait que Rose était morte.

Mes parents ne s'attendaient pas à voir beaucoup de monde à la cérémonie. Un orage était prévu plus tard dans la journée ; à Chicago, les averses semblaient surgir de nulle part, et elles menaçaient de tremper nos belles coiffures étant donné qu'on n'avait pas encore acheté de parapluies.

L'employé du funérarium, qui nous avait remis le certificat de décès du légiste dans une enveloppe, nous dit de nous asseoir au premier rang dans le salon funéraire, devant l'urne qui contenait les cendres de ma sœur. L'univers de Rose à Chicago étant pour moi un mystère, je décidai de rester près de la porte pour accueillir toutes les personnes qui entraient, de manière à glaner des informations et savoir avec qui elle aurait pu entretenir une relation. Mes parents, en revanche, se plièrent au protocole, mon père les épaules affaissées dans son costume, ma mère jetant des coups d'œil derrière elle pour voir ce qu'elle ratait.

J'étais littéralement sous le choc de voir qu'autant de gens s'étaient déplacés pour assister à une cérémonie en fin de matinée. Pour commencer, tout avait été organisé en l'espace de quarante-huit heures. Et en plus, on était au milieu de la journée, un moment où les *nisei* auraient dû travailler dans des usines ou des bureaux. À Tropico, les obsèques avaient toujours lieu le soir, après que les employés avaient terminé leur service et eu le temps de prendre un bain.

Participer aux frais des funérailles, plus encore qu'à ceux des naissances ou même des mariages, était une obligation absolue. Quand on vivait en Californie, on veillait à faire un don, qu'on appelle le *koden*, dans des enveloppes qu'on remettait à l'employé de la réception à l'entrée. Bien que ce soit un rite d'origine bouddhiste, presque tous les anciens, quelle que soit leur religion, pratiquent le *koden* dans la communauté japonaise aux États-Unis. Lorsque quelqu'un meurt, la communauté se rassemble et remet de l'argent à la famille du défunt pour payer les funérailles. En retour, le jour venu, les survivants versent exactement la même somme à ceux qui leur ont donné le *koden* au moment où ils en ont eu besoin.

Jusqu'alors, Klaner's avait organisé très peu de funérailles de Japonais. Ce qui paraissait normal dans la mesure où nous étions pour la plupart jeunes et plutôt en bonne santé. De fait, mon père semblait être l'un des plus âgés. Le directeur des pompes funèbres m'avait expliqué que les immigrants allemands et polonais avaient eux aussi une tradition d'entraide au moment des funérailles, mais rien d'aussi normé que le *koden* chez les Japonais. Je demandai à l'employé de préparer une feuille comptable, et de bien vérifier que le nom du donateur et son adresse soient notés sur chaque enveloppe.

Roy arriva parmi les premiers. Il avait amené son colocataire, Ike, un grand *nisei* aux yeux étirés et aux paupières tombantes. Bien que Roy ait lissé ses cheveux en arrière et mis une cravate, quelque chose dans son visage n'allait pas. Ses yeux, d'ordinaire si lumineux, étaient injectés de sang, et ses lèvres enflées comme s'il avait été piqué par un moustique. Il proposa d'être l'*uketsuke*, celui qui réceptionne l'argent du *koden*, une tâche qui, avant la guerre, avait en général été confiée à des jeunes femmes ou à des vieux messieurs. Je lui dis que l'employé des pompes funèbres s'en chargerait.

Je ne sais pas trop pourquoi je me préoccupais tout à coup des apparences, mais je ne voulais pas que Roy paraisse faible de quelque façon. Alors que j'espérais qu'il irait s'asseoir au premier rang à côté de mes parents, il choisit une place au fond pour me garder à l'œil, comme s'il prévoyait qu'un problème survienne pendant la cérémonie.

Un flot régulier de gens commença à arriver. Voir que même Louise et Chiyo, respectivement en robe marron et bleu marine, étaient venues me fit plaisir. J'acceptai l'étreinte d'ourse de Chiyo et le coup de coude de Louise. Une femme *hakujin* aux cheveux roux flamboyants d'à peu près notre âge et deux hommes portant un costume parfaitement coupé et un chapeau s'installèrent près de Roy. Je supposai qu'ils travaillaient tous à l'usine de confiseries. Quelques autres *hakujin* se présentèrent.

Ed Tamura arriva accompagné de sa femme et d'un homme plus âgé avec un col de prêtre. Harriet était juste derrière eux.

« Je ne m'attendais pas à ce que vous veniez tous, leur dis-je.

— Mr. Jackson nous a fait savoir qu'on pouvait, que lui et les dames quakers nous couvriraient », expliqua Harriet. J'avais appris que ce Mr. Jackson dirigeait le bureau de réinstallation.

Mr. Tamura me présenta au révérend, lequel était responsable d'une petite congrégation japonaise au Moody Bible Institute, à l'angle de LaSalle Street et de Chicago Street. Le révérend Suzuki, les cheveux si rares qu'on aurait dit qu'il les avait peignés avec un râteau, avait un long visage et une mâchoire carrée ; je me demandai s'il n'était pas à moitié *hakujin*. « Je voulais vous rencontrer cette semaine, vous et vos parents, dit-il. Nous avons été surpris que vous ayez organisé les funérailles aussi rapidement. »

Lui répondre que nous voulions en finir au plus vite avec ça eût été indélicat. Toutefois, tarder nous aurait obligés à respecter le protocole, à prévenir nos parents encore enfermés dans d'autres camps, etc. Je ne savais même pas si je préviendrais Hisako ; notre sortie du camp était censée donner de l'espoir aux détenus. Organiser les obsèques sur-le-champ nous dispensait de ce genre de décisions et considérations, du moins tant que Mr. Tamura parviendrait à faire en sorte que le *Manzanar Free Press* ne parle pas de notre tragédie.

« Je ne connaissais pas votre sœur, enchaîna le révérend Suzuki sur un ton d'excuse. Pourriez-vous me donner quelques brefs éléments biographiques pour mon oraison funèbre ? »

On se retira plus loin dans le hall, où je lui racontai les premières choses qui me traversèrent l'esprit. Que Rose était toujours la première à essayer ce qui était nouveau, que ce soit le lindy hop, une nouvelle sorte de chewing-gum ou les spaghettis en conserve. Qu'elle semblait ne jamais avoir peur de rien, même quand elle aurait pu crever de trouille au fond d'elle. Que sa couleur préférée était l'orange, mais qu'elle n'en portait jamais parce qu'elle prétendait que ça ne lui allait pas du tout au teint. Et qu'elle était ma grande sœur et mon unique sœur.

« Où était-elle née ?

— À Tropico. En Californie. » Je lui indiquai sa date de naissance, puis lui répétai le nom de mes parents, Gitaro et Yuri Ito.

L'organiste commença à jouer, signe qu'il nous fallait reprendre nos places. À l'instant où on franchit les rideaux de velours, deux zazous s'engouffrèrent derrière nous. « Cette cérémonie est pour Rose Ito », leur dis-je. Immédiatement, Roy surgit à mes côtés, comme s'il les attendait.

« On sait », rétorqua l'un des deux garçons, que je reconnus : c'était celui qui m'avait interpellée devant l'immeuble de Rose. Cette fois, au lieu de détourner les yeux, je le regardai droit en face. Sa peau était basanée, comme quelqu'un qui a passé beaucoup de temps au soleil, et il avait une marque en forme de croissant au coin de l'œil. Une cicatrice de varicelle ? Ou quelque chose de plus effrayant ?

« On veut lui rendre hommage, ajouta-t-il. Plus que tu ne l'as jamais fait, Tonai ! » Le compagnon du balafré, beaucoup plus grand et le visage pâteux, confirma d'un hochement de tête. Ils bousculèrent légèrement Roy en allant s'asseoir au fond de la salle.

Dès qu'ils se furent suffisamment éloignés, je murmurai à l'oreille de Roy : « Qu'est-ce qu'il sous-entend par là ? » *Plus que tu ne l'as jamais fait.*

« Ces gars sont des semeurs de troubles.

— Comment connaissaient-ils Rose ?

— Peut-être qu'elle a eu pitié d'eux. »

J'esquissai un sourire en coin. Nous savions lui comme moi que Rose n'avait eu pitié de personne.

Après avoir rangé dans mon sac les enveloppes du *koden* recueillies par l'employé, je rejoignis mes parents. Roy s'installa plusieurs rangs derrière, à côté de son colocataire.

L'orgue cessa de jouer, puis le révérend prit la parole, sans que je prête grande attention à ce qu'il racontait. J'entendais des mots – Tropical, au lieu de Tropico –, et quelque chose sur le fait que Rose aimait danser et manger des spaghettis. Tout cela n'avait aucun sens. Je sentis ma mère se crisper.

Finalement, l'assistance défila pour s'incliner devant les cendres de Rose et nous présenter ses condoléances. À part Roy et les Tamura, nous ne connaissions personne. Les paroles de compassion de ces inconnus semblaient on ne peut plus creuses. Réalisaient-ils vraiment ce que nous avions perdu ?

Un homme corpulent et moustachu qui ressemblait à Teddy Roosevelt se pencha pour s'adresser à mes parents. Il leur dit qu'il était le chef de Rose à l'usine de confiseries. « Elle était une bonne travailleuse... Un bel être humain... » Il s'exprimait avec lenteur en détachant chaque syllabe, comme s'ils étaient incapables de le comprendre.

Louise et Chiyo étaient les suivantes. Je les présentai à mes parents, lesquels s'inclinèrent avec respect. « Nous vous sommes reconnaissants de tout ce que vous avez fait pour notre fille, dit ma mère en japonais.

— Tomi n'est pas venue », leur fis-je remarquer. J'étais déçue, car je tenais à rencontrer la fille qui avait été la plus proche de Rose à Chicago. J'avais même glissé un mot sous la porte de leur appartement en les priant de la prévenir de l'heure des funérailles.

« C'est la fin de l'année scolaire, rétorqua Louise. Je crois qu'elle a pas mal de responsabilités dans la maison du professeur et de sa femme. »

On verra, songeai-je, prévoyant déjà de faire un saut à Evanston.

La file avança rapidement. Bientôt, la plupart des gens, y compris Roy et son colocataire, s'en retournèrent au travail.

Au fond de la salle, un *hakujin* à lunettes prenait des notes avec un minuscule crayon dans un calepin comme en ont les policiers. Il était mince, et ses lunettes à monture d'acier lui donnaient un air de hibou. C'était le genre d'homme qui pouvait paraître séduisant une seconde et avachi la suivante.

Il ne prit pas la peine de nous présenter ses condoléances. Je m'interrogeai sur la raison de sa présence. Si Roy avait été encore là, je lui aurais demandé s'il le connaissait. Je respirai à fond et me dirigeai vers lui. À l'instant où j'arrivai à son niveau, il tourna les talons et sortit.

« Le révérend a complètement foiré la cérémonie. »

Comprenant que la remarque m'était adressée, je me retournai pour voir de qui elle venait. À moitié caché par le rideau de velours rouge se tenait le zazou à la cicatrice.

Une part de moi pensait comme lui, néanmoins, ce n'était pas la faute du révérend Suzuki. Je me redressai et regardai le garçon dans les yeux. « Comment tu t'appelles ?

— Hammer[1]. »

Compte tenu des circonstances tragiques, je pris sur moi pour ne pas sourire. Les *nisei* s'inventaient toutes sortes de surnoms amusants, comme Bacon ou Nails. Pourquoi pas Hammer ?

1. *Hammer* signifie « marteau », et *nails*, « clous ».

« Mon vrai nom est Hajimu, précisa-t-il d'un air timide, apparemment plus embarrassé par son prénom japonais que par son sobriquet.

— Moi, c'est Aki. Merci d'être venu… Et merci de m'avoir aidée l'autre jour à ouvrir la porte. »

Mon calme dut le déstabiliser car il ne trouva rien à rétorquer. Il portait un costume zazou couleur moutarde et avait une cigarette fichée derrière l'oreille. Son ami, dont j'appris qu'il s'appelait Manju, fit basculer son poids massif d'une jambe sur l'autre dans son costume à carreaux un peu trop petit pour lui.

« Comment as-tu connu Rose ? finis-je par demander.

— On était voisins.

— Rose était très sympa », ajouta Manju.

Je me rembrunis. Ce que sa phrase laissait insinuer ne me plaisait pas.

Hammer se rendit compte que je me sentais offensée. Il s'excusa avant de pousser son copain vers la sortie.

Ma mère avait fini de régler la facture des pompes funèbres et me rejoignit.

« Pourquoi parlais-tu à ces garçons ?

— Ils connaissaient Rose. Ils sont venus lui rendre hommage. »

Elle n'eut pas l'air de me croire. « Garde-toi toujours de nous faire honte. La seule chose que nous avons, c'est notre réputation. »

Dehors, les trottoirs étaient mouillés, mais le soleil brillait, comme si la soudaine averse matinale n'avait été qu'une blague que nous avait faite l'univers à nous, les humains. À Chicago, on ne pouvait se fier à rien, surtout pas à la météo.

De retour à l'appartement, j'ouvris le certificat de décès, lequel comportait diverses informations sur Rose.

Nom : Rose Mutsuko Ito. Date de naissance : 3 juillet 1920.

Sous *cause de la mort*, il était écrit : *Arrêt cardiaque dû à une déchirure de l'artère brachiale à la suite d'une collision avec un métro*. Grâce à ma formation d'aide-soignante, je savais que l'artère brachiale était le plus gros vaisseau sanguin dans la partie supérieure du bras.

Et à la ligne en dessous : *suicide.*

Bien que rien ne soit mentionné sur l'avortement, je me sentis obligée de dire quelque chose. De révéler ce que j'avais appris sur Rose.

Je remis les enveloppes du *koden* à mon père. C'était maintenant à nous d'établir la liste des gens qui nous avaient donné de l'argent. On ne pouvait pas attendre le lendemain, ce devoir requérait une attention immédiate. L'*okaeshi*, soit retourner le don lorsque le tour du donneur viendrait, était impératif.

Mon père, qui avait rempli la glacière de canettes de bière, en attrapa une pour s'aider à accomplir la tâche. J'en pris une moi aussi. Je n'avais bu de la bière qu'une seule fois dans ma vie. Le clic-clac de l'opercule et le frémissement de la mousse ponctuèrent le silence. Mes parents avaient trop la tête ailleurs pour me faire un commentaire.

Nous nous étions souvent occupés d'organiser les funérailles d'employés célibataires de mon père, de sorte que nous avions déjà un système bien rodé pour compter le *koden*. Papa compta les billets et nota la somme sur l'enveloppe ; Maman écrivit la somme et les noms des personnes, en japonais et en anglais, sur une feuille de papier. C'était Rose qui se chargeait de vérifier les noms une seconde fois sur la liste, de manière à s'assurer qu'aucune enveloppe ne manquait. Je pris la place de ma sœur et, buvant à même la canette, je sentis l'amertume de la bière dans ma gorge.

Ce soir-là, aucune révélation ne franchit mes lèvres, mais, au petit déjeuner le lendemain matin, devant une tranche de pain et de la confiture de fraises, les mots jaillirent d'un coup. « Le médecin légiste a dit que Rose s'était fait avorter récemment. »

Mon père se figea, un peu de confiture dégoulinant sur son menton. Ma mère papillonna des yeux, le temps d'enregistrer l'information. « *Shikataganai desho*, dit-elle. Rose n'est plus là, on n'y peut rien. Elle voudrait qu'on continue. Et on va continuer. Nous ne reparlerons plus jamais de ça. »

7

Le bureau de réinstallation occupe un bâtiment imposant avec de nombreux étages et des fioritures autour des fenêtres. J'aurais adoré aller dans un endroit comme ça tous les jours. Et vu que c'est également là que se trouve le War Production Board, dans les ascenseurs, on croise aussi bien des hommes en costume style haut de gamme que des soldats et des ouvriers en bottes et salopette. Ici, il y a de tout.

Sachant que je prévoyais d'aller au bureau de réinstallation ce jour-là, ma mère me fit rédiger à la hâte des mots de remerciements à Mr. et Mrs. Tamura, ainsi qu'à Harriet Saito. Aucun de mes parents n'avait encore d'emploi sûr, mais ils voulaient passer le reste de la journée à terminer leurs lettres sur du papier à lignes. L'argent du *koden* nous permettrait de rembourser les frais des funérailles à Mr. Tamura, ainsi que divers articles de papeterie comme les enveloppes. Et puisque les envoyer par la poste entraînerait un coût supplémentaire, on préférait en déposer un maximum nous-mêmes.

Le bureau était situé au 226 West Jackson, à environ deux kilomètres de l'appartement. Mes parents s'y étaient rendus à pied ; ma mère disait que dépenser de l'argent pour prendre le métro était *mottainai*, du gâchis, mais je soupçonnais que c'était surtout parce qu'ils ne voulaient pas imaginer Rose morte sur les rails. Bien que mes chaussures sales et éculées n'aient presque plus de semelles, je décidai de marcher moi aussi, histoire de profiter de l'air frais et d'échapper à l'ambiance étouffante de la maison.

Passer inaperçue me plaisait beaucoup. À Manzanar, nos moindres faits et gestes n'échappaient à personne. Alors que, ici, aucun habitant du bloc vingt-neuf ne m'interpellerait ou se demanderait si j'allais au mess ou – Dieu m'en préserve – aux toilettes. Il n'y avait ni tours de guet ni fils barbelés. Mon sac sous le bras, je pouvais marcher sur le trottoir d'un bon pas, telle une jeune femme qui va à un rendez-vous professionnel très important.

L'immeuble où j'allais, le Chicago and North Western Office Building, s'élevait sur au moins treize étages. Tout ce que j'avais vu à Los Angeles, au contraire, s'étalait tel un obèse affalé se moquant pas mal de l'espace qu'il prenait.

J'épongeai la sueur sur mon front et sous mon nez avec le mouchoir de mon père que j'avais emporté. Je transpirais toujours à seaux, au moins sur la figure, et souvent, si je sortais mon poudrier pour me regarder, je voyais une rougeur disgracieuse sur mes joues. « Aki, pourquoi te mets-tu toujours dans de tels états ? » me titillait ma sœur au teint diaphane – à l'exception de cet unique grain de beauté –, quel que puisse être son stress ou sa fatigue. Par moments, je me demandais si nous étions vraiment de la même famille.

Dans le hall, des rangées de chaises pliantes étaient toutes occupées par de nouveaux arrivants *issei* et *nisei* en quête d'un travail ou d'un logement. Une *hakujin* portant des gobelets d'eau sur un plateau distribuait de quoi se rafraîchir à tout le monde en vue de la longue attente. Elle avait un tablier à motif de petites fleurs sur une robe vert pomme. D'autres femmes *hakujin* circulaient dans la salle avec le même tablier, signalant ainsi qu'elles étaient là pour servir. La plupart étaient des quakers – ou des « Amies », comme elles s'appelaient.

J'avais entendu parler des Amis pour la première fois à Los Angeles. Je croyais qu'il s'agissait de personnes blanches sympathiques, mais ma sœur m'avait corrigée aussitôt. « C'est une religion où ils s'assoient en cercle et n'ont ni prêtre ni rien », m'avait-elle expliqué. Elle-même était allée assister à une réunion des Amis à Pasadena avec une camarade de classe, une expérience qu'elle avait jugée plutôt désagréable. Les gens attendaient en silence que l'Esprit descende sur eux, et Rose n'avait pas su du tout qui ou quoi attendre.

Apparemment, les Amis aidaient quiconque avait des ennuis. Certains roulaient sur des routes poussiéreuses durant des heures pour venir rendre visite à des détenus à Manzanar, et leur apporter des gâteaux ou des affaires personnelles récupérées dans un entrepôt. Le sens qu'ils avaient de la charité et de la compassion me dépassait. J'aurais dû apprécier, je sais, or j'éprouvais de la honte qu'on se soit retrouvés dans une telle situation.

Mais ici, à Chicago, j'acceptai volontiers le gobelet d'eau que me tendit la femme quaker. En y pensant rétrospectivement, c'est sans doute à cette seconde que je commençai à perdre mon âme : en acceptant qu'on nous aide à survivre, ma famille et moi, à Chicago.

Assise sur la dernière chaise libre, je tenais le gobelet en papier qui se ramollissait en se déformant dans ma main de minute en minute. Je finis par boire ce qu'il contenait comme un cow-boy s'enfile une dernière lampée de whisky. C'est alors que je remarquai une silhouette familière debout devant moi.

« Aki, je ne savais pas que vous viendriez aujourd'hui ! » Harriet, dans une robe trapèze qui camouflait sa taille empâtée, me saisit par le coude en me soulevant pratiquement de ma chaise. Pour une femme de mon gabarit, sa force était surprenante. Elle me fit passer devant tout le monde.

Ce traitement de faveur ne passa pas inaperçu.

« Hé, vous faites quoi, là ?

— Qu'est-ce qu'elle a de spécial ?

— C'est la reine d'Espagne ou quoi ? »

Pires encore furent le silence et le regard désapprobateur que me lancèrent des hommes et des femmes de la génération de mes parents, certains édentés, les joues aussi creuses que de vieilles citrouilles d'Halloween.

Quand enfin on entra dans le bureau, il me fallut quasiment enjamber les gens assis sur des chaises en bois. Je faillis atterrir sur les genoux d'un couple d'*issei* en voulant laisser passer deux femmes *nisei* qui sortaient.

Mon visage s'empourpra. J'avais beau apprécier la gentillesse de Harriet, je n'avais aucune envie de me faire remarquer d'une manière ou d'une autre.

Le murmure qui parcourut la file d'attente gonfla en volume. « C'est la fille dont la sœur est morte ? Vraiment ? » entendis-je une femme *issei* dire à sa voisine.

Les mêmes personnes qui m'avaient jeté des regards dédaigneux inclinèrent la tête.

« Vous n'étiez pas obligée, Harriet », dis-je alors qu'elle me poussait sur une chaise devant le bureau de Mr. Jackson, le big boss de la WRA.

Elle me prit des mains le gobelet tout ratatiné en m'invitant d'un coup d'œil à accepter cette faveur, après quoi elle me laissa face à Mr. Jackson. Derrière moi, un jeune *nisei* avec des cheveux longs qui lui tombaient sur les yeux feuilletait un magazine. Il ne sembla pas s'apercevoir qu'on s'occupait de moi avant lui.

Mr. Jackson portait des lunettes et avait une moustache poivre et sel dans laquelle subsistaient des vestiges de son petit déjeuner : du pain grillé et des œufs. À un autre bureau officiait Ed Tamura, en train de parler à un couple d'*issei* dans un piètre japonais.

Harriet avait déjà donné à Mr. Jackson un formulaire qu'elle avait rempli à ma place, ce dont je lui étais reconnaissante. Depuis notre arrivée au camp, nous devions en permanence remplir des documents dont les questions n'avaient parfois aucun sens.

Mr. Jackson inséra la feuille dans sa machine à écrire. « Quel genre de travail avez-vous déjà fait ?

— J'ai travaillé dans un marché de primeurs en gros pendant près d'un an. »

Il commença à taper. « Quelles étaient vos responsabilités ?

— Je répondais au téléphone et je prenais les messages. Et ensuite, au camp, j'ai travaillé au *supply department*, où je tenais l'inventaire des fournitures. J'ai également suivi une formation d'aide-soignante. »

Mais nous étions partis avant que j'aie pu travailler à l'hôpital de Manzanar.

« Parfait. Je suppose que vous avez une belle écriture et que vous savez taper à la machine. »

En réalité, mon écriture à la main était épouvantable, au point que mon père me faisait souvent la leçon parce que quelqu'un avait mal lu ma commande. Et à la machine ? Au mieux, ma frappe était hésitante. Mr. Jackson paraissait à l'aise avec les touches. Je m'abstins toutefois de le contredire.

Il jeta un coup d'œil sur une feuille polycopiée où figurait une liste d'emplois, puis me la tendit.

Je parcourus la liste. Presque tous les postes proposés, à part ceux qui nécessitaient un travail d'entretien, demandaient un *nisei* parlant anglais. « C'est quoi, la bibliothèque Newberry ?

— C'est juste au bout de la rue où vous habitez. Ils ont besoin d'une assistante bibliothécaire. »

Le garçon *nisei* assis derrière moi sortit de son silence. « C'est tout près de Bughouse Square.

— Une maison pleine d'insectes nuisibles ?

— Non, on l'appelle comme ça à cause des cinglés qui font des discours perchés sur des caisses à savon. » Le jeune homme écarta des mèches de ses yeux. J'avais l'impression de l'avoir déjà vu. Je me demandai s'il n'avait pas été détenu à Manzanar.

Harriet était revenue dans le bureau. « Ne l'écoutez pas… C'est un beau parc avec des bancs. Vous pourrez apporter votre déjeuner et le manger là.

— Alors, c'est oui ? Cet emploi vous intéresse ? » Mr. Jackson semblait impatient d'en finir avec moi.

Je jetai un regard à Harriet, qui acquiesça avec vigueur.

« Oui, oui, je vais le prendre. »

À l'instant où Mr. Jackson décrocha son téléphone pour prévenir mon futur employeur, je ressentis une pointe de culpabilité. Être la jeune sœur d'une *nisei* morte me donnait un avantage sur toutes ces autres personnes. Je ne voulais pas qu'on me traite d'une façon spéciale mais, pour protéger le bien-être de mes parents, je me devais d'accepter.

Il fallait que j'aille soumettre mon dossier au directeur de la bibliothèque. Harriet m'avait dessiné un plan, lequel se révéla inutile. En remontant Clark Street vers le nord, je ne pus faire autrement que tomber sur la Newberry. La bibliothèque, un vaste bâtiment de trois étages qui imposait le respect, dominait l'ensemble du pâté de maisons. Au moment où je franchis la porte, j'eus peur d'être recrachée par la bâtisse ou ses gardiens.

Le plancher immaculé était si bien ciré que mes pauvres talons éculés dérapèrent quand je m'approchai d'un gardien planté devant un buste en bronze. WALTER L. NEWBERRY, c'est ce qui était inscrit sur le socle, et bien que je n'aie jamais entendu parler de ce monsieur, je me dis qu'il avait dû être un sacré gros bonnet. Le gardien me dirigea vers un escalier impressionnant ; je vous jure, je me sentais comme Cendrillon avant que son carrosse ne se transforme en citrouille ! Mon cœur cessa quasiment de battre. Après avoir dormi dans des baraquements minables et enduré des tempêtes de sable, je n'arrivais pas à croire que j'étais dans un tel endroit, et que je pourrais même y travailler. Je faillis me rétamer plusieurs fois dans l'escalier.

Je finis par arriver dans une grande salle avec des dizaines de tables en bois, où la lumière pénétrait par de longues fenêtres arrondies. Au bureau d'accueil, un homme était en train de remettre son attaché-case à une fille blonde qui avait à peu près mon âge. Elle portait une robe bleu ciel et ses cheveux avaient la couleur des blés.

Quand vint mon tour, je lui remis mon dossier. Elle m'observa avec curiosité, après quoi elle me pria d'attendre et alla consulter sa collègue, une jeune fille noire avec une pile de livres dans les bras, dont les cheveux luisants étaient enroulés en deux macarons sur sa tête. Cette dernière ne se gêna pas pour me toiser elle aussi. Au marché, j'avais été entourée de Blancs et de quelques Noirs, mais c'étaient tous des hommes qui ne me prêtaient pas grande attention.

La fille *hakujin* passa un bref coup de téléphone, puis revint au bureau d'accueil. « Patientez une minute, d'accord ? »

Le responsable en titre, un homme d'âge moyen en costume clair, finit par apparaître. Mr. Geiger avait le sourire facile. Il me posa quelques questions avant de m'annoncer : « Vous travaillerez sous les ordres de Mrs. Cannon. Ses autres assistantes vous formeront. Vous commencerez lundi. À neuf heures. Ne soyez pas en retard. »

Et c'est ainsi que je fus embauchée.

J'aurais pu repartir au nord vers l'appartement, mais retourner dans cet affreux endroit ne me disait rien après l'immensité de la bibliothèque Newberry. En face se trouvait le parc – que le jeune *nisei* avait appelé

Bughouse Square. J'étais curieuse de voir ces « cinglés ». Près du marché à Los Angeles, j'avais croisé mon lot d'hommes qui marmonnaient tout seuls dans les rues de Skid Row.

En traversant l'avenue, j'eus un instant l'impression d'être normale, comme lorsque je me promenais dans mon quartier à Tropico. Un papillon s'envola. Un écureuil grimpa en haut d'un chêne. J'en oubliai presque que Rose n'était plus là, enfin, jusqu'à ce que je me dise que j'aimerais l'amener dans ce parc. De nouveau la tristesse me submergea, un vide qui jamais ne serait comblé tout à fait.

Des bancs en bois étaient disposés autour d'une fontaine. J'en choisis un sur lequel je m'attardai je ne sais combien de temps. Des orateurs politiques montaient tour à tour sur une caisse à savon, ou restaient au milieu de la pelouse, discourant sur les ravages du fascisme et ce que le gouvernement faisait subir au Parti des ouvriers socialistes. Certains se contentaient de reprendre les titres des journaux du jour : les forces alliées venaient de remporter une victoire sur les Allemands à Cassino, en Italie. Mes paupières commencèrent à s'alourdir. Ne voulant pas qu'on me voie m'assoupir sur un banc comme une vulgaire clocharde, je me relevai et lissai les plis de ma robe.

Je scrutai le parc afin de vérifier que personne de ma connaissance ne m'avait repérée. De l'autre côté de la fontaine était assis le même *hakujin* étrange venu assister aux funérailles, et qui, là encore, était occupé à prendre des notes. Je sentis mon visage se vider de son sang. Que faisait-il ici ? Peut-être était-il une sorte d'espion, qui gardait un œil sur nous les Japonais pour le compte du FBI. Soudain, j'eus envie de quitter illico Bughouse Square.

Je marchais à grands pas dans Clark Street quand quelqu'un m'interpella. « Hé, toi ! »

En me retournant, j'aperçus l'assistante blonde, qui semblait avoir du mal à respirer. Voir qu'elle portait des chaussures plates me rassura. Je m'imaginais mal aller chercher des piles de livres et les transporter en talons hauts.

Manifestement, elle ne connaissait pas mon nom. Je me présentai. Elle s'appelait Nancy Kowalski.

« Tu es quoi ? Chinoise ? »

Je baissai les yeux. « Non, japonaise. Je suis une *nisei.* » N'étant pas certaine qu'elle comprenne ce terme, j'ajoutai : « Née en Amérique de parents japonais.

— Mes amis sont dans le Pacifique, en train de se battre contre les Japonais. Mais je sais que tu n'es pas l'une d'eux. J'ai entendu parler de vous, de ces gens de la côte Ouest qu'on a mis dans des camps. Le *Tribune* a publié des tas d'articles à votre sujet. En expliquant qu'on ne devait pas avoir peur de vous. »

Elle parlait à cent à l'heure en faisant des gestes frénétiques. Je ne savais pas quoi répondre à tout ce qu'elle venait de dire.

« Travailler ici te plaira. » Elle me toisa de haut en bas. « Tu vas sûrement t'intégrer. Mon problème, c'est que j'aime trop parler. Parfois, j'ai des ennuis parce que je fais trop la conversation aux usagers. Et je commets pas mal de gaffes. Je n'arrête pas de vexer l'autre fille, Phillis. Au fait, ça s'écrit P-H-I-L-L-I-S, sans Y. Si je dis un truc qu'il ne faut pas, tu me le diras, d'accord ?

Et je m'excuse d'avance. Je t'ai sans doute déjà dit quelque chose d'offensant !

— Non, mentis-je en secouant la tête. Tu as été aimable. Et très serviable.

— Et comment je prononce ton nom ? Eki ?

— A-ki. En japonais, ça veut dire automne.

— Automne, ça me plaît bien ! Je pourrais t'appeler Automne… Non, oublie ce que je viens de dire. Eki. J'ai compris. »

Alors que je marchais dans Clark Street, j'aperçus Hammer accroupi devant le perron de l'immeuble de Rose, en train de lancer une pièce contre le mur. Comme si une seule ne suffisait pas, il avait deux cigarettes dans la bouche.

Mon sac serré contre moi, j'accélérai le pas dans l'espoir qu'il ne me verrait pas. Mais, naturellement, Hammer avait un sixième sens pour repérer les femmes qui passaient dans les parages.

« Hé, Manzanar ! »

Et zut. J'aurais pu jouer la grossièreté et l'ignorer, seulement je ne voulais pas qu'il me coure après. Je m'immobilisai et me retournai. « Je m'appelle Aki. Tu as oublié ? Et je suis de Tropico. » Je n'avais aucune envie d'être associée au camp de détention où on m'avait enfermée.

« D'accord, Tropico ! » Les cigarettes qu'il tenait entre ses lèvres n'étaient pas allumées, car il en coinça une derrière chacune de ses oreilles. Il portait le même costume moutarde qui commençait à sentir fort dans cette humidité. Sans doute était-ce pour cette raison qu'il s'aspergeait d'eau de Cologne.

« Tu as l'air contente.

— J'ai trouvé un travail.

— Où ?

— À la bibliothèque Newberry.

— Cet endroit snobinard en face de Bughouse Square… » Il se frotta le nez. « C'est logique. Tu es tellement guindée… La fille d'Ito-*san* !

— Tu connais mon père ?

— J'ai bossé au marché un petit moment. Avant d'être renvoyé. »

Je haussai les sourcils.

« Je ne suis pas du genre à me lever à l'aube », précisa Hammer.

Ça, j'en étais persuadée. Deux femmes *nisei* passèrent près de nous en échangeant des regards entendus. Elles devaient soupçonner que Hammer et moi étions ensemble, mais ça n'allait pas m'empêcher de lui parler. « Et maintenant, tu travailles où ?

— Disons que je suis entre deux boulots. »

Une liasse de billets déformait la poche de sa chemise.

« Pour quelqu'un entre deux boulots, tu as apparemment pas mal d'argent !

— Il faut bien qu'un homme gagne sa vie ! » Hammer sourit, révélant une dent gâtée. « D'autant que nous, les Japonais, personne ne nous aidera. On doit s'aider tout seuls.

— Tu viens d'où ?

— D'ici, de là et de partout.

— Arrête… Tu as l'air de savoir des tas de choses sur ma famille, alors que moi, je ne sais rien de toi. »

Il fit rouler sa langue dans sa bouche comme s'il suçait un bonbon. « Tu veux que je te dise un truc sur moi ? finit-il par proposer.

— D'accord. Mais pas un truc idiot comme la couleur de tes chaussettes. »

Hammer se redressa et fit sauter la pièce au creux de sa paume. Voyant qu'il ne disait toujours rien, je me retournai pour partir.

« Je suis orphelin. » Il l'avait dit dans mon dos, comme s'il ne voulait pas que j'aie de la peine pour lui. J'en eus pourtant aussitôt. Aurait-il pu être à cet orphelinat de Manzanar qu'on appelait le « village des enfants » ? Ne sachant quoi dire, je me retournai pour lui faire comprendre que j'avais entendu. J'avais dû réagir comme il faut. Il me sourit de nouveau.

Hammer était un tel paquet de contradictions que je ne savais pas très bien quoi faire de lui. Puisqu'il s'était montré plus vulnérable, je poussai mon enquête plus loin. « Qu'est-ce que tu sous-entendais, l'autre jour aux funérailles, quand tu as dit à Roy Tonai que tu traitais Rose mieux que lui ?

— Oh ! rien…

— Non, je t'assure, je veux savoir.

— Tonai s'énerve facilement. Je ne sais pas si tu étais au courant. »

Au marché, j'avais vu Roy dans toutes sortes de situations. Un jour, un maraîcher de Long Beach avait tenté de vendre des concombres tout ramollis à mon père en prétendant que Roy avait approuvé la transaction au cours d'une partie de poker. Mon père m'avait envoyée chercher Roy. Quand ce dernier avait entendu ce qu'affirmait le paysan, j'avais cru qu'il allait le massacrer. Il les avait quasiment jetés dehors, lui et ses cageots.

« Et alors ? Tu veux dire que tu l'as vu s'énerver contre ma sœur ?

— Je n'ai pas dit ça. »

Hammer me cachait quelque chose, cependant je n'arrivais à rien. Le soleil baissait ; mes parents devaient se demander où j'étais. Il me tardait de leur annoncer que j'avais trouvé un emploi. Ça ne payait sans doute pas beaucoup, néanmoins c'était bien mieux que les douze dollars mensuels que j'avais gagnés au camp. Et puis, l'endroit était splendide, et à moins d'un kilomètre.

« Bon, je dois y aller. Mes parents m'attendent. »

Je m'étais déjà éloignée de plusieurs mètres quand je l'entendis crier : « Hé, Tropico ! j'aime bien ta nouvelle coupe de cheveux ! »

8

À Chicago, les night-clubs sont incroyables. Il y en a un avec un nom hawaiien où aiment aller de nombreux hommes nisei. Des femmes – blanches, noires et japonaises – en robe décolletée flânent devant et mettent pratiquement au défi les passants d'entrer. Il est fréquent de voir des hommes qui ont trop bu se vautrer dans leur vomi sur le trottoir. Maman trouverait ça déshonorant.

À la fin de ma première semaine à la Newberry, Nancy m'appelait toujours « Eki », mais je m'abstenais de la reprendre. Elle faisait de son mieux et, compte tenu des circonstances, son mieux suffisait amplement. Phillis Davis, l'autre assistante, ne me quittait pas des yeux une seconde, comme si elle n'avait jamais vu une Japonaise. Mais bon, peut-être était-ce le cas.

Toutes deux étaient très douées pour expliquer ce qu'il fallait faire. On contrôlait les attachés-cases à l'entrée et à la sortie, on répondait au téléphone, et on allait chercher dans les réserves les livres et les documents commandés par la bibliothécaire de référence au nom des clients.

La plupart de ces derniers étaient de vieux messieurs *hakujin* qui auraient pu être professeurs dans des établissements avoisinants. Mais pas tous. Régulièrement, une femme déposait un gros filet rempli de sacs provenant de divers grands magasins. Je savais qu'elle était mère d'un jeune enfant ; une fois, elle m'avait dit qu'elle n'avait pas vu passer l'heure et était en retard pour aller chercher son fils à l'école. Un autre client, un homme noir habillé avec élégance, arrivait chaque fois avec une pochette différente.

Nous disposions d'une salle pour prendre nos pauses, mais je préférais sortir et m'asseoir au Bughouse Square. Les heures de déjeuner étaient échelonnées de façon qu'il y ait toujours au moins une personne à l'accueil.

Vers la fin de ma première semaine, je terminais un sandwich au beurre lorsque Nancy me rejoignit sur le banc. Bien qu'un peu désappointée que mon refuge du midi ait été découvert, je lui souris.

« Alors, c'est ici que tu viens… Il m'arrive de faire des photos dans le coin. » Elle sortit un sac en papier. « *Kielbasa*, tu connais ? » Enveloppée dans un papier ciré, j'aperçus une longue saucisse dans un petit pain. « Tiens ! » dit-elle après en avoir coupé un morceau.

La saucisse avait l'air si appétissante que je ne pus refuser. Et, en effet, elle était savoureuse, et bien charnue. Je n'avais pas mangé quelque chose d'aussi délicieux depuis un bon bout de temps.

Tout en déjeunant, on regarda plusieurs personnes tempêter sur la pelouse. Notamment un habitué : un homme grisonnant tout ratatiné qui mettait en garde contre les méfaits du fascisme américain. Je l'avais déjà entendu répéter deux fois le même discours mais, ce jour-là, il avait rasé sa barbe rousse broussailleuse et paraissait vingt ans de moins.

Après qu'il eut sauté de son cageot de pommes, je trouvai enfin le courage d'aborder un sujet qui me tracassait. « Je crois que Phillis ne m'aime pas beaucoup.

— Oh, elle est comme ça ! Elle ne montre rien de ses émotions. Je pensais qu'elle me détestait, mais j'ai fini par comprendre que je lui étais juste indifférente. À mon avis, c'est le mieux qu'on puisse attendre de Phillis !

— Elle habite près d'ici ?

— À South Side, là où vivent la plupart des Noirs. Moi, j'habite à West Town, près de Polonia Triangle… » Nancy se dépêcha de mâcher un gros morceau de saucisse et de pain qui lui gonflait la joue. « Son frère fait son service militaire. Elle n'en parle pas beaucoup, mais elle lui envoie tout le temps des lettres. Je la vois mettre les enveloppes dans la boîte à l'angle de la rue. »

Je me demandais ce que Phillis pensait de moi. Peut-être me voyait-elle comme l'ennemi.

Nancy continua à parler de sa famille, laquelle sembla se multiplier de nombreuses fois au cours de son récit. En réalité, je prenais plaisir à écouter ses anecdotes sur qui était marié avec qui, et combien d'enfants ils avaient. « Et toi, tu as des frères et sœurs ? »

Je ne savais pas comment répondre à cette question. Par habitude, ma bouche dit : « Oui, une sœur, qui a trois ans de plus que moi. » Je me repris aussitôt. « Mais elle n'est pas à Chicago. » Puis je jetai un coup d'œil sur ma montre et me levai en disant que ma pause était terminée.

Alors que je partais remplacer Phillis, j'eus la sensation d'être tout engourdie. Le fait que j'aie quelques minutes de retard l'ennuierait sans doute, ce dont, à l'instant, je me fichais éperdument.

Lorsque je revins à la maison, ma mère était en train de cuisiner. Elle avait trouvé un emploi à mi-temps comme femme de ménage dans un salon de coiffure de Clark Street tenu par deux frères philippins, les Bello. Entre les cheveux par terre et les outils sales, il fallait nettoyer la boutique tous les jours. Mais, étant donné que mon père ne voulait pas qu'elle rentre tard le soir, les frères Bello et ma mère avaient décidé qu'elle viendrait très tôt le matin, vers sept heures. Grâce à cet arrangement, elle pouvait nous préparer à dîner tous les soirs.

Sur la plaque électrique de la kitchenette mijotaient des morceaux de bœuf et des carottes dans une sauce qui sentait bon le *sukiyaki*. Je ne savais pas trop où elle s'était procuré la sauce soja et le sucre qui était rationné – et encore, le *sukiyaki* n'était pas la meilleure surprise.

« Du *gohan* ! » m'exclamai-je alors qu'elle soulevait le couvercle d'une autre casserole, la vapeur faisant voleter les petites mèches sur son front.

Le riz était splendide – bien collant, pas comme celui que les *hakujin* mangent avec du beurre qui est tout *pasa-pasa* et ressemble à du sable. Au camp aussi, on avait eu du riz, sauf que celui du mess était une création spéciale. Certaines fois, on aurait dit un amas gélatineux semblable à une sorte de créature des marais ; d'autres fois, il offrait une belle apparence mais avait un goût de carton.

« Où est Papa ?

— Il est allé au bureau de la WRA. Voir pour un travail. »

On l'attendit une trentaine de minutes, jusqu'à six heures, après quoi aucune de nous ne réussit à tenir plus longtemps. La viande était déjà trop cuite, la sauce trop réduite.

« Je suis sûre qu'il va bien », dis-je, nous donnant ainsi l'autorisation de savourer notre premier *sukiyaki* dans notre appartement de Chicago. Je remplis deux assiettes en porcelaine désassorties, un don des Amis. Une partie du riz absorba la sauce avant qu'elle ne se répande sur le bord de mon assiette.

Bien que le *sukiyaki* n'ait pas tout à fait le même goût que celui que ma mère préparait à Tropico, c'était le meilleur repas que j'avais fait depuis au moins deux ans. L'*enryo*, la retenue, était une valeur culturelle japonaise à laquelle Maman tenait beaucoup. Il me fallut un maximum d'*enryo* pour ne pas engloutir la part de Papa.

Picorant du bout de sa fourchette, ma mère n'arrêtait pas de guetter mon père par la fenêtre, quand bien même il faisait trop sombre dans la rue pour distinguer les passants.

Je raclai mon assiette avec ma cuiller afin de ne pas laisser une goutte de sauce. À cause de l'absence de mon père, ma mère n'était pas tranquille et ne profita pas pleinement de son dîner. « Je vais aller voir Harriet, décidai-je. Peut-être qu'elle sait quelque chose. »

Descendue au premier étage, je frappai à la porte, derrière laquelle je perçus un bruissement, puis des voix qui parlaient tout bas, avant qu'elle ne s'entrouvre de trois centimètres sur l'œil droit de Harriet.

« Oh, Aki ! »

Je pensais qu'elle me ferait entrer, mais elle se posta devant l'embrasure de la porte. Je ne savais pas grand-chose de Harriet, si elle vivait avec ses parents, était mariée ou avait un petit ami.

« Euh, je me demandais si vous aviez vu mon père aujourd'hui au bureau.

— Je regrette vraiment que ça n'ait pas marché. »

Je fronçai les sourcils. Harriet sembla s'en vouloir de m'avoir révélé une information qu'elle aurait probablement dû garder pour elle.

« Pour un homme de plus de cinquante ans dont l'anglais n'est pas la première langue, il est difficile de trouver un emploi. Les usines ne veulent pas de lui. Et les ménagères ne veulent pas d'hommes *issei* chez elles. Vous comprenez…

— Donc, il n'a pas trouvé de travail ? »

Elle hésita avant de répondre. « Non.

— Il n'est pas rentré à la maison. On est inquiètes.

— Oh, je suis désolée… Il est reparti de la WRA vers trois heures, je crois. »

Autrement dit, ça faisait plus de quatre heures.

Harriet s'excusa en prétendant devoir s'occuper de quelque chose et referma la porte. « Le lait a débordé », entendis-je dire une voix masculine. Qui cachait-elle ?

De retour à l'appartement, je fis un pieux mensonge à ma mère. Je lui dis que Papa était allé passer un entretien.

« Peut-être qu'ils vont l'embaucher », dit-elle en portant une énorme cuillerée de riz à sa bouche.

Plus tard, pendant que je lavais la vaisselle, je tâchai de ne pas trop me faire de souci. J'avais beau étudier le plan Triple A en long et en large, je ne comprenais toujours pas Chicago. Au port, il y avait les lieux touristiques – le Field Museum, le lagon, le Grant Park, l'Art Institute – et, plus loin au nord, les plages et le Lincoln Park, lequel comprenait un zoo et un terrain de golf. Tout le monde parlait du Loop, pourtant je ne voyais toujours pas très bien ce qui bouclait ou tourbillonnait dans le centre de Chicago.

Ce qui m'impressionnait le plus, c'était la grande et puissante rivière Chicago, en rien comparable avec le Los Angeles, simple filet d'eau entre des berges en béton. La Chicago, au contraire, affirmait sa domination en traversant les parties les plus élégantes et les plus chères de la ville. Personne ne dompterait les eaux de cette rivière, ce pour quoi je la respectais.

La ville était divisée en quartiers ethniques qui n'étaient pas forcément représentés sur mon plan. Il y avait West Town, le quartier polonais où habitait Nancy, puis les quartiers grec, allemand et italien. Les Noirs et les Irlandais vivaient à South Side, mais dans des secteurs différents. Chicago avait même un Chinatown ; le restaurant où Roy avait promis de m'emmener était réputé pour son *pakkai* et ses *chow mein*. L'idée de manger du porc sucré-salé avec des nouilles me mettait l'eau à la bouche.

Je proposai à ma mère d'aller se reposer pendant que je rangeais. Depuis notre arrivée à Chicago, elle avait perdu pas mal de poids. Mon père également. Moi pas, bien que j'aie deux bons kilos en trop.

Après avoir lavé la casserole et les assiettes, je m'attaquai à la moindre tache de gras dans la kitchenette. Ma mère avait acheté un grand pot de bicarbonate de soude, plus dans l'intention de récurer que de cuisiner.

La glacière, une Coolerator, haute d'un mètre vingt, avait un compartiment rectangulaire supérieur pour mettre un pain de glace qu'il fallait remplacer une fois par semaine. Comme la nôtre était un vieux modèle qui malheureusement fuyait et que de l'eau s'écoulait dans le compartiment principal, on devait envelopper les légumes et la viande dans du papier paraffiné.

Une fois la cuisine toute propre, il n'y avait plus rien à faire. Pas de radio à écouter, personne d'autre à qui parler, et je n'étais pas trop tricot et couture. Je décidai de sortir la valise de Rose du placard, comme je le faisais chaque fois que j'étais seule dans l'appartement. Je dépliais ses vêtements et les repliais. Une robe au motif de grues blanches sur fond bleu canard m'intriguait. Bien que magnifique, elle était trop voyante pour le goût de Rose. Je reniflai le col : il sentait le musc, comme une eau de Cologne masculine.

Une autre partie de ma routine consistait à relire son journal intime en cherchant un indice qui m'apprendrait comment elle était tombée enceinte et où elle aurait pu aller se faire avorter. Je m'assis par terre à côté du placard, le dos appuyé contre le mur. La première partie du journal était une invention de toutes pièces : de la crème fouettée, bien lisse, sans aspérité. Rose ne laissait rien entrevoir de son intimité. Vers le milieu, les entrées devenaient plus sporadiques, plus brèves, se réduisant parfois à une seule phrase sibylline. J'avais également sorti le contenu de son sac : un miroir rond fêlé ; son rouge à lèvres préféré, *red majesty* ; son permis de séjour à durée indéterminée, avec une photo d'elle en noir et blanc ; et quelques dollars dans un porte-monnaie.

Je m'endormis par terre, ses robes et ses culottes étalées sur mes genoux pour me consoler.

Le raclement d'une chaise sur le lino me réveilla en sursaut. Mon père, enfin revenu, essayait tant bien que mal de s'asseoir. Il avait laissé la porte d'entrée grande ouverte. Je me levai pour aller la fermer.

Je vis sur ma montre qu'il était presque minuit. « Où étais-tu ? » lui demandai-je. Toutefois, d'après l'odeur d'alcool que dégageaient son haleine et ses vêtements, je le devinai sans peine.

« J'ai trouvé un *shigoto.* » Il le dit d'un ton bourru, comme celui qu'avaient parfois les employés du marché quand ils étaient pressés.

« C'est vrai ? » Je ne voulais pas paraître aussi incrédule, néanmoins j'avais dû l'être, car mon père rétorqua en crachant quasiment.

« Tu ne me crois pas ?

— Où ça ? »

Il ne répondit pas tout de suite. « À l'Aloha.

— L'Aloha. On dirait un nom de bar.

— Qu'est-ce que ça a de mal ? Chicago en est plein ! Et regarde… J'ai eu *okane* ! » Il sortit de sa poche une liasse de dollars.

« Papa, tu es sûr que tu devrais travailler dans ce genre d'endroit ? À Manzanar, tu t'es attiré des ennuis…

— *Damare !* » cria-t-il. La ferme ! Il ne m'avait jamais parlé avec une telle grossièreté. À en juger par son expression, sa fureur le surprit lui-même, et elle était loin d'être calmée. Attrapant la première chose qui lui tomba sous la main – le pot de confiture de fraises dont Rose s'était servie pour se laver les dents –, il le lança comme une grenade à l'autre bout de la pièce.

Le pot se brisa en mille morceaux, des bouts de verre s'éparpillèrent sur le lino. Un éclat atterrit à côté de mon pied nu.

Ma mère, les cheveux tirés en chignon, sortit précipitamment de la chambre. « Que s'est-il passé ? »

J'étais trop abasourdie pour répondre ; s'il n'avait pas été aussi soûl, je suis certaine que mon père se serait enfui de l'appartement. Pendant un instant, on resta tous les trois figés sur place, les affaires de ma sœur éparpillées par terre devant le placard. Nous avions peur de marcher sur du verre brisé et ne savions où aller.

9

Je ne sais pas pourquoi, j'ai toujours eu du mal à être amie avec des filles. La plupart veulent que je joue selon leurs règles, mais je n'ai jamais accepté de les suivre. Je déteste qu'on exige quelque chose de moi ou qu'on dise que je manque de considération. Je ne peux tout de même pas deviner ce que les gens ont dans la tête ! À Manzanar, j'aimais bien le club des filles parce que j'avais besoin de quelque chose pour tuer le temps. Fabriquer des objets d'artisanat et organiser des soirées dansantes m'amusait. On n'était pas obligées de se raconter nos plus sombres secrets.

Depuis le coup de colère de mon père, mes parents semblaient s'être ligués contre moi. Ma mère me reprochait de l'avoir énervé – comment osais-je mettre en doute la légitimité de son travail alors que décrocher un emploi était si difficile pour les hommes *issei* ? Il faisait le ménage dans un bar, elle dans un salon de coiffure. *Souji*, le ménage, était une chose parfaitement respectable, peut-être ferais-je bien d'en faire un peu dans mon âme.

Je ne savais pas trop ce qu'ils voulaient de moi. Lorsque j'étais avec l'un ou l'autre à l'appartement, j'avais l'impression de marcher sur des œufs. Un soir où j'étais seule, je décidai de sortir la valise de Rose et m'aperçus qu'elle n'était plus dans le placard. Je savais qu'interroger ma mère à ce sujet ne ferait qu'aboutir à une dispute. Au moins, j'avais caché le journal intime de ma sœur entre mon matelas et le sommier. La robe ensanglantée que m'avait remise la police n'était pas sa préférée, la bleu marine à pois, mais une marron avec de minuscules papillons que je ne lui avais jamais vue. Et comme elle commençait à empester, je l'avais jetée. Elle ne me manquait pas.

Prenant la carte de visite que m'avait donnée le directeur des pompes funèbres, j'appelai Mr. Yoshizaki, le représentant de la Japanese Mutual Aid Society. On convint de se retrouver le samedi après-midi dans un café, près de la station Lawrence sur la EL.

Je ne comprenais toujours pas très bien l'emploi que les habitants de Chicago faisaient du terme « EL », lequel faisait référence au célèbre métro aérien qui traversait différentes parties de la ville. Or la ligne qui passait dans une nouvelle station souterraine comme Clark and Division s'appelait elle aussi la EL.

Au départ de cette dernière, le parcours était agréable, en revanche, dès que le métro sortait de terre, il devenait si bruyant et cahoteux que je ressentais quasiment chaque traverse des rails. Par moments, le train passait à quelques mètres des immeubles, de sorte que je voyais très bien le linge sur les balcons et pouvais parfois espionner des gens en train de prendre leur petit déjeuner. Nous nous étions plaints des logements exigus de Clark et Division, pourtant, à voir dans quelles conditions vivaient d'autres personnes, nous n'avions pas vraiment de raison de *monku*.

Ainsi que Mr. Yoshizaki me l'avait expliqué au téléphone, le café était juste à côté de la sortie du métro. Le quartier, dont j'apprendrais plus tard qu'il s'appelait Uptown, présentait tous les signes d'une vie nocturne intense : une succession de théâtres et de bars décorés de néons. Tout près de la station de métro se trouvait une belle salle de bal au style d'inspiration espagnole.

Avant d'avoir eu le temps d'explorer les environs, j'aperçus un vieil homme asiatique devant le café. Supposant que ce devait être le représentant de l'Aide mutuelle, j'accélérai le pas.

« Vous êtes Mr. Yoshizaki ? Je suis désolée de vous avoir fait attendre.

— Ah, c'est vous, Ito-*san* ? » répliqua-t-il en s'inclinant. La douceur de son intonation me rappela le comptable *issei* du marché de primeurs. Mr. Yoshizaki n'avait presque plus de cheveux sur le crâne. Ses gros sourcils, et même ses cils, étaient tout blancs.

On s'installa à la seule table encore libre, entourés de clients *hakujin*. Il m'invita à prendre ce que je voulais mais ne commanda à la serveuse qu'un café crème.

Il s'exprimait essentiellement en japonais. « Je suis extrêmement peiné que ce terrible accident soit arrivé à votre famille. »

Sa sincérité me toucha. Avoir un aîné de mon côté signifiait énormément pour moi. Il ne me posa pas trop de questions indiscrètes mais tint à s'assurer qu'on ne manquait de rien.

« J'ai un bon travail, lui dis-je. En fait, nous travaillons tous. » Je ne révélai rien des détails embarrassants sur la situation de domestique de mes parents.

« Ah, *yokatta !* »

On sirota tous les deux notre café. Quand la serveuse revint voir si on avait besoin d'autre chose, Mr. Yoshizaki lui fit signe que tout allait bien.

Je m'éclaircis la gorge avant d'aborder la raison pour laquelle j'avais demandé à le rencontrer. « C'est au sujet de ma sœur, Rose. Nous n'avons aucun endroit où... »

Il m'interrompit. « Les cendres de votre sœur aînée peuvent être déposées au cimetière de Montrose. Et ne vous inquiétez pas de ce que cela coûtera. La Mutual Aid Society prendra tout en charge. Je vais contacter le funérarium dès aujourd'hui et ferai transférer l'urne demain.

— Merci beaucoup. » Sans réfléchir, j'attrapai sa main calleuse. Un geste qu'aucun *nisei* ne se serait jamais permis avec un ancien, même s'il était de la famille.

« La Mutual Aid Society a été créée à l'intention des Japonais qui sont seuls en Amérique, sans aucune famille, expliqua-t-il. Notre mission consiste à les aider. Vous pourrez laisser ses cendres là-bas aussi longtemps que vous le souhaiterez. »

J'étais soulagée à l'idée que l'urne de Rose aurait un endroit sacré où reposer, fût-ce à côté des restes d'immigrants japonais qui n'avaient personne d'autre dans leur vie.

Au moment où je montai l'escalier du métro pour rentrer chez moi, une immense tristesse m'envahit. Ma mère, chaque fois qu'elle repensait à sa vie à

Kagoshima, parlait de *kurou*, qu'on pourrait traduire par « souffrance ». Cependant, ainsi traduit, le mot ne semblait qu'effleurer la surface. En japonais, il revêtait un sens plus profond, décrivait une plainte gutturale, une douleur déchirante qui vous transperçait les os. Mr. Yoshizaki ne m'avait rien raconté de sa vie, que ce soit au Japon ou en Amérique, mais je sentais qu'il savait ce que voulait dire *kurou*.

Depuis trois semaines que nous étions à Chicago, la chaleur devenait de plus en plus pesante. Et j'avais beau être déterminée à découvrir ce qui était arrivé à ma sœur, la température intense écrasait mon zèle. Parfois, j'avais la sensation de ne plus pouvoir respirer, comme si la chaleur m'oppressait de tous côtés. Mon seul refuge était mon travail, dans le tombeau climatisé de la bibliothèque Newberry.

Ce vendredi-là, Roy se présenta au bureau d'accueil. Il devait travailler de nuit mais serait en congé ce week-end. Je vis Nancy et Phillis échanger des regards. *C'est juste un ami*, eus-je aussitôt envie de leur dire, histoire de dissiper je ne sais quelle idée elles se seraient mise dans la tête.

« Qu'est-ce que tu fais ici ? » Bien que Roy ait un diplôme de l'université de Californie du Sud, je savais qu'il n'était pas un grand lecteur.

« Les Californiens organisent une soirée dansante demain soir à l'Aragon. »

Il s'agissait du beau bâtiment près de la station Lawrence que j'avais aperçu en allant retrouver Mr. Yoshizaki. « Je croyais qu'on n'avait pas le droit de se rassembler à plus de trois personnes. »

Roy leva les yeux au ciel. L'animation qui régnait autour de Clark et Division était la preuve que les règles imposées au camp ne valaient pas ici.

« Ce serait une bonne occasion pour toi de voir la vie sociale à Chicago. J'ai essayé d'appeler la cabine téléphonique de ton immeuble, mais personne n'a répondu. »

J'ignorais qui étaient les Californiens (j'apprendrais plus tard qu'ils écrivaient leur nom avec un K). Toutefois, si ça voulait dire passer du temps ailleurs que chez moi, j'étais partante.

« Mais ce n'est pas un rendez-vous galant, Roy. » Je préférais que les choses soient bien claires.

« Tu rigoles ? Tu es comme ma petite sœur ! Je sais que Rose voudrait que je te protège. »

On décida de se retrouver devant le Mark Twain Hotel le samedi soir à sept heures. Une heure assez tardive pour me laisser le temps de faire ce que j'avais prévu ce jour-là : aller au mausolée où reposaient les cendres de Rose.

Le samedi matin, j'achetai des fleurs à côté de la station de métro. Je savais que ma sœur aurait préféré quelque chose d'un rouge éclatant, des roses, bien sûr, mais je choisis des chrysanthèmes jaunes qui résisteraient mieux à la chaleur humide. Quand il sut ce que je comptais en faire, le fleuriste les enveloppa dans un simple papier blanc de boucherie. Avec mon bouquet, je descendis par l'escalator dans la station Clark and Division.

Je m'étais tellement habituée à aller à la station de métro où Rose avait été tuée, qu'il m'arriva de ne même pas penser à elle. En prendre tout à coup conscience me troubla si fort que je me sentis coupable. Ma mère avait beau dire qu'elle aurait voulu qu'on poursuive nos vies, j'en doutais sincèrement. Être le centre de l'attention, ce centre névralgique qui nous unissait tous, avait été très important pour ma sœur. Jamais elle n'aurait voulu qu'on l'oublie.

En réalité, d'après le plan Triple A, le cimetière de Montrose n'était pas si proche d'Evanston, néanmoins, c'était dans la bonne direction, vers le nord. J'étais décidée à rencontrer Tomi ce jour même.

Il me faudrait prendre le métro, puis deux bus, et ensuite marcher beaucoup. Un taxi coûtait trop cher, mais je n'allais pas demander à Roy d'emprunter une voiture pour m'accompagner, surtout pour aller parler à Tomi. Visiblement, il ne l'appréciait pas trop et aurait sans doute cherché à m'en dissuader.

En sortant du métro à la station Lawrence, je tournai en rond un moment avant de repérer le bus qui parcourait les cinq kilomètres et demi jusqu'à un boulevard appelé Pulaski. À partir de là, c'était tout droit, mais il fallait faire un très long trajet à pied. L'humidité était telle que mes chrysanthèmes se flétrissaient à vue d'œil. La sueur qui ruisselait sur mon front me piquait les yeux. Je commençais à me dire qu'être venue ici n'était pas une bonne idée.

Cependant, lorsque j'arrivai devant le panneau indiquant le cimetière de Montrose, tout changea. Le parc était d'un vert luxuriant ; l'orage qui avait éclaté l'avant-veille y avait contribué. Les fleurs que des gens avaient déposées à l'intention de leurs êtres chers semblaient s'épanouir dans l'humidité et au soleil.

J'avais les pieds en bouillie. En examinant le dessous de mes chaussures, je vis que la semelle droite était si usée qu'elle pouvait, d'un instant à l'autre, laisser apparaître un trou, comme celles de mon père. Je déchirai un bout du papier qui enveloppait le bouquet, le pliai en quatre, puis le coinçai sous mon pied. Et voilà !

Après quoi je cherchai quelqu'un susceptible de me dire où se trouvait le mausolée japonais. Au loin, j'aperçus des ouvriers en train de creuser une tombe. Traverser la pelouse humide ne me disant rien, je fis le tour en jetant des regards sur les pierres tombales et les obélisques. Un grand jeune homme asiatique qui lavait la façade d'un monument en béton attira mon attention. Surmonté d'un toit en pente de style japonais, le fronton présentait une image du soleil levant. Et sous le toit, il était écrit : MAUSOLÉE JAPONAIS.

Mes fleurs à la main, je restai là une ou deux minutes à observer le jeune homme, vêtu d'un pantalon de travail kaki et d'un maillot de corps blanc. Il avait dû sentir mon regard car il se tourna vers moi.

« Oh, bonjour ! me dit-il.

— Bonjour.

— Tu es ici pour le mausolée japonais ? »

J'acquiesçai d'un signe de tête.

« J'ai presque terminé. Je vais te laisser tranquille. »

Il ramassa son seau et son chiffon, puis se dirigea vers un pick-up garé un peu plus loin. Il se tenait très droit, comme s'il n'avait pas honte de laver les pierres tombales dans un cimetière. Une partie de moi espéra qu'il ne partirait pas sans m'avoir reparlé.

Comme il n'y avait rien pour mettre les chrysanthèmes, j'éparpillai les pétales devant le mausolée. Les cendres de Rose étaient censées être à l'intérieur, et je devais faire confiance à Mr. Yoshizaki pour avoir placé l'urne sur une étagère comme il avait dit qu'il le ferait.

Se recueillir sur les tombes était une chose très importante pour les *issei* et les *nisei*. Les seuls parents auxquels nous étions liés par le sang vivaient à Spokane, dans l'État de Washington, mais, en Californie, mon père s'arrêtait souvent dans plusieurs cimetières pour rendre hommage à d'anciens collègues ou employés décédés.

Je joignis les mains et inclinai la tête. Malheureusement, je n'avais pas l'impression que Rose était où que ce soit près de ce mausolée. Je n'en priai pas moins pour elle et tous ceux dont les cendres reposaient là.

En rouvrant les yeux, je fixai longuement le monument, que je voulais être capable de décrire à mes parents – enfin, si on s'adressait à nouveau la parole !

Au moment où je me retournai, le garçon était toujours adossé contre son pick-up, ses gants à la main. Il avait enfilé une chemise à carreaux à manches courtes sur son maillot de corps.

« Mon père fait partie de l'association », m'informa-t-il. J'imaginai qu'il parlait de la Mutual Aid Society. « C'est lui qui gère les équipes de nettoyage, mais il ne marche plus très bien. En plus, le gouvernement nous a interdit de nous rassembler. »

Pas plus de trois Japonais dans un même endroit – Rose avait eu raison, c'était tout simplement impossible. À l'évidence, le gouvernement n'était jamais allé à Clark et Division, ou il avait fermé les yeux sur la communauté japonaise qui ne cessait de croître et sur nos soirées dansantes entre *nisei*. Qui sait quelles lois étaient appliquées et quelles lois ne l'étaient pas ?

J'interrogeai le jeune homme sur le responsable de l'association que j'avais rencontré.

« Oh, Yoshizaki-*san*... Il est comme mon oncle.

— Tu es de Chicago ? » J'étais curieuse. Ce garçon dégageait quelque chose de différent. Avec ses hautes pommettes et sa large mâchoire, il semblait prêt à affronter n'importe quel obstacle qui se dresserait devant lui.

« J'y suis né et j'y ai grandi. On habite à South Side.

— À South Side ? Je croyais que c'était le quartier où vivent les Noirs et les Irlandais.

— Oui. Les Japonais n'y sont pas nombreux. Avant, on n'était que quelques centaines. Je connaissais tous les Japonais de Chicago. » Son regard ne quittait pas mon visage, ce qui, pour une raison que j'ignore, me gênait. « Tu n'es pas d'ici, si je comprends bien.

— Je viens de Los Angeles. Via Manzanar. Ma famille habite maintenant près de Clark et Division.

— Oh, le nord proche ! La Mutual Aid Society a une auberge là, mais elle n'a pas été ouverte au public depuis un bon moment. Tu es à Chicago depuis longtemps ? »

Je secouai la tête. « Environ un mois. »

On se tut un instant. Je me dis qu'il voulait savoir pour quelle raison j'étais venue au mausolée japonais, et je lui fus reconnaissante de ne pas me le demander.

« Bon, je vais devoir y aller. » Je sortis de ma poche les indications que j'avais notées pour me rendre chez les employeurs de Tomi à Evanston. Il me faudrait encore marcher et emprunter plusieurs moyens de transport.

« Tu vas où ?

— À Evanston.

— Evanston ? C'est dans le sens opposé de Clark et Division.

— Je sais. Je dois rendre visite à quelqu'un là-bas.

— Je peux t'emmener. Cet après-midi, je n'ai rien de prévu.

— Oh, non, je ne peux pas te demander ça…

— Je ne suis pas certain que tes chaussures tiennent le coup jusqu'au bout ».

Je sentais la boule de papier de boucherie glisser sous mon pied. J'allais avoir d'énormes ampoules. « Il faudrait au moins que je sache comment s'appelle le garçon qui va m'emmener. »

Il se fendit d'un grand sourire et me tendit sa main. « Art Nakasone. »

Sa paume était sèche et calleuse. « Aki Ito. »

Pendant le trajet, on ne parla pas beaucoup. Art n'était pas du genre à dire des banalités, et moi non plus. Je ne voulais pas raconter quoi que ce soit sur Rose parce que je n'avais aucune envie d'être la fille tragique, la sœur survivante. Je voulais être une fille normale – enfin, aussi normale que pouvait l'être une *nisei* en de telles circonstances.

J'appris cependant qu'Art étudiait à l'université de Chicago et avait l'intention de devenir journaliste. Ce que je trouvai intéressant dans la mesure où il n'avait pas l'air d'être particulièrement bavard ou fouineur.

Étant né à Chicago, il se repéra rapidement dans les indications sur mon plan et conduisit sans même avoir besoin de les regarder. Au bout de trente ou quarante minutes, il ralentit devant une belle maison en briques sombres, avec une entrée en forme d'arche qui menait à une porte aux ferrures noires. Deux gros buissons à fleurs roses encadraient l'arche.

Art se gara et coupa le moteur. « On y est. »

Je vérifiai le numéro de la maison sur ma feuille. Pendant le trajet, j'avais dit une ou deux choses au sujet de Tomi, et qu'elle travaillait comme domestique chez un professeur d'Evanston.

« Si j'étais toi, je ne passerais pas par l'entrée principale, dit Art. Essaie plutôt la porte de service. »

J'appréciai son conseil. À l'évidence, j'étais dans le noir le plus complet pour ce qui était des règles s'appliquant aux domestiques et à leurs patrons.

« Je te ramènerai à Clark et Division, si tu veux. Je t'attends ici. »

En temps normal, j'aurais refusé mais, n'ayant pas d'autre choix, j'acceptai volontiers.

Je sautai du pick-up et défroissai au mieux ma jupe toute fripée. Cette humidité était vraiment fatale. En approchant de la maison, j'entendis les aboiements graves d'un chien – un gros, sans doute –, suivis des jappements aigus d'un plus petit.

Je toquai à la porte de service, d'abord d'un coup timide, puis avec plus de conviction, ce qui eut pour effet d'augmenter le volume des aboiements à l'intérieur. « Du calme ! » ordonna une voix féminine, à laquelle les animaux obéirent. Une jeune femme apparut, aussi mince que Louise mais plus petite, avec un teint de porcelaine. Les traits délicats de son visage semblaient avoir été dessinés au pinceau. Elle me rappela les beautés classiques japonaises que nous avions vues en famille sur l'écran du cinéma Fuji à Little Tokyo avant la guerre.

« Vous êtes Tomi Kawamura ? » J'entendis les chiens grogner, probablement enfermés dans une autre pièce.

« Oui…

— Je suis Aki Ito. La sœur de Rose. »

À peine eus-je prononcé le nom de Rose, que Tomi commença à refermer la porte.

« Non, je vous en prie… » Et avant même que je m'en sois rendu compte, elle avait disparu. « S'il vous plaît, j'ai besoin de vous parler… Faites-le pour Rose ! » Je tapai sur la porte du plat de la main. Les chiens reprirent leurs aboiements, troublant la sérénité de la rue bordée d'arbres.

La porte se rouvrit, révélant de nouveau la beauté du profil de Tomi. « Ne parlez pas si fort… Vous voulez me faire renvoyer ou quoi ?

— D'accord, je parlerai tout bas, mais écoutez-moi…

— Je ne peux recevoir personne sans avoir prévenu.

— Cinq minutes, accordez-moi cinq minutes !

— Trois. » Tomi croisa ses bras menus. Il était clair qu'elle ne me laisserait pas entrer.

Je tâchai de faire vite. « Vous étiez l'amie de ma sœur, sans doute la seule qu'elle avait à Chicago, d'après son journal intime…

— Son journal intime ? » Ses joues rosirent.

« Elle l'a laissé à l'appartement. Il était au milieu de vos livres. »

Tomi demeura une seconde bouche bée. Quand elle recouvra sa voix, elle demanda : « Pourquoi êtes-vous venue ?

— Pour savoir ce qui lui est arrivé avant sa mort.

— J'avais déjà déménagé ici…

— Vous deviez connaître ses secrets, surtout le plus gros… » Je déglutis péniblement. « Qu'elle était enceinte.

— Vous êtes folle ! » Elle poussa la porte mais, cette fois, je me mis en travers.

« Retrouvez-moi quelque part ailleurs, loin d'ici… » Je n'étais qu'à quelques centimètres de son visage, si près que je voyais ses petites narines se dilater. « Je travaille à la bibliothèque Newberry. Là-bas, c'est sans danger. »

Tomi repoussa la porte en m'écrabouillant le pied gauche. Je hurlai de douleur et basculai en avant dans ce qui ressemblait à un vestiaire. Deux laisses et plusieurs imperméables étaient accrochés à un portemanteau, et des bottes en caoutchouc alignées sous un banc. Derrière une double porte vitrée, un labrador noir et un caniche blanc bondissaient, grattant le verre de leurs griffes tout en agitant la queue.

« Vous ne pouvez pas entrer », dit Tomi, s'efforçant à la fois de me relever et de me jeter dehors.

Dans la rue, une portière claqua. Tomi se tourna vers le bruit. « Qui est-ce ? »

Art, sans doute intrigué par les bruits de bagarre, était descendu du pick-up.

« Oh, quelqu'un que j'ai rencontré au cimetière… Il m'a conduite ici.

— Quelqu'un ? Vous voulez dire que vous ne le connaissez pas ?

— C'est Art. Art Nakasone. Il est de Chicago. Il habite à South Side.

— Vous montez en voiture avec un inconnu ? Et vous l'amenez ici ? Avez-vous perdu la tête ?

— Son père travaille à la Mutual Aid Society. Il est étudiant.

— Vous êtes comme Rose… Pas une once de bon sens ! » Sa remarque me déstabilisa. Tomi en profita pour me pousser dehors et claqua la porte. Les chiens me dirent adieu en aboyant de plus belle et ne se calmèrent qu'à l'instant où je montai dans le pick-up.

10

À Chicago, les soirées dansantes des nisei sont lamentables, voire pires que celles qu'il y avait au camp. À Manzanar, on avait les Jives Bombers et Mary Nomura, alors que, ici, personne ne semble être capable de chanter. Les orchestres sont improvisés, à croire que les organisateurs ramassent les musiciens dans la rue. Et au moins deux des soirées auxquelles je suis allée se sont terminées par une bagarre entre des types complètement ivres. Roy dit qu'ils vont améliorer la programmation, mais je me réserve le droit d'en juger.

Le trajet jusqu'à Clark et Division se déroula dans un silence encore plus grand que pour aller du cimetière à Evanston. Ça ne me dérangeait pas ; je n'étais pas d'humeur à faire la conversation à Art Nakasone. Je ne pensais qu'à une chose : pourquoi Tomi m'avait-elle rejetée ? J'étais la petite sœur de sa colocataire morte, je ne lui avais fait du tort d'aucune manière, nous ne nous connaissions pas. Pourtant, quelque chose lié à la vie de Rose à Chicago lui avait fait peur. Peut-être que ma sœur avait eu de mauvaises fréquentations, même si, à mon avis, c'était très improbable. Roy n'avait parlé de rien. Mais il était possible que Tomi, en tant que proche colocataire, ait détenu des informations que personne d'autre ne connaissait.

Au moment où on arriva à Lake Shore Drive, j'estimai devoir une explication à Art, qui avait tout de même pris le temps de me raccompagner. « Tu sais, au mausolée, j'y suis allée pour ma grande sœur. C'est elle qui a été tuée dans le métro. La fille à Evanston était sa colocataire. »

Ses longs doigts effleurant le volant, il hocha une fois la tête et, au moment où il s'arrêta à un feu rouge, il se tourna vers moi. « Désolé pour ta sœur. C'est vraiment affreux.

— Tu en as entendu parler ?

— Ce n'est pas souvent qu'une fille *nisei* est tuée à Chicago. »

J'ignore si c'est à cause de la douceur de sa voix, toujours est-il que je fondis en larmes. Et j'avais beau m'efforcer de juguler ma tristesse, plus je me retenais, plus je pleurais. J'étais dans un état pitoyable.

« Tu veux de l'eau ? » Avant que j'aie pu l'en empêcher, Art se gara près d'Oak Street Beach. Il descendit du pick-up, grimpa sur la plateforme arrière, puis revint dans la cabine avec une vieille gourde en métal, comme celles que les cow-boys attachent à leur selle.

Boire dans une gourde rouillée ne me faisait pas très envie, mais je ne voulais pas l'offenser. Je bus une gorgée ; étonnamment, l'eau s'avéra délicieuse et rafraîchissante.

« Merci. » Je me tamponnai les yeux avec un mouchoir. J'aurais bien voulu me regarder dans le miroir de mon poudrier, mais c'était sûrement une cause perdue.

« J'ai la larme facile, dis-je. C'est une de mes plus grandes faiblesses.

— Je ne trouve pas que ce soit une faiblesse. Je suis très proche de ma petite sœur. S'il lui arrivait quelque chose, je ne sais pas ce que je ferais. »

J'inspirai à fond plusieurs fois. Le front appuyé contre la vitre, je regardai les jeunes gens en maillot de bain marcher vers le lac Michigan. Bien qu'il y ait la guerre, ils avaient l'air insouciants. Je leur enviais cette aisance, cette absence d'inquiétude.

Au moment où Art me déposa devant mon immeuble, il hésita un instant, comme s'il voulait me demander quelque chose.

Plusieurs filles *nisei* rassemblées devant le perron se retournèrent en nous lançant des regards, puis elles murmurèrent en rigolant.

« Merci de m'avoir raccompagnée.

— Il n'y a pas de quoi. À un de ces jours. »

Les filles s'écartèrent telle la mer Rouge pour me laisser accéder à la porte d'entrée. « Art Nakasone, hein ? » railla l'une d'elles. Que ce garçon soit aussi connu m'étonna.

En entrant chez moi, je constatai que ni ma mère ni mon père n'était là. Contente d'être toute seule pour me préparer en vue de la soirée, j'ouvris la glacière dans laquelle je trouvai des *onigiri* enveloppés dans du papier alimentaire et mangeai les boules de riz avec un morceau de poulet froid. Ma mère aurait désapprouvé que je mange debout devant l'évier au lieu de m'asseoir en prenant une assiette et une fourchette, mais j'étais pressée.

Après une douche rapide, je passai en revue ma garde-robe, en piteux état. La robe en coton que j'avais portée dans la journée, ma préférée, était collante de transpiration. Je dus me contenter de celle à rayures, que j'aurais plutôt mise pour aller à un rendez-vous chez le médecin qu'à une soirée.

Pendant que je tentais de redonner un semblant de forme à mes cheveux à l'aide de pinces, j'en fis tomber une et m'accroupis pour la ramasser. Elle avait atterri près de la valise de Rose, que ma mère avait rangée sous son lit, à côté d'un gros sac de voyage marron qu'on nous avait envoyé de l'entrepôt en Californie. Cette valise renfermait une complète garde-robe, nettement plus belle que la mienne. Non, je ne pouvais pas... Ne serait-ce pas manquer de respect envers la mémoire de ma sœur ? Mais j'entendais la voix de Rose : « Ne sois pas aussi timorée ! Ces robes ne font de bien à personne en restant dans une valise ! »

J'ouvris la valise. Les robes de Rose étaient roulées de façon impeccable – mon œuvre. Le tissu imprimé de grues blanches sur fond bleu canard attira mon œil.

Comme je n'avais jamais vu cette robe sur ma sœur, j'eus l'impression qu'il m'était permis de l'essayer.

C'était un modèle drapé qui s'attachait à la taille, avec un volant sur le côté. Faute d'avoir un grand miroir, je me servis de mon poudrier pour voir de quoi j'avais l'air. Et je me reconnus à peine. Je n'étais plus la fille que les tenues de Rose au lycée écrasaient et effaçaient. Dans cette robe, j'avais des courbes partout là où il le fallait. Allais-je oser ? Je repensai aux regards des filles devant l'immeuble, curieux et critiques, mais empreints d'une certaine admiration. Je n'avais encore jamais eu droit à ça. Décidant de garder la robe, je refermai la valise et la remis sous le lit.

Dans la salle de bains, je me regardai encore une fois dans le miroir fêlé au-dessus du lavabo. Il était presque l'heure que je descende retrouver Roy. Prête ou non, j'y allai.

« Hé, Aki… par ici ! »

Roy avait le haut du corps qui dépassait de la fenêtre d'une Oldsmobile noire côté passager. La voiture était pleine de monde. En m'approchant, je reconnus au volant son colocataire Ike, ses cheveux fins si mal coupés qu'ils se dressaient tels les poils d'un balai. À l'arrière se serraient Louise, Chiyo et leur nouvelle colocataire, Kathryn.

Roy descendit en me faisant signe de m'asseoir entre lui et Ike. Moi qui avais espéré profiter d'un trajet tranquille pour lui poser d'autres questions sur Tomi, manifestement, ce ne serait pas possible.

Je saluai les filles d'un geste et me glissai sur la banquette avant. Un peu à l'étroit entre les deux garçons, je croisai les bras pour prendre moins de place.

« Tu te souviens d'Ike ? me demanda Roy après qu'on eut démarré.

— Oui. C'est ta voiture ?

— Celle de mon oncle. Il est dans l'import-export.

— Autrement dit, *okanemochi* ! Enfin, avant la guerre… » Roy forma un cercle avec son pouce et son index, un geste japonais qui signifiait qu'on avait de l'argent.

À l'arrière, les trois filles gazouillèrent.

« Je t'ai déjà dit de ne pas utiliser ces mots de pédé… Nous, les Américains, on ne comprend rien à ce que vous racontez !

— Oh, arrête de faire ton prétentieux ! Tu sais bien que les *hakujin* ne te considèrent pas comme l'un d'eux. Si c'était le cas, l'université de Chicago ne limiterait pas le quota à un seul *nisei* dans ta fac de médecine !

— Tu es de Chicago ? demandai-je à Ike.

— Du Wisconsin. Mon père cultive des oignons.

— Le mien travaillait pour la famille de Roy au marché en gros à L.A.

— C'est ce qu'il m'a dit. »

Ike était beau et sympathique. Je sentais à l'énergie qu'il y avait dans la voiture que les filles s'intéressaient plus à lui qu'à Roy. Un *nisei* qui allait devenir médecin. Qui n'aurait pas été impressionné ?

Au bout de quelques minutes, on arriva dans un quartier bondé de bars et de clubs que je reconnus, Uptown, où j'étais passée le matin pour prendre un bus après le métro. Mais, le soir, tout paraissait différent. La rue était encombrée de voitures, des hommes et des femmes dans leurs plus beaux atours flânaient sur les trottoirs. Chacun semblait vouloir affirmer sa personnalité.

Ike dut faire deux fois le tour du pâté de maisons avant de trouver une place où se garer, près d'un immeuble condamné.

« J'espère que la voiture de mon oncle sera encore là à la fin de la soirée », observa-t-il tandis qu'on s'extirpait de l'Oldsmobile. Kathryn, la dernière à sortir, fit bouffer sa jupe, puis me jeta un long regard sous le réverbère.

« Quelle robe magnifique ! » commenta-t-elle. Tout le monde me fixa sans piper mot. Les autres avaient dû reconnaître la robe de Rose. J'étais à la fois gênée et intriguée. Le tissu étant vraiment original, peut-être que quelqu'un me raconterait l'histoire qui se cachait derrière cette robe.

ARAGON était écrit en lettres de néon verticales à l'extérieur d'un immeuble imposant ; je l'avais remarqué le jour où j'étais venue rejoindre Mr. Yoshizaki. Être là m'excitait. Après que Roy eut payé nos billets, voir qu'il y avait autant de monde dans la salle me sidéra. Les *nisei* étaient-ils aussi nombreux à Chicago ? Mis à part les gens de notre petit groupe, je ne reconnus tout d'abord personne. Et puis, en avançant de quelques mètres, j'aperçus Harriet, qui prit une mine atterrée en voyant ma robe. « Oh ! Aki… » Ce fut tout ce qu'elle réussit à dire.

« Viens, c'est un swing ! » Quelqu'un m'attrapa par la main. C'était Roy, qui me tira sur la piste de danse. J'étais une danseuse convenable, pour l'unique raison que Rose avait fait de moi sa partenaire quand elle s'entraînait à danser le lindy hop à la maison.

À Manzanar, je n'étais pas souvent allée à des soirées dansantes. En réalité, je n'avais pas voulu laisser ma mère seule étant donné que mon père cavalait jusqu'au petit matin avec ses copains trafiquants d'alcool. Me retrouver là enveloppée par la musique, la trompette hurlant et le plancher tressautant sous mes pieds, me transporta. J'étais comme ces couples au bord du lac Michigan qui se fichaient de tout le reste.

La chanson prit fin. Roy, sa tête gominée dégoulinant de transpiration, poussa un cri de joie. « Ouah, dis donc, tu sais danser ! » On aurait dit qu'il me voyait pour la première fois.

Pendant qu'il partait nous chercher à boire, je tâchai de trouver un endroit où me reposer, mais il n'y avait dans la salle que des corps et pas une seule chaise. Ike était entouré par le trio que formaient Louise, Kathryn et Chiyo, qui toutes semblaient boire ses paroles.

Lors de notre première rencontre, Chiyo avait dit qu'elle n'allait pas souvent à des soirées dansantes, or elle était là, en train de dévorer Ike des yeux avec désir.

« J'ai vu Tomi », dis-je.

Louise, qui s'éventait le visage, me lança un regard ébahi. « Vraiment ? Comment c'est possible ?

— Je suis allée là où elle travaille.

— Et elle était comment ?

— Qu'est-ce que tu veux dire ?

— Est-ce qu'elle avait l'air d'aller bien ? »

Je fronçai les sourcils. « Qu'est-il arrivé à Tomi ? » Voyant la moue de Louise, je m'empressai d'ajouter : « Réponds-moi, et je te promets de ne plus t'embêter. »

Elle jeta un coup d'œil vers les autres. Kathryn et Chiyo étaient toutes deux trop médusées par ce que leur racontait Ike sur sa dernière garde au service de chirurgie pour nous prêter attention. Peut-être que Louise se sentait comme la cinquième roue du carrosse, ou qu'elle pensait tenir l'occasion de se débarrasser de moi une bonne fois pour toutes. Toujours est-il qu'elle m'emmena à l'écart pour qu'on puisse parler plus librement. « Elle a fait une sorte de dépression, murmura-t-elle, sans quitter des yeux le trio dont elle s'était temporairement éloignée.

— Une dépression nerveuse ? »

Maintenant qu'elle avait lâché cela, Louise devait m'en dire davantage. « Tomi avait peur de tout... Elle restait toute seule à l'appartement et sortait tard le soir. Rose savait ce qu'elle avait, mais aucune des deux ne me faisait de confidences. Je ne sais pas trop ce qui s'est passé... En tout cas, un soir, Rose et Tomi ont eu une dispute épouvantable, elles ont cassé des assiettes, ont hurlé... Le lendemain, Tomi a déménagé. Rose n'a plus reparlé d'elle. Quand Chiyo est venue s'installer, ça a été mieux. Les choses sont devenues beaucoup plus simples. »

Une grande asperge *nisei* avec une petite moustache tapota la manche gigot de Louise en l'invitant à danser. Elle parut soulagée de pouvoir mettre un terme à notre conversation. Moi, en revanche, j'eus l'impression qu'elle me laissait en plan. À cause de quoi Tomi s'était-elle disputée avec ma sœur ? Était-ce lié au fait que Rose était enceinte ? Comment convaincre Tomi de me parler ?

J'avais beau être avec des jeunes gens de mon âge, je commençais de nouveau à me sentir très seule. Où était passé Roy ? Sans doute nous avait-il oubliés moi et nos rafraîchissements pour se lancer à la poursuite d'une fille.

Alors que j'errais autour de la piste de danse en cherchant sa tête gominée, je tombai sur Harriet, accompagnée du *hakujin* aux lunettes cerclées de métal. « Je suis Aki Ito, me présentai-je. Vous étiez aux funérailles de ma sœur, et je vous ai vu l'autre jour à Bughouse Square. Vous aimez bien écrire des choses dans votre calepin. »

Harriet n'eut d'autre choix que de jouer les diplomates. « Ah, Aki, voici Douglas Reilly… Il est anthropologue et travaille pour la WRA. »

Sa poignée de main était un peu pénible, trop moite et trop longue. « Excusez-moi si je vous ai paru indiscret. Mon travail consiste à observer et à rédiger des rapports. Vous avez peut-être l'impression de m'avoir vu dans de nombreux endroits où vous-même êtes allée mais, rassurez-vous, je ne vous suis pas !

— On travaille ensemble au bureau de réinstallation. » Harriet s'efforça d'expliquer ce qui les liait ; néanmoins, j'avais le sentiment que leur relation se prolongeait en dehors du cadre du travail.

« Un jour, j'aimerais bien vous interviewer, me dit Douglas Reilly.

— À quel sujet ?

— Sur ce que ça représente de passer de Manzanar à Chicago, comment ça a été pour votre famille…

— Je ne pense pas que notre histoire intéresserait le gouvernement. » Explorer la mort de Rose et les conséquences qu'elle avait sur nous trois me répugnait. En ce moment, nous étions une famille en souffrance, divisée et déboussolée. Pourquoi aurais-je voulu en parler, surtout à un bureaucrate ?

« Douglas fait cela pour nous aider. Dans le but d'améliorer le programme de réinstallation à l'avenir. »

Je me fichais pas mal du programme et de l'avenir. Tout ce qui m'importait, c'était maintenant, et comment garder nos têtes hors de l'eau. Je refusai l'interview le plus poliment possible mais, avant que je les laisse, Harriet tenta un sourire joyeux. « Je vous parlerai à l'appartement », me dit-elle.

Cette rencontre m'avait tellement agacée que je faillis bousculer quelqu'un. « Bonsoir ! » Sa voix, je m'en souvenais, mais son apparence était très différente. Au lieu d'un maillot de corps trempé de sueur, Art portait une chemise d'un blanc immaculé, un costume gris et une cravate marron avec deux rayures noires en biais au milieu. À la seconde où je le reconnus, tout mon être se mit à vibrer.

« Bonsoir...

— Je ne savais pas que tu serais là, dit-il.

— Je ne savais pas que tu serais là. » On éclata de rire en même temps. Comme deux idiots.

« Il faut dire qu'on n'en a pas parlé.

— Tu viens ici tous les week-ends ? » Je pressai doucement mes tempes, espérant que de la sueur n'allait pas perler sur mon front et ruiner mon maquillage.

« Non, je n'étais pas venu depuis longtemps. C'est mon soir de chance, j'imagine ! »

Sa dernière remarque me sonna. Flirtait-il avec moi ? N'étant pas habituée à entendre ce genre de propos, je les laissai se graver dans mon esprit avant de murmurer : « C'est la première fois.

— Quoi ? » Rivaliser avec le vacarme de la mauvaise musique et les claquements de talons sur le parquet était difficile.

« C'est la première fois », répétai-je, plus fort.

Un hurlement déchira la salle. Aussitôt, comme attiré par un aimant géant, tout le monde se rua en direction de la porte. La foule semblait avoir perdu tout intérêt pour la danse, préférant aller s'ébaubir devant un événement inattendu.

« Qu'est-ce qui se passe ? demanda Art à deux garçons qui se précipitaient vers la sortie.

— C'est encore les *yogore* ! répondit quelqu'un.

— Pardon ? lançai-je.

— Hammer Ishimine... Il est en train de s'en prendre à Roy Tonai. »

Il ne pouvait exister qu'un seul Hammer. Sans rien expliquer à Art, je bousculai les curieux pour voir ce qui était à l'origine de tout ce raffut.

Au moment où j'arrivai au cœur de l'action, la bagarre battait son plein ; un éclair jaune moutarde, des coups de poing et des huées dans la foule. Des hommes plus âgés s'empressèrent d'intervenir pour mettre un terme à la rixe. Roy finit par émerger, le nez et la lèvre en sang, l'oreille droite tuméfiée. En revanche, Hammer paraissait indemne, seul le col de son costume zazou était déchiré. Près de lui, dans une position protectrice, se tenait son compagnon toujours fidèle, Manju.

Un moustachu d'une trentaine d'années pointa le zazou du doigt. « C'est terminé, Hammer ! Dorénavant, tu n'es plus autorisé à venir à aucune soirée !

— Ah oui... et qui ça dérange ? De toute façon, ces soirées sont nulles ! » Puis il m'aperçut. « Hé, Tropico, tirons-nous d'ici ! »

Comment osait-il me parler comme si j'étais sa copine ? Je le dévisageai sans bouger ni répondre.

Hammer laissa échapper un mugissement, comme si tout ça n'était qu'une blague, puis il sortit de l'Aragon en se pavanant, Manju à ses côtés.

Je m'approchai de Roy, qui était en train de cracher une dent. Par chance, ce n'était pas une de celles du devant. Je lui tendis le mouchoir que j'avais mis dans la poche de la robe.

« Tonai, tu vas devoir déguerpir toi aussi, lui dit le Kalifornien.

— Je n'ai fait que me défendre…

— À ce qu'on m'a raconté, tu es autant responsable que Hammer. »

Ike nous avait rejoints et examina la lèvre de Roy. « Viens, allons-y… Tu vas avoir besoin de points de suture. »

Oubliant Art un instant, je les suivis sans réfléchir. Je voulus revenir lui dire au revoir, mais il était trop tard.

11

Certains soirs, mes parents et Aki me manquent. Et aussi notre chien, Rusty. C'était plus le chien de ma sœur que de qui que ce soit d'autre. Mais, quand Aki n'était pas là, il restait collé à moi.

Dans l'Oldsmobile bondée, l'ambiance était nettement plus sombre qu'à l'aller. Kathryn, qui pour une mystérieuse raison semblait la plus déprimée, n'arrêtait pas de pousser des soupirs et de faire des bruits avec sa bouche. Je ne la connaissais pas assez pour lui demander d'arrêter.

Le comportement de Roy nous avait tous déçus. Roy, qui avait couvert de sang ce que je réalisai tout à coup être mon mouchoir préféré, ne prononça pas un mot pour s'expliquer ou se justifier. Il n'eut même pas la décence de s'excuser de s'être donné ainsi en spectacle et d'avoir abrégé notre soirée. Dorénavant, nous tous qui étions là avec lui serions étiquetés comme des fauteurs de troubles.

On était à quelques rues de Clark et Division lorsque Chiyo se manifesta : « Tu peux déposer Aki la première. »

Ike mit son clignotant pour changer de file, mais je l'en dissuadai.

« Non, continue… J'ai suivi une formation d'aide-soignante à Manzanar. Je pourrai t'aider à le recoudre. »

Il trouva une place devant l'immeuble des filles. Louise descendit d'un bond en le remerciant vaguement. Kathryn voulut dire quelque chose mais ne réussit qu'à émettre un énième claquement de bouche. Chiyo, elle, s'attarda sur la banquette arrière. « Si tu veux, moi aussi je peux t'aider. J'ai déjà tué des animaux à la ferme, le sang ne me fait pas peur. »

Roy écarquilla des yeux épouvantés tandis que je réprimai mon envie de pouffer. Seul Ike, en parfait gentleman, la remercia de son offre avant de décliner poliment.

Chiyo se glissa vers la portière. « Bon, ben… au revoir. » Puis elle suivit ses colocataires sur le perron.

Je me retins de faire une remarque sournoise. Elle s'était prise de béguin pour Ike, et alors ? En matière d'amour, Chiyo avait l'air d'être quelqu'un de direct. Ma mère aurait dit qu'elle était *sunao*, sincère. À ceci près que, lorsqu'il s'agissait de Rose, Chiyo ne me paraissait pas aussi franche. Au moins Louise m'avait-elle révélé une partie de la vérité sur ce qui s'était passé entre les colocataires.

Au moment où on passa devant le Mark Twain Hotel, la géante en robe du soir que j'avais déjà aperçue traversa juste devant la voiture. Ike dut faire une embardée pour l'éviter et jura entre ses dents.

« J'ai déjà vu cette femme, dis-je.

— Cet homme, tu veux dire. » Roy avait recouvré sa voix, mais sa lèvre fendue déformait son élocution.

« Quoi ? »

Il éloigna le mouchoir imbibé de sang plaqué sur sa bouche. « Oui, c'est un type qui se déguise en fille. Au camp, il y en avait quelques-uns comme lui.

— Non ? » Qu'une telle chose existe dans la communauté japonaise me paraissait inimaginable.

« Si.

— Non, je n'y crois pas. » Roy me faisait souvent des blagues en profitant de ma crédulité.

« Écoute, tu passais la majeure partie de ton temps derrière un comptoir à distribuer des manteaux et des couvertures. Mais moi, je parcourais l'ensemble du bloc pour apporter le courrier, j'entrais et je sortais des baraquements... On voit des choses !

— Qui, par exemple ? Je les connais ? » Je voulais une preuve.

Roy commença à répondre, puis renonça. « Tu sais, Aki, parfois, tu me rappelles Rose. » Et il ne l'avait pas dit comme un compliment.

« Qu'est-ce que tu veux dire par là ?

— Elle était terriblement curieuse de choses qui ne la regardaient pas. »

Sa remarque me piqua au vif.

« Tu sais que tu viens de bousiller mon mouchoir ? Rose me l'avait donné.

— C'est vrai ? » dit-il plus gentiment.

Ce n'était pas vrai, mais je voulais le punir, ne fût-ce qu'un peu.

Roy et Ike partageaient un appartement dans ce qu'on appelait un « quadruplex », qui appartenait à l'oncle de ce dernier. L'oncle et la tante vivaient dans deux studios du côté gauche ; je ne cherchai pas à savoir pourquoi un couple résidait dans deux lieux séparés. Une famille chinoise habitait en dessous de chez les garçons.

Le bâtiment, quoique vétuste, était relativement bien entretenu. La peinture grise sur le bois de la façade paraissait uniforme au clair de lune. Une petite lampe qu'ils avaient laissée allumée brillait derrière les barreaux d'une fenêtre ouverte.

Une fois entré, Ike alluma un lampadaire ancien. Dans le salon bien meublé, il y avait un tapis d'Orient sur le plancher, une cheminée, deux fauteuils et un canapé avec des pieds en forme de serres d'oiseau. Leur salon avait l'air absolument normal, ce qui me rassura et en même temps me rendit envieuse.

Roy s'écroula tout de suite sur le canapé et cala un des deux gros coussins sous sa tête en continuant à presser le mouchoir sur sa lèvre.

« Je vais chercher ma sacoche, dit Ike en s'éloignant vers l'une des chambres. Il va falloir que je stérilise mon aiguille. »

Plantée au milieu du salon, je restai là sans savoir quoi faire. « Tu as besoin d'aide ?

— Non, non… garde le patient stabilisé ! » me cria-t-il. Je l'entendis aller et venir dans plusieurs pièces. Je finis par m'asseoir dans un fauteuil et sentis la brise qui entrait par la fenêtre.

Roy était si parfaitement immobile que je crus qu'il s'était endormi.

« Tu es réveillé ? »

Il remua un bras et ouvrit les yeux.

« Aujourd'hui, j'ai vu Tomi.

— Où ça ?

— À son travail.

— À Evanston ? » Il se redressa sur les coudes. « Comment es-tu allée là-bas ? »

J'éludai la question. « Que s'est-il passé entre elle et Rose ? Et ne me réponds pas “rien”. Louise m'a confirmé qu'elles s'étaient disputées. »

Il tenta d'esquiver, mais j'insistai. Peu m'importait qu'il soit blessé. En fait, je me promis de profiter à fond de sa vulnérabilité.

« Rose ne se dérobait jamais devant un combat et, en général, une fois qu'elle s'y engageait, elle obtenait assez facilement ce qu'elle voulait. Cette Tomi doit être autre chose… J'en ai eu un petit aperçu aujourd'hui. Peut-être que je retournerai à Evanston à la première heure demain matin. »

Je finis par l'avoir à l'usure.

« N'y retourne pas », dit Roy. Il se laissa retomber sur les coussins et fixa le plafond. « Rose pensait qu'elle était folle, vraiment cinglée, que le camp et le reste avaient eu des effets sur elle.

— On dirait que quelque chose lui fait peur… Tu ne serais pas sortie avec elle ?

— Une fois. Rien de sérieux. On a juste dîné ensemble. Ça n'a pas accroché.

— Ou c'est elle qui n'a pas accroché avec toi.

— Je crois que son père avait eu un comportement un peu brutal avec elle. C'est en tout cas ce que m'a dit Rose, et que je ferais mieux de l'oublier. Et je l'ai prise au mot. J'ai laissé Tomi tranquille. »

Brutal ? Son père aurait-il abusé d'elle ? Ma bouche devint toute sèche. Le nôtre nous avait adorées, Rose et moi ; qu'un père puisse lever la main sur sa fille était pour moi impensable. « Elle est belle, c'est sûr. » Je ne savais pas quoi dire d'autre.

« Mais l'apparence ne fait pas tout. » Roy me lança un coup d'œil, comme si j'en étais la preuve vivante.

Piquée dans mon orgueil, je m'empressai de changer de sujet. « Pourquoi tu t'es bagarré avec Hammer, ce soir ?

— Déjà avant le camp, ce type me cherchait. »

Je me souvenais que Hammer avait été viré du marché de gros. Il faudrait que je demande à mon père s'il avait eu des prises de bec avec lui. Avant que j'aie pu creuser la chose davantage, Ike revint avec une aiguille et du fil chirurgical sur un plateau en métal.

Le teint de Roy vira au vert. Je ne me doutais pas que c'était un tel gamin.

« Ne me transforme pas en Frankenstein ! plaisanta-t-il mollement.

— Ne t'inquiète pas... Tu participeras à des concours de beauté en un rien de temps ! »

Pendant que je tenais le plateau, Ike nettoya la plaie, puis appliqua un anesthésique local avec une compresse en coton. Roy grimaça à plusieurs reprises ; si je n'avais pas été là, je suis certaine qu'il aurait hurlé.

Je n'avais encore jamais remarqué les doigts d'Ike, des doigts fins et magnifiques, aux ongles manucurés impeccables. Je restai subjuguée par ses gestes tandis qu'il recousait la lèvre de Roy. Il posa deux points de suture, l'un à l'extérieur, l'autre à l'intérieur. Ike ferait un excellent chirurgien.

Après avoir pris une aspirine et un cachet pour dormir, Roy me souhaita bonne nuit et disparut en traînant les pieds dans l'une des chambres.

Le temps que Ike range ses instruments, je fis le tour du salon en observant les portraits dans des cadres ovales d'un Japonais impressionnant en chapeau haut de forme et cravate, à côté d'une femme vêtue d'un somptueux kimono. Ike, comme Roy, venait d'une famille riche. Tous deux avaient beaucoup en commun.

« Désolée de ne pas t'avoir été plus utile, lui dis-je quand on remonta dans l'Oldsmobile.

— Mais si, tu l'as été. Tu as fait en sorte que Roy reste calme. C'est déjà plus de la moitié de gagnée ! » Il tourna la clé de contact pour me ramener à la maison. Il était tard, aux alentours de minuit. Même mon père serait endormi.

Pendant quelques minutes, je regardai par la fenêtre sans dire un mot. Je n'avais pas su à quoi m'attendre à South Side mais, apparemment, les maisons qui se succédaient dans la rue étaient toutes cossues et bien entretenues.

Lorsqu'on s'arrêta à un croisement, je finis par reprendre la parole. « Est-ce que Roy t'a posé des tas de problèmes ?

— C'est un bon gars. Je l'aime bien. Je ne peux pas dire que je lui en veux. Son père est toujours détenu à Santa Fe, sa mère à Manzanar, et l'affaire familiale part à vau-l'eau. Le gouvernement a gelé la totalité de leur argent à la banque Sumitomo.

— Comment vous êtes-vous connus ?

— Par ta sœur, en fait.

— Ah oui ? » Je n'avais pas réalisé qu'Ike avait connu Rose aussi bien.

« C'était à une soirée dansante de la YMCA, au début de l'année. L'hiver avait commencé dans la douceur mais, en février, on a eu une grosse tempête de neige. Tous les Californiens mouraient de froid, ils n'avaient jamais connu des températures en dessous de zéro. Roy était persuadé que ses orteils avaient gelé, ce à quoi Rose lui a dit qu'il était bête. Il a dû insister en lui jurant que c'était vrai. Et comme elle avait entendu dire que je faisais des études de médecine, elle m'a demandé de l'examiner.

— Tu as pris Roy comme colocataire à cause de ses orteils ? »

Ike éclata de rire. Je vis qu'il avait un espace entre les deux incisives.

« Le moment tombait bien. À cause de la guerre, l'entreprise d'import-export de mon oncle était à l'arrêt, et ma tante cherchait un locataire pour avoir un revenu supplémentaire. De toute manière, je passe presque tout mon temps à l'hôpital. Roy s'occupe bien de l'appartement. Et en plus, c'est un travailleur acharné. »

Ça, c'était absolument vrai.

« Roy et Rose étaient alors encore très proches. Tout comme Tomi.

— Tu la connaissais ?

— Elle était à cette soirée. Elle rigolait tellement que du ginger ale lui ressortait par les narines ! Elle est très drôle. »

Je demeurai médusée. Je n'avais pas soupçonné que Tomi puisse receler en elle une once de drôlerie.

« Et toi, comment tu vas, ici à Chicago ? »

Je ne savais pas quoi répondre. « C'est mieux que d'être enfermée.

— Tu t'habitueras… Il y a des braves gens dans le Midwest.

— Je veux savoir ce qui est arrivé à ma sœur. » Je fus la première surprise de m'entendre le formuler devant lui.

« Qu'est-ce que tu veux dire ?

— Rose ne s'est pas suicidée. Et vu qu'elle n'avait pas deux pieds gauches ou je ne sais quoi, ne me dis pas qu'elle est tombée sur les rails. »

Un silence étrange emplit l'Oldsmobile.

« Il lui est arrivé quelque chose. »

Ike ne me demanda pas de m'expliquer. Sans doute avait-il peur de ce que j'allais répondre.

« Tu connais bien Hammer ? »

Il secoua la tête. « Tout ce que je sais, c'est qu'il est venu de Boys Town à Omaha, dans le Nebraska. Il s'est enfui de là-bas.

— De Boys Town ? » Je me souvenais d'avoir vu le film en noir et blanc inspiré de l'histoire de ce foyer qui accueillait des jeunes à problèmes, où le père Flanagan, interprété par Spencer Tracy, veillait sur ses ouailles agitées.

« Roy m'a dit que Hammer avait été arrêté pour vol à Manzanar. »

Ce qui aurait expliqué qu'on l'ait envoyé en maison de redressement. Jamais il n'aurait pu se qualifier pour quitter le camp en suivant les réseaux normaux.

« Hammer déteste Roy. Il croit qu'il est né avec une cuiller en argent dans la bouche. Et quand il s'est rapproché de Rose, Roy est devenu fou. »

J'étais trop abasourdie pour dire quoi que ce soit. Hammer et Rose ? J'espérais que mon silence encouragerait Ike à m'en raconter davantage, mais nous venions d'arriver devant chez moi.

« J'en ai probablement trop dit, reprit-il en laissant le moteur tourner au ralenti. N'en parle pas à Roy, d'accord ?

— Merci, murmurai-je avant d'ouvrir la portière. Et merci d'être son ami. »

12

Chicago ressemble beaucoup au camp en ceci que les rumeurs se répandent comme une traînée de poudre.

Dans l'appartement, la lumière était allumée. Mon père, victime d'une violente intoxication alimentaire, était enfermé dans la salle de bains, où ma mère s'efforçait de le soulager quelque peu en lui appliquant des compresses d'eau fraîche.

Papa, elle me l'expliqua une fois que le pire fut passé, avait dîné à l'Aloha : une soupe répugnante à base de morceaux de poulet ou de porc innommables. Lorsqu'il put enfin sortir de la salle de bains, il s'écroula sur le lit. On le laissa tout seul et on alla boire du thé noir dans le salon. Ma mère était tellement épuisée qu'elle ne remarqua même pas que je portais la robe de Rose.

« Oh, et alors… c'était comment ? me demanda-t-elle en japonais à propos de la soirée à l'Aragon. Tu as rencontré des gens bien ? » Par gens bien, elle entendait des célibataires admissibles.

Je me contentai de hausser les épaules. Je commençai à comprendre ce que Rose avait ressenti lorsqu'on l'interrogeait sur sa vie amoureuse.

À mon réveil le lendemain matin, mes parents étaient encore couchés. Mon père avait la moitié du corps penché en dehors du lit, comme s'il s'apprêtait à vomir dans la cuvette posée par terre. Ma pauvre mère, sa mèche de perruche dressée en l'air, s'agitait dans tous les sens comme si elle dérivait au milieu de l'océan.

Bien que je n'aie pas beaucoup dormi, une poussée d'adrénaline me fit me sentir pleine d'énergie. Il fallait que je trouve Hammer et découvre la vérité sur lui et Rose.

J'attrapai ma robe à rayures sur le cintre, m'habillai, puis sortis de l'appartement sans faire de bruit. En ce dimanche matin, les familles chrétiennes se rendaient à l'église dans leurs plus beaux atours. Il avait été question que des prêtres bouddhistes viennent de plusieurs camps de concentration à Chicago, mais cela ne s'était pas encore fait. Être bouddhiste en Amérique était plus compliqué.

J'avais un peu l'impression d'être une païenne, ce qui, d'une certaine façon, m'amusait. J'avais beau ne pas en avoir l'air, je me targuais d'être une rebelle, en tout cas ce jour-là. J'essayai même de marcher d'un pas nonchalant, sauf que mes semelles usées m'entravaient.

En passant devant l'ancien immeuble de Rose, j'espérai ne pas tomber sur les trois filles de la veille. Une seule personne était accroupie sur les marches.

« Salut, Manju ! » Appeler un adulte par un diminutif qui signifiait « gâteau aux haricots rouges » me fit me sentir ridicule. « Tu as vu Hammer ? »

Manju, qui avait troqué son costume à carreaux contre un tee-shirt blanc et un jean, fit signe que non.

« Hier soir, après la bagarre, il est parti. Je ne l'ai pas revu depuis. » Il parlait de manière saccadée, comme s'il devait reprendre sa respiration tous les deux ou trois mots.

« Il habite où ?

— Là où on veut bien de lui. Mes colocataires ne voulaient plus qu'il reste. Cette semaine, je crois qu'il était chez une fille à Chinatown. » Je n'en revenais pas qu'un *nisei* sans aucun avenir et à la garde-robe limitée parvienne à gagner l'affection du sexe opposé. Ma mère aurait dit de lui *moteru*, qu'il s'accrochait aux femmes, ne serait-ce que pour une nuit. Hammer avait un certain charme, je ne le niais pas, cependant il exsudait quelque chose de gluant, comme un chewing-gum sur lequel on marche par mégarde.

On fixa la rue tous les deux sans rien dire. Rassemblant mon courage, je demandai de but en blanc : « Tu sais s'il voyait ma sœur ? »

Lentement, Manju tourna la tête et plissa les yeux face au soleil aveuglant. « Tu veux dire… s'il sortait avec elle ? »

J'acquiesçai.

Un éclat de rire le secoua. « Elle est bien bonne, celle-là ! Tu ne manques pas d'imagination, Aki ! »

N'aimant pas qu'on me prenne pour une imbécile, je m'éloignai sans lui dire au revoir. Il était clair que Manju ne m'aiderait pas. Sans que je sache très bien si c'était par fidélité à Hammer ou s'il ignorait s'ils avaient eu une histoire.

Je passai devant le salon de coiffure où ma mère faisait le ménage. Les deux frères, de fervents catholiques, fermaient la boutique le dimanche. Compte tenu des dernières informations sur les atrocités commises aux Philippines par des soldats japonais, je me demandais s'ils n'éprouvaient pas de la rancune à l'égard des *issei* et des *nisei*. Toutefois, ils étaient capables de faire la distinction avec l'ennemi dans le Pacifique. Et ce d'autant plus que la moitié de leurs clients étaient des *nisei*, qui réclamaient soit une boule à zéro avant de partir à l'armée, soit une coupe pompadour pour parfaire leur tenue zazoue.

Après tout ce qui s'était passé la veille, je décidai de me faire plaisir en allant chez un glacier de Division Street. La température devait déjà atteindre les trente-deux degrés. Le soleil me brûlait à travers ma robe. Je remettais la majeure partie de ma paie à ma mère, qui me laissait garder quelques dollars par semaine pour les imprévus. J'aurais mieux fait d'économiser en vue de m'acheter de nouvelles chaussures, mais l'idée d'une glace me tentait trop.

Ting-A-Ling fermait en général le dimanche, or, pour je ne sais quelle raison, c'était ouvert ce jour-là. Le couple de vieux Polonais qui tenait l'établissement était absent ; un adolescent boutonneux me fit asseoir dans l'un des box. Dans celui d'à côté étaient installés d'autres jeunes païens, des lycéens. À la façon que le serveur avait de leur parler, ils devaient être dans la même classe. Ces jeunes partageaient une joyeuse camaraderie, se remémoraient en riant des incidents survenus dans leur école. Le son de leur rire me paraissait familier, et en même temps lointain.

Une partie de moi regrettait de ne plus être à Manzanar, où j'avais au moins pu passer du temps avec Hisako. Elle m'avait demandé de lui écrire dès qu'on serait installés à Chicago, mais je n'avais pas le cœur de lui raconter tout ce qui était arrivé. Et étant donné que les *nisei* se déplaçaient un peu partout, qui sait où elle se trouvait maintenant.

La glace à la fraise que j'avais commandée apparut enfin sur la table. Une magnifique montagne généreuse que je transperçai du bout de ma cuiller pointue. Avaler ce délice glacé me fit l'effet d'un courant d'air sur la nuque. J'aurais voulu pouvoir mettre ce froid en bouteille pour lutter contre la chaleur qui s'abattrait sur moi dès que je sortirais dans la rue.

Après avoir cherché Hammer en vain, je rentrai à l'appartement, où ma mère était en train de repriser une chaussette de mon père. « Papa ne se sent toujours pas bien. Il ne pourra pas aller travailler aujourd'hui. Va téléphoner à son patron pour le prévenir. Rocky Inukai.

— Je vais aller le voir au club. »

Ma mère hésita. « Ce n'est pas un endroit pour les jeunes filles.

— Je sais où c'est, je suis passée devant de nombreuses fois. Et dans deux mois, j'aurai vingt et un ans. »

Ma mère examina la reprise sur le talon de la chaussette, laquelle, comme toujours, était parfaite.

« Comme ça, je serai sûre qu'il a été prévenu », ajoutai-je. À en juger par mes précédentes tentatives de joindre mon père, les personnes qui répondaient au téléphone à l'Aloha n'étaient pas des plus fiables.

Sur ce point, ma mère ne put me contredire. « Mais ensuite, rentre directement à la maison. »

Je hochai la tête.

L'Aloha se trouvait dans Clark Street, au nord de la station de métro, dans un quartier turbulent que je préférais éviter. Parfois, je voyais des voitures rutilantes garées dans la rue, avec des hommes habillés à la dernière mode assis à l'arrière en compagnie de femmes aux formes pulpeuses. Des ivrognes agrippant une bouteille de whisky mal cachée dans un sac en papier titubaient sur le trottoir. Des prostituées exhibaient leurs cuisses dénudées.

Le club occupait un bâtiment en briques de deux étages à côté d'un prêteur sur gages. Aucune enseigne à l'extérieur ne le signalait. Derrière la grande vitre, des hommes étaient agglutinés autour d'un immense billard. Je pris une profonde inspiration et me redressai. *Tu peux le faire, Aki !*

Je savais que le patron de mon père était un *nisei* originaire de Hawaii. Je franchis la porte. Mes yeux s'accoutumèrent à la pénombre. L'Aloha aurait pu s'offrir quelques éclairages supplémentaires. La salle était imprégnée d'une odeur aussi peu engageante que son apparence, comme si on avait laissé du poulet cru à l'air libre trop longtemps. Une femme en robe moulante blanc cassé qui exposait ses *chichi* se prélassait dans un fauteuil au pied d'un escalier.

« Tu cherches du boulot, ma jolie ? roucoula-t-elle. Le Playtime embauche peut-être. »

Je me renfrognai. Le Playtime était connu pour embaucher des prostituées à la fois *hakujin* et *nisei* destinées aux GI qui fréquentaient le club.

J'essayai de ne pas regarder sa poitrine. « Je viens voir Rocky.

— Attends ici. » Vacillant sur ses hauts talons, elle manqua de perdre l'équilibre en se dirigeant vers un autre escalier qui menait à un sous-sol. Je remarquai que de nombreux hommes à l'allure peu recommandable descendaient ces marches.

Pendant qu'elle allait prévenir le patron de mon père, je m'approchai du petit bar situé au fond de la salle, devant lequel il y avait juste six tabourets. Sur l'un d'eux était assis le *nisei* qui avait été dans la file derrière moi au bureau de la WRA, en train de lire le même magazine, et, au bout à gauche, se trouvait celui que j'avais cherché toute la matinée. Hammer portait toujours son pantalon jaune moutarde mais pas la veste, et sa chemise blanche était auréolée de transpiration au niveau des aisselles.

« On dirait que tu n'as pas dormi », dis-je en grimpant sur le tabouret voisin du sien.

Hammer ne bougea pas. Il voulut terminer son verre, mais celui-ci était déjà vide.

Avait-il pris des drogues ? Son attitude était complètement différente de la dernière fois où je l'avais vu à Clark et Division. Aucune fanfaronnade, aucune assurance. Quelque chose dans l'aspect de son visage me rappelait les masques *oni* aux cornes effrayantes que l'on voit sur les murs dans les maisons des *issei*. L'une des versions de ces masques ressemblait carrément à un diable, mais une autre, avec la bouche ouverte et boudeuse, avait un côté torturé. J'avais interrogé ma mère, qui m'avait expliqué que les *oni* étaient de gentils démons censés faire fuir les mauvais.

« Ne t'approche pas de moi, Tropico… Je ne suis pas bien. » Il tapa son verre sur le bar.

« Je veux savoir pourquoi tu t'es battu avec Roy. »

Hammer finit par tourner la tête. « Il ne te l'a pas dit ? » Sa joue était striée de griffures qu'il n'avait pas la veille.

« Qu'est-il arrivé à ton visage ? »

Il les toucha du bout des doigts, comme s'il découvrait qu'elles étaient là. Et que je le lui aie rappelé lui déplut. « Fiche le camp, Aki... Ce n'est pas un endroit pour toi. »

J'allai droit au but. « Rose était ma sœur. J'ai le droit de savoir ce que tu lui as fait.

— Je ne lui ai rien fait qu'elle ne m'ait demandé.

— Ça veut dire quoi ? » Ma voix s'éleva, stridente et étrange.

Le *nisei* plongé dans son magazine fronça les yeux, comme si ma présence le dérangeait.

« Ça veut dire que c'est Roy qui devrait s'expliquer », dit-il avant de se refermer comme une huître.

Au bout de quelques minutes, Hammer sortit de son mutisme. « Tu as de la chance, tu sais... Tu as une famille.

— Je ne crois pas que je dirais que j'ai de la chance.

— Rose avait une sœur, et qui tient à elle... Elle aussi, elle avait de la chance. »

Hammer avait pris je ne sais quelle drogue, j'en étais maintenant convaincue. Cette façon de philosopher ne lui ressemblait pas du tout.

Un homme baraqué en chemise à fleurs émergea du sous-sol et se dirigea droit vers nous. « Tu m'as demandé ? Je suis Rocky. »

Je sautai d'un bond du tabouret. Il me toisa de haut en bas. « On paie à l'heure, mais il faudra te pomponner un peu. Et mettre des talons.

— Je ne cherche pas du travail. »

Rocky parut soulagé.

« Je suis la fille de Gitaro Ito.

— Oh, la fille de Geet… Qu'est-ce qui lui est arrivé ?

— Il est souffrant. » *À cause de ta sale bouffe pourrie*, pensai-je par-devers moi.

« De toute façon, aujourd'hui, c'est calme. Mais demain, on aura besoin de lui, c'est sûr. »

Je hochai la tête. Son absence de compassion ne me surprenait pas. Apparemment, l'Aloha faisait des affaires, légales et illégales. Je ne comprenais pas très bien ce que mon père, qui travaillait à des heures bizarres, faisait au juste dans ce bar. Il n'y avait pas grand-chose à nettoyer, et ce qui aurait pu l'être n'avait pas l'air du tout de l'avoir été.

Rocky passa derrière le comptoir et resservit un verre à Hammer tandis que je filais vers la porte. La femme à moitié nue dans le fauteuil n'était plus à son poste. En tournant, je me retrouvai face à un gros *hakujin* qui me bloqua le passage. « Salut, petite geisha ! »

Je l'ignorai et continuai à avancer. Il ne bougea pas. « Il est trop tôt pour t'en aller, ma jolie ! » dit-il en me poussant contre le mur. Il tenta de m'embrasser, mais je baissai le menton. Sa joue était aussi râpeuse que du papier émeri, et il empestait la bière.

« Laissez-moi partir », murmurai-je, comme si ma voix était coincée dans ma poitrine. *Aki, retrouve ta voix !* Mais j'avais beau essayé, je restai muette. Le gros, ravi par mon absence de réponse audible, continua à m'acculer dans le coin crasseux de l'Aloha.

Je me tortillai pour jeter un coup d'œil vers le bar. Rocky était parti, Hammer toujours penché sur son verre, le garçon à la tignasse toujours plongé dans son magazine. Personne ne viendrait me sauver.

Prenant une grande inspiration, je réussis à croiser les bras et fonçai dans le minuscule espace entre l'homme et la porte. En déboulant dans la rue, je me cognai à l'ample *oshiri* de la femme à peine vêtue qui fumait une cigarette devant l'entrée.

« Hé, fais gaffe ! » me rabroua-t-elle, la cendre de sa cigarette tombant sur le trottoir.

Je ne lui présentai aucune excuse. La seule chose que je savais, c'était que je devais partir d'ici. Courant pratiquement tout au long de Clark Street, je sautai par-dessus des ordures dispersées sur le trottoir et faillis heurter un groupe de gens qui arrivaient dans l'autre sens. Au milieu de ce quatuor se trouvait l'homme habillé en femme aperçu la veille. Ses amis, vêtus de façon tout aussi tape-à-l'œil, portaient de longues robes ajustées et décolletées. Ils étaient tous en train de rire, sans prendre la peine de remarquer ma détresse. Dans Clark Street, c'était chacun pour soi.

Le lundi, tous les Ito avaient rebondi. Après m'être frotté la figure jusqu'à ce que ma peau brille d'un éclat rosé, je m'efforçai de ne plus penser à l'horrible bonhomme de l'Aloha. Raconter ma mésaventure à ma mère m'était impossible, encore moins à mon père. Il aurait pu décider de jouer les redresseurs de torts à sa manière, au risque de se retrouver en prison.

À son réveil, bien qu'encore affaibli, mon père prit un petit déjeuner, juste du pain grillé et du café, puis déclara qu'il se sentait suffisamment en forme pour retourner travailler. Ma mère était déjà partie au salon de coiffure. Je fus contente de m'échapper à la Newberry. Les livres, les cartes et les documents m'étaient devenus familiers ;

ils constituaient la colonne vertébrale qui tenait mes journées. Les trois assistantes que nous étions trouvaient refuge dans les possessions de la bibliothèque. Nancy, passionnée de photo, avait une fascination pour la collection de photographies des Amérindiens des années 1800. Quant à Phillis, l'historienne de l'art, on la retrouvait souvent en train d'errer dans les rayons consacrés aux peintres de la Renaissance.

Plus tard ce jour-là, je travaillais au bureau d'accueil quand quelqu'un que je connaissais se présenta devant moi. Ses cheveux coiffés avec une raie sur le côté lui donnaient une allure très universitaire et plus séduisante que d'habitude.

« Art...

— Je suis content d'avoir retrouvé ta trace.

— J'ai déjà pris ma pause de l'après-midi.

— Il fallait que je te voie. »

Je cherchai la tête grise de notre superviseuse sans l'apercevoir nulle part. Phillis, en robe bleu à pois et les bras chargés de livres, émergea des rayonnages.

« Tu n'aurais pas vu Mrs. Cannon ? Art doit me parler de quelque chose, et je voudrais qu'elle m'autorise à prendre une courte pause. »

Phillis me donna un petit coup de coude dans les côtes. « Vas-y, je te couvrirai... Mais ne sois pas trop longue ! »

J'emmenai Art au fond de la salle derrière une gigantesque fougère. « Qu'est-ce qui se passe ?

— Je voulais te dire d'être prudente.

— Mais... de quoi tu parles ? » Je me sentis rougir. Avait-il appris que j'étais allée chez Roy et Ike ? Ma réputation serait-elle déjà salie ?

« Hier, une fille *nisei* s'est fait agresser. Chez elle. » Son ton était si solennel que je compris que je devais prendre garde. Et, à sa façon de chuchoter, j'en déduisis qu'il s'agissait d'une agression sexuelle.

« Où ça ?

— À South Side.

— Tu la connais ?

— Je ne peux pas trop en dire… Mais reste bien prudente, d'accord ? »

Mon cerveau s'emballa. Il avait tant de mal à traiter cette information choquante que je ne trouvai rien à répondre. Art ajouta qu'il devait filer pour aller voir son conseiller académique. On retourna devant le bureau. Phillis nous attendait, arborant une drôle d'expression que je ne lui avais encore jamais vue, et s'adressa sans ambages à Art : « Tu n'étais pas au lycée de Hyde Park ?

— Si.

— C'est bien ce que je pensais. »

Il demeura immobile un instant, puis pointa un doigt vers elle tandis que la mémoire lui revenait. « Tu es la petite sœur de Reggie… Phillis, c'est ça ? Tu habites au bout de ma rue. »

Le sourire faussement timide dont elle le gratifia m'offusqua. Je n'avais encore jamais remarqué qu'elle avait les dents un peu en avant.

« J'ai appris que Reggie était parti outre-mer, enchaîna Art sans se départir de son sérieux.

— Oui, avec la 93e division.

— Dans le Pacifique ? »

Phillis acquiesça. Aucun de nous trois ne dit rien pendant un instant. Sa réponse confirmait mes soupçons. Son frère se battait contre les Japonais.

« L'armée les a cantonnés le plus longtemps possible aux États-Unis, reprit-elle. Comme si elle ne faisait pas confiance à des garçons noirs. »

J'étais à tel point obnubilée par la situation des soldats *nisei* que je n'avais pas réfléchi à celle des soldats noirs. Eux aussi se retrouvaient enrôlés dans des unités spéciales et, apparemment, ils n'avaient droit à aucune considération.

« Si tu lui écris, salue-le de ma part, dit Art.

— Oh, oui, oui… Je, je n'y manquerai pas. » Phillis bégayait-elle ?

Après qu'il lui eut dit au revoir, je le raccompagnai à l'extérieur de la salle de lecture. Devant l'escalier, il s'immobilisa et fourra ses mains dans ses poches. « Est-ce que je peux avoir ton numéro de téléphone ? »

Une délicieuse chaleur se propagea dans tout mon être. Était-ce ce qu'on ressentait quand on était désirée ? « Ah ! on n'a pas le téléphone, juste une cabine téléphonique dans le couloir. C'est ce qu'on utilise pour l'instant. » Malheureusement, je ne me souvenais plus du numéro, que je promis de lui donner la prochaine fois qu'on se verrait. Il rétorqua qu'il serait dans les parages le lendemain vers la même heure.

« C'est un rendez-vous », murmurai-je en rougissant. Je n'avais pas voulu que ça ait l'air de ça, mais il sourit et s'éloigna vers l'escalier.

« Art, attends… Ça s'est passé à quelle heure ?

— Quoi ? » Il demeura perplexe une seconde avant de comprendre. « Le matin. Pendant que sa sœur aînée était à l'église. »

Au moment où je me baladais seule du côté de Clark et Division, où je mangeais une glace à la fraise au Ting-A-Ling. Prise d'une sorte de nausée, je retournai au bureau d'accueil.

« Il est beau gosse ! » commenta Nancy, qui n'avait pas assisté à la conversation à propos du frère de Phillis. Cette dernière hocha la tête et sourit tout en rangeant des livres qu'avait réclamés la bibliothécaire. La visite d'Art les avait mises toutes les deux de bien meilleure humeur. Et une partie de cette allégresse avait beau rejaillir sur moi, je ne pouvais pas m'empêcher de repenser à la gravité de ce qu'il était venu me dire au départ ; une fille *nisei* s'était fait agresser.

De retour chez moi, mine de rien, j'en parlai à ma mère, sans préciser de qui je tenais l'information. J'étais curieuse de voir sa réaction.

« *Mah !* ces filles *nisei* se comportent tellement mal… Qu'il leur arrive ce genre de choses n'a rien d'étonnant ! » dit-elle en recousant un bouton sur la chemise de mon père.

Et moi, à l'Aloha ? Je n'avais rien fait pour provoquer cet inconnu. Je m'étais simplement retrouvée devant lui, ce qui lui avait suffi pour croire qu'il pouvait faire de moi ce qu'il voulait.

13

Le lendemain matin, je pris soin de mettre une des robes de ma sœur. Depuis que j'avais porté la bleu canard à l'Aragon, je ressentais une nouvelle liberté à piller sa garde-robe. Celle-ci, en vichy rouge avec des volants, était un peu voyante pour moi. J'avais pensé la réserver pour une occasion spéciale, or avoir rendez-vous avec Art dans un parc me semblait en être une.

La journée commença par une nouvelle importante. LES ALLIÉS ENVAHISSENT LA FRANCE. Le gros titre s'étalait en lettres capitales à la une du *Chicago Daily Tribune*. Les troupes avaient convergé vers les plages de Normandie. Certains journalistes qualifiaient ce jour de « D-Day », un code correspondant à une invasion militaire secrète.

Mon estomac se souleva, à la fois d'impatience et de peur. Fallait-il en conclure qu'on était en train de gagner ? Toutefois, une opération d'une telle envergure voudrait dire plus de soldats tombés au front. Nancy et moi échangeâmes un coup d'œil pendant que nous mettions en place les journaux du jour à l'intention des usagers.

Phillis surprit notre regard. « Reggie n'est pas en Europe, nous rappela-t-elle.

— C'est vrai », dit Nancy avec un soupir de soulagement. Après quoi on alla toutes les trois aux toilettes laver nos mains noircies d'encre de journal.

La matinée fila à toute vitesse. Je conclus un accord avec Phillis pour sauter ma pause du déjeuner et en prendre une en fin d'après-midi. Quand je lui dis que je retrouvais Art, elle ne put s'empêcher de sourire.

J'écrivis mon numéro de téléphone sur une fiche qu'utilisaient les gens pour noter les numéros de cotes selon la classification décimale Dewey. Dès que je rejoignis Art devant la grille du parc, je le lui donnai. Durant toute notre conversation, apercevoir le contour de mon nom sur le papier à travers le tissu de sa poche de chemise me remplit d'une immense joie.

On choisit un banc sous un orme, dans la partie sud du parc. Le D-Day occupait toutes nos pensées.

« J'espère que la guerre sera bientôt terminée, dis-je.

— On l'espère tous. Mais, avant d'en arriver là, beaucoup de sang sera versé. »

J'espère que tu ne seras pas mobilisé, songeai-je.

Ce fut comme si Art avait lu dans mes pensées. « Je vais recevoir ma convocation, ce n'est plus qu'une question de temps. » Il le disait comme s'il était prêt à s'engager. Pour un *nisei* du Midwest comme lui qui n'avait jamais été enfermé derrière des barbelés, prendre la décision de se battre pour notre pays n'était pas très difficile.

On resta silencieux un moment. Art étendit son bras derrière moi sur le dossier du banc. Mon cœur s'accéléra. Je n'avais encore jamais eu de vrais rendez-vous amoureux. J'étais allée à quelques bals, au lycée et après, mais les garçons m'avaient toujours traitée comme une sœur, pas comme une petite amie.

« Il paraît qu'il va faire chaud ce week-end, reprit-il.

— Il fait chaud tous les week-ends.

— Mais il n'y aura pas d'orage. Si on allait au lac Michigan ?

— Vraiment ? » Je songeai à tous ces *hakujin* bronzés que j'avais vus lézarder au soleil sur le sable blanc ou jouer au volley-ball. Puis je me rappelai que je n'avais rien à me mettre.

« J'ai eu de mauvaises expériences avec les maillots de bain. » Brièvement, je lui racontai ce qui m'était arrivé en classe de CM1 chez Vivi Pelletier.

« Eh bien, tu n'as qu'à mettre un short, et on marchera le long du rivage. Pieds nus.

— Ça, je peux. » Je souris en m'imaginant marcher à ses côtés, ses jambes nues musclées frôlant les miennes. On parla ensuite de choses idiotes, mais je n'arrêtais pas de repenser à ma rencontre avec Hammer le dimanche précédent. Le plus naturellement possible, je lui demandai : « En as-tu appris plus sur la fille *nisei* qui a été agressée ? Ce doit être horrible pour elle et sa famille.

— Elle vit seule avec sa sœur. » À son expression tendue, je compris qu'il n'avait pas prévu de partager cet élément d'information.

L'espace d'un instant, j'eus la sensation que mon esprit et mon cœur sortaient de mon corps. J'avais envie de m'échapper, de fuir la douleur comme à mon habitude, néanmoins, je me retins. « Je voudrais lui parler, murmurai-je. Pour lui remonter le moral.

— Je ne crois pas qu'elle se sentirait à l'aise... En tout cas, pour l'instant. Elle ne veut voir personne. » Art hésita. « Elle a trop eu la frousse pour oser sortir de chez elle.

— Est-ce qu'elle est allée à la police ?

— Je lui ai dit de le faire, et que je pouvais même les accompagner elle et sa sœur. Mais elle a peur.

— Ce type pourrait recommencer.

— Je sais. Crois-moi, je sais... » Il contempla ses ongles. « Si on parlait d'autre chose ? »

J'acceptai volontiers. Qui aurait voulu gâcher un moment en compagnie d'Art Nakasone en évoquant des choses aussi sombres ?

Les nuits qui suivirent ma sortie au parc avec Art, je ne dormis pas bien. Je pensais sans cesse à la fille qui s'était fait agresser. Et quand j'essayais d'attraper Harriet devant l'immeuble pour l'interroger sur ce qu'elle savait, elle était toujours pressée d'aller à un rendez-vous. Je commençais à avoir le sentiment qu'elle m'évitait.

Je n'avais pas vu Hammer depuis des jours. C'était comme s'il avait complètement disparu du quartier de Clark et Division. Inquiète de ce qu'il devenait, j'interpellai Manju un soir alors qu'il se promenait dans la rue.

« Tu as vu Hammer ? » demandai-je, essoufflée d'avoir couru pour le rattraper.

Il me souffla un nuage de fumée dans la figure. Décidément, ce garçon avait de drôle de manières. « Non. Je suis même passé chez sa copine à Chinatown. Elle ne l'a pas vu non plus. »

Où était-il ? Et ces vilaines griffures sur son visage… Je ne pensais pas qu'il les devait à Roy. On aurait dit des marques faites par des ongles longs.

« Ça lui arrive souvent de disparaître ?

— Il essaie, mais je le garde à l'œil… Cette fois, c'est différent. » La détresse de Manju était palpable. Je ne me doutais pas qu'un homme pouvait tenir autant à un ami. Ce devait être dû au charisme de Hammer. Ce garçon me répugnait en même temps qu'il m'attirait. Rose avait-elle succombé à son charme de *yogore* ? Peut-être que Roy avait soupçonné quelque chose de tordu chez lui depuis le début. Ce qui aurait expliqué ses accès de colère à son encontre.

« Je suis sûre qu'il va revenir », dis-je, pas du tout convaincue. Manju ne m'avait pas entendue. Il remontait déjà Clark Street, laissant dans son sillage un panache de fumée.

Les jours suivants, je me sentis nerveuse, perturbée, comme si des boules de flipper brinquebalaient en moi. Être à Chicago équivalait à chevaucher les montagnes russes du Pike à Long Beach. Il y avait l'excitation des émotions naissantes, la perspective de voir Art, brusquement suivies par la soudaine panique de savoir un violeur en liberté.

Ces derniers temps, Phillis paraissait distraite elle aussi. C'était sur elle qu'on comptait pour aller dénicher les ouvrages les plus obscurs, ceux consultés une fois tous les dix ans. Même pendant ses pauses, elle se baladait dans les coins désertés des rayonnages, comme si les livres les plus ignorés méritaient une visite de temps à autre.

Depuis peu, un nouvel inscrit, un professeur d'histoire de la Northwestern, venait régulièrement à la bibliothèque et faisait parfois des demandes de dernière minute en fin de journée. Il étudiait l'histoire militaire, plus spécifiquement la guerre des Gaules au temps de Jules César. La Newberry conservant des dizaines et des dizaines d'éditions de ces récits, Nancy et moi nous en remettions à l'expertise de Phillis pour trouver celles qu'il voulait.

Or, ce jour-là, elle n'arrêtait pas de lui apporter des volumes qui ne convenaient pas.

Le professeur, un petit homme à peine plus grand que moi, la rabroua d'un ton sec la première fois qu'elle se trompa. Mais, à la troisième, il perdit patience.

« Elle est idiote ou quoi ? » s'écria-t-il, assez fort pour que toute la salle l'entende. Nancy l'aurait sûrement enguirlandé, mais elle était partie en pause. Quant à moi, j'étais tétanisée. Quelque chose dans son intonation me rappelait certains des soi-disant gros clients du marché de primeurs, ceux qui possédaient des chaînes de magasins. Nous, les Japonais, leur étions inférieurs. Et là, Phillis, une jeune femme noire, venait d'être traitée de la même façon par ce professeur.

Contrairement à ce que j'aurais fait, Phillis ne détourna pas le regard. Ses yeux d'un brun acajou ne cillèrent même pas. « Non, monsieur, je ne suis pas idiote. Et j'apprécierais que vous me parliez comme à un être humain. »

Sa réponse me stupéfia. Bien qu'elle se soit exprimée avec calme, je percevais la rage derrière chacun de ses mots. Tout comme la perçut le professeur, qui bredouilla des excuses avant de s'éclipser sans demander son reste.

« Ça va, Phillis ? » m'inquiétai-je. Nancy, revenue de sa pause, nous rejoignit à l'accueil.

« Reggie est blessé, nous annonça Phillis. Il a été touché par un tir de sniper. On a reçu un télégramme il y a quelques jours.

— Oh, mon Dieu ! s'affola Nancy en étreignant Phillis, laquelle resta là les bras ballants.

— Dans les îles du Pacifique ? demandai-je presque en murmurant.

— Un endroit qui s'appelle Bougainville. »

Le nom faisait plus penser à l'Europe qu'à l'Asie.

« Je suis désolée… » Éblouie par la lumière du début d'après-midi qui entrait par les fenêtres, je reculai de quelques pas.

« Ce n'est pas ta faute. L'armée a empêché les soldats noirs d'aller se battre sur le front parce qu'elle les en jugeait incapables. Et maintenant, voilà ce qui arrive…

— Est-ce qu'il va s'en remettre ?

— Ils l'ont opéré sur place. Je crois qu'ils ont un bunker souterrain prévu pour ça. »

Une salle de chirurgie souterraine ? Ça paraissait si primitif que je me fis du souci pour le bon rétablissement de Reggie.

Avant qu'on ait pu poser d'autres questions à Phillis, Mr. Geiger vint nous demander si l'une d'entre nous accepterait de partir plus tôt afin de déposer un livre à la bibliothèque de droit sur le campus McKinlock de la Northwestern avant de rentrer chez elle. Encore affectée par la nouvelle que venait de nous apprendre Phillis concernant son frère, j'avais envie de quitter immédiatement la bibliothèque, mais j'attendis de voir si l'une ou l'autre de mes collègues se portait volontaire. Constater que j'étais la seule disponible me soulagea. Il se passait trop de choses – pour moi et les gens de mon entourage. J'avais besoin de m'échapper pour réfléchir.

Enveloppé dans du papier kraft entouré d'une ficelle, le livre était lourd et encombrant. Bien que le lieu de livraison ne soit pas très éloigné, je pris le tramway et dus changer une fois à l'angle de Lake Shore Drive et de Chicago Avenue. En pleine heure de pointe, n'ayant d'autre choix que de rester debout, je plantai mes pieds fermement pour ne pas risquer d'éventrer un passager avec le livre de droit.

Que ferais-je si quelqu'un essayait de m'accoster ? Je me posai la question. J'aurais voulu être une sorte de Rosie la riveteuse[1], cheveux attachés sous un mouchoir rouge, biceps gonflés et volonté d'acier. Cependant, me retrouver piégée dans ce coin à l'Aloha avait reconfirmé que je n'étais qu'une mauviette dans de multiples domaines. Je ne voulais pas être aussi handicapée. En revanche, j'étais d'un naturel curieux, un penchant auquel je me promis d'insuffler davantage d'audace.

Le second tramway s'arrêta juste devant le campus, qui n'était pas très grand mais impressionnant. Je repérai sans difficulté la bibliothèque de droit haute de plusieurs étages, dont la façade en pierre grise me rappela des maisons de campagne britanniques vues sur des

1. Personnage féminin créé pour les campagnes d'affichage incitant les femmes américaines à participer à l'effort de guerre en remplaçant les hommes dans les usines ; et à le faire accepter dans la population.

photos. Après avoir remis le paquet au bibliothécaire à l'accueil, je décidai d'explorer le quartier, Streeterville.

L'usine de confiseries qui avait employé Rose et Roy était à proximité. Un jour, j'avais vu sur un plan que celle-ci était coincée entre l'embouchure de la rivière Chicago, le boulevard Lake Shore Drive et un petit port intérieur du nom d'Ogden Slip. Au-delà de Lake Shore Drive se trouvait le môle qui menait au grand port. Tout en marchant, j'apercevais au loin Navy Pier. J'inspirai à fond mais, naturellement, on ne sentait aucune odeur d'embruns salés. Le lac Michigan me bernait chaque fois.

J'avançais dans Illinois Street lorsque j'aperçus les lettres BABY RUTH, aussi hautes qu'un étage, au sommet d'un bâtiment en forme de boîte à chaussures géante. Une odeur de sucre et de chocolat se déversait dans la rue, avec un petit côté légèrement brûlé, comme si les barres chocolatées étaient sorties du pot d'échappement d'une voiture. J'avais trouvé l'usine.

À en juger par les femmes qui en sortaient, une des équipes venait de finir le travail. Elles portaient des uniformes blancs, et certaines n'avaient pas encore enlevé les casquettes blanches qui leur couvraient la tête. Devant le bâtiment, plusieurs employées en tenue de ville étaient rassemblées, en train de tirer sur des cigarettes ou de bavarder. Reconnaissant parmi elles la rousse flamboyante, je m'approchai. « Vous êtes venue aux funérailles de ma sœur. »

Bien que nous ne nous connaissions pas vraiment, elle me prit dans ses bras. Je sentis son corps osseux et pointu se presser contre le mien. Elle me rappela qu'elle s'appelait Shirley. « Comment allez-vous ?

— Ça va.

— Et vos parents ?

— Ils font au mieux. »

Ses yeux noisette s'embuèrent de larmes. Beaucoup plus âgée que je ne l'avais cru à première vue, elle avait des poches marquées sous les yeux, que son maquillage accentuait plus qu'il ne camouflait. Mais son visage bienveillant me donna envie de lui faire confiance.

« Depuis les funérailles, je suis hors de moi », dit-elle.

Cette confidence pleine d'émotion me paraissait excessive. « Je n'avais pas réalisé que vous étiez aussi proche de Rose. »

Shirley tripota la croix qu'elle avait autour du cou. « J'ai passé plusieurs nuits sans pouvoir dormir à me demander si j'aurais pu l'aider d'une façon ou d'une autre. »

J'étais partagée entre la curiosité et le ressentiment à l'idée que cette femme imagine qu'elle aurait pu sauver Rose. « De quoi est-ce que vous parlez ?

— Je savais bien que quelque chose la bouleversait. »

Comment pouvait-elle le savoir ? J'étais la seule personne à connaître le côté plus vulnérable de ma sœur.

Shirley dut remarquer mon air sceptique et me confia des éléments plus concrets. « Un après-midi, je l'ai surprise en train de pleurer dans les toilettes. J'ai fait ce que j'ai pu pour la consoler.

— Quoi ? » Je commençais à avoir mal au cœur.

« J'ai pensé que c'était peut-être à cause de notre superviseur, Mr. Schultz… Quelquefois, il lui arrive de se comporter comme un ours.

— Celui qui est venu à ses funérailles ? » Je me souvenais de ce sosie de Teddy Roosevelt qui avait articulé les mots en les détachant avec une lenteur exagérée.

« Oui. D'ailleurs, pour être franche, j'ai été étonnée qu'il vienne.

— C'était à cause de lui ?

— Pardon ?

— C'était à cause de lui que ma sœur était bouleversée ?

— Elle n'a pas voulu me dire ce qui n'allait pas. Pour vous dire la vérité, elle avait l'air très gênée... Et après, elle ne me regardait pas dans les yeux. J'ai eu peur de l'avoir offensée sans le vouloir. »

Je n'avais jamais vu Rose verser une larme devant moi. Qu'elle ait pleuré ouvertement au travail était le signe que quelque chose allait très mal.

« Ça s'est passé quand ? »

Shirley se tourna vers le canal. « Je me souviens qu'il faisait froid... En tout cas, c'était l'hiver. Elle avait une grosse écharpe en tricot autour du cou, avec laquelle je l'ai aidée à sécher ses larmes. »

Une sonnerie retentit. Shirley me fit signe qu'elle devait retourner à l'usine. Après s'être éloignée de quelques mètres, elle revint sur ses pas.

« Vous venez voir Roy ?

— Ah, il est là ?

— Je crois que son équipe a terminé. Je vais le prévenir. »

Avant de repartir, elle me pressa le bras.

Je m'écartai pour laisser passer la nouvelle équipe qui s'engouffrait dans l'usine. Devais-je entrer de force et exiger de voir ce Mr. Schultz ? Mais que lui aurais-je dit ? *Vous avez fait pleurer ma sœur en ce jour d'hiver ?* Je savais qu'une simple réprimande venant d'un chef n'aurait jamais mis Rose dans un tel état. Cette fois, Roy allait devoir me donner de vraies réponses.

Des éclats de voix attirèrent mon attention vers les quais de chargement, où trois femmes *nisei* étaient en grande conversation. Je reconnus deux d'entre elles, que j'avais brièvement croisées au *diner* du Grec où j'avais mangé des pancakes avec Roy. La troisième était d'une telle maigreur que j'eus peur que sa jupe trop large ne lui tombe sur les chevilles.

« Il faut que quelqu'un aille voir la police ! On ne peut pas laisser ce type s'en sortir comme ça ! » La remarque venait de Marge, la petite à la voix singulière, aussi rauque que si elle avait hurlé après quelqu'un durant des heures.

« Imagine si la même chose arrivait à ta sœur, Marge... Ce n'est pas facile. » La maigre s'était exprimée d'un ton posé, néanmoins elle capta l'intérêt des autres. « Elle ne doit pas seulement être la grande sœur de Betty mais également sa mère. Et elle ne veut pas que leurs parents qui sont encore au camp s'inquiètent. De là-bas, ils ne pourraient rien faire. »

La grande à lunettes acquiesça.

« Je dis simplement que ce n'est pas juste, reprit Marge.

— C'est qui ? » s'enquit soudain la maigre en me désignant d'un geste.

Marge plissa les yeux. Elle avait bonne mémoire car elle me reconnut. « Oh, c'est la petite sœur de Rose Ito... » Son amie à lunettes confirma mon identité. Toutes les trois me dévisagèrent comme si j'étais un chat noir qui portait malheur.

Avant que j'aie pu réagir, Roy sortit de l'usine dans un uniforme gris, avec son nom brodé sur sa poche de poitrine. En voyant qu'il portait encore des gants de travail, je me demandai s'il avait réellement terminé son service. Je m'avançai pour le saluer. Sa lèvre avait retrouvé un aspect quasi normal. Ike était vraiment un as avec une aiguille chirurgicale.

« Qu'est-ce qui se passe ? C'est ton père ? s'inquiéta-t-il.

— Non, non... J'ai déposé un paquet dans le quartier à la bibliothèque et, en apercevant l'usine, je me suis dit que j'allais y faire un saut. Je n'étais encore jamais venue par ici.

— Alors... impressionnée ? » Roy le dit avec une pointe d'ironie.

Et, en réalité, je l'étais. Je n'avais jamais vu une usine aussi grande. Apparemment, l'entreprise possédait des bureaux ailleurs, ainsi qu'une ferme à la campagne où travaillaient de nombreuses familles nippo-américaines.

On parla de tout et de rien, jusqu'à ce que j'en vienne à ce qui m'intéressait. « J'ai entendu dire qu'une fille de South Side s'était fait agresser. »

Roy m'observa un instant, l'air à la fois surpris et contrarié que j'aie eu vent d'une rumeur sans qu'elle soit passée par lui. Il jeta un coup d'œil aux femmes *nisei* sur le quai. « Oui, c'est terrible. » Il retira un de ses gants et appuya sa main près de son oreille.

« Tu as pensé qu'il était arrivé la même chose à Rose ?

— Je ne comprends pas... » Roy se rembrunit, ses épais sourcils se froncèrent.

« Elle était enceinte. » Les mots, crus et directs, jaillirent de ma bouche. D'une certaine façon, les expulser enfin me faisait du bien.

« Quoi ? » Je vis qu'il était sincèrement choqué.

« Si ce n'était pas de toi, de qui ? » Je ne mentionnai pas l'avortement. C'était une chose trop scandaleuse pour en parler, même avec Roy.

Il attendit un long moment avant de reprendre la parole. « J'ai toujours soupçonné qu'elle aurait pu avoir un petit ami en secret… Peut-être qu'il était marié.

— Tu crois que quelqu'un aurait pu l'agresser ?

— Non, je l'aurais su.

— Comment ? »

Ses lèvres se pincèrent en formant une ligne droite.

« Est-ce que ça aurait pu être Hammer ? »

Ses yeux fulminèrent. « Je vais le buter !

— Attends, je ne dis pas que c'était lui. Mais il paraît que tu lui en voulais de s'être trop rapproché de Rose.

— Qui t'a raconté ça ? » Roy secoua la tête. « Ike ? Il n'a pas pu la fermer…

— Ne lui en veux pas. Ike est ton ami. »

La première équipe continuait à sortir de l'usine. Un groupe de femmes, un foulard sur les cheveux ou autour du cou, se dirigea vers la rue principale. « Le dernier mois où Rose était en vie, Hammer et elle passaient du temps ensemble, beaucoup de temps », dit-il.

L'humidité de la fin d'après-midi s'accentuait, et être au bord de l'eau n'arrangeait rien. J'avais l'impression de ne plus pouvoir respirer.

Roy regarda vers l'est, vers le lac Michigan. « Ces trois derniers mois, elle m'a évité, comme si j'avais fait quelque chose de mal… Je n'ai pas compris pourquoi. »

J'épongeai mon front en nage avec mon mouchoir, qui se retrouva tout taché de fond de teint.

« Mais maintenant, je comprends tout, enchaîna-t-il, s'adressant plus à lui-même qu'à moi. Quelqu'un l'avait mise enceinte. C'est pour ça qu'elle ne voulait plus avoir affaire avec moi… et qu'elle s'est jetée sous ce métro.

— Je ne crois pas que Rose se soit suicidée. » Il fallait étouffer cette rumeur. Si tout le monde en était persuadé, personne ne croirait que quelqu'un l'avait poussée. « Tu crois vraiment qu'elle l'aurait fait ?

— N'importe quelle fille *nisei* qui se retrouverait enceinte sans être mariée y songerait. Les gens désespérés commettent des actes désespérés. »

N'importe quelle fille ? Et Rose particulièrement ?

« Mes parents et moi arrivions à Chicago. Elle avait réservé l'appartement et tout organisé pour nous… »

Mais Roy ne m'écoutait plus. Il avait eu la réponse à sa question – pourquoi Rose l'avait ignoré – et ne voulait rien savoir d'autre. Il ne voulait pas connaître la vérité sur sa mort.

Un nouveau groupe d'employés *nisei*, *hakujin* et noirs se dirigea vers l'entrée d'une démarche énergique.

« Je dois retourner chercher mes affaires, dit-il. Tu m'attends ? »

Je prétextai être en retard à un rendez-vous. Je me sentais frustrée. Roy m'avait déçue. Il ne pensait qu'à lui.

D'un pas chancelant, je rejoignis le trottoir, où des employés de l'usine marchaient vers la station de métro. Le quartier industriel se prolongeait sur deux pâtés de maisons avant de devenir très huppé. Quelques rues plus à l'ouest se dressait la tour impressionnante du *Tribune*, qui me faisait me sentir plus petite et insignifiante que d'habitude. Je pressai le pas et dépassai un groupe après l'autre, fonçant entre les gens ou contournant parfois les voitures en stationnement.

Il me fallut un moment avant de m'apercevoir que Marge marchait devant moi, en compagnie de la femme maigre avec laquelle elle avait discuté sur le quai. Toutes deux portaient le même type de sac en toile.

Je n'entendais pas bien ce que disait Marge, seulement des soupirs de frustration et des bribes de phrases : « personne ne s'en soucie », « dangereux » et « police ». Après avoir tendu l'oreille sur une centaine de mètres, je trébuchai sur un trou au milieu du trottoir. Toutes deux se retournèrent.

« Vous faites quoi, là ? Vous nous suivez ? » me lança Marge de sa voix râpeuse. L'intensité de son émotion m'étonna plus que son accusation. Son front était plissé de colère. « Je ne sais pas ce qui ne va pas avec vous, les Ito ! »

Je demeurai sans voix. Qu'avions-nous fait pour l'énerver à ce point ?

« Votre sœur était une personne épouvantable ! Elle faisait des galipettes avec ce fonctionnaire à qui elle racontait toutes nos histoires ! Elle nous épiait… et vous avez pris sa place, à ce que je vois ! » La maigre l'agrippa par le bras. Je crus qu'elle voulait la retenir, avant de comprendre qu'elle se servait d'elle comme d'un bouclier pour se protéger de moi.

Mais Marge n'en avait pas terminé. « Ce sont des gens comme vous, les Ito, qui ont envoyé mon père à Santa Fe ! Un vieil homme qui a enseigné le judo pendant trente ans… C'est quel genre de crime, ça ? »

Il fallait que je réagisse. Être un *inu*, un informateur, était la pire accusation qu'un *issei* ou un *nisei* pouvait porter contre l'un de ses semblables. « Jamais on ne ferait une chose pareille… Rose ne l'aurait jamais fait, et moi non plus ! Ça ne nous viendrait même pas à l'esprit ! »

Mes paroles n'eurent aucun effet. La colère féroce de Marge avait besoin de se déchaîner. « Certains disent que Rose l'a bien cherché, cet accident ! Moi, je dis que c'était tout simplement *bachi*, une punition. Chacun récolte ce qu'il sème ! » Sur ces mots, elle prit son amie par la taille et elles filèrent ensemble vers la station de métro.

14

Quand il a commencé à neiger à Chicago, j'ai trouvé ça magnifique et apaisant. C'était différent des bourrasques qu'on avait parfois à Manzanar, qui ne duraient qu'un jour ou deux. Mais, ces derniers temps, la neige me donne l'impression d'être une prison de verglas.

L'accusation de Marge – Rose était une espionne et moi aussi – continua à me hanter alors que j'étais dans le métro, oscillant sur mes pieds tandis que le train prenait de la vitesse jusqu'à la station Clark and Division. Que de telles rumeurs aient poursuivi Rose jusqu'à Chicago me perturbait, et d'autant plus que j'avais espéré que nous pourrions tous repartir de zéro. Mais le passé s'accrochait à nous. Je savais au fond de moi que j'avais été trop optimiste, comme mon père au début.

Arrivée à ma station, je descendis et partis vers le sud-ouest en direction de mon immeuble, dans lequel une silhouette familière s'engouffra juste devant moi. Je n'aperçus qu'un profil, de rares cheveux châtain clair et des épaules voûtées, sans doute à force de trop prendre de notes.

M'arrêtant au premier étage, je collai mon oreille à la porte de Harriet. Cette fois encore, des voix assourdies. J'aurais juré reconnaître le rythme monotone de Douglas, la même mélodie se répétant encore et encore.

Je frappai du dos de la main.

Des chuchotements, des pas qui s'éloignent, puis les gonds d'une porte intérieure qui grincent.

Et finalement, la voix de Harriet, un peu essoufflée. « Qui est là ?

— C'est Aki. Je sais qu'il est chez vous.

— De quoi vous parlez ?

— Il faut que je dise un mot à Douglas. »

Quelques minutes de silence, ou seulement quelques secondes, mais qui me parurent interminables. Harriet avait dû décider *shikataganai*, qu'il était inutile de chercher à me dissuader. Elle savait que j'étais têtue et que, puisque je ne renoncerais pas, elle ferait mieux d'ouvrir.

Le minuscule appartement se composait d'une seule pièce, avec une kitchenette et une baignoire qui occupait plus de place que le lit. Des rideaux en coton jaune suspendus à une tringle au-dessus de la grande fenêtre ouverte laissaient pénétrer la lumière du soleil couchant. Harriet avait transformé ses conditions de vie misérables en quelque chose de pimpant et joyeux. Je dus admettre que j'étais impressionnée.

La porte du cabinet de toilette grinça, et Douglas Reilly en sortit. « Je vous laisse discuter tous les deux », déclara Harriet en filant dans la petite pièce, apparemment juste assez grande pour contenir des W.-C.

Douglas se tenait d'un air gauche, les veines saillant sur ses mains. Maintenant que j'étais tout près de lui dans un espace aussi réduit, je reconnus l'odeur musquée de son eau de Cologne. La même que sur la robe bleu canard de Rose.

« Vous avez passé du temps avec ma sœur ? lui demandai-je de but en blanc.

— Non, pas beaucoup. Seulement quand je l'ai interrogée dans le cadre de mon travail pour la WRA. Publié de façon anonyme, bien sûr. »

Pourquoi Rose aurait-elle accepté cela ? Pensait-elle contribuer ainsi à l'effort de guerre ?

« J'aimerais lire ces entretiens.

— Je ne peux pas vous les donner. Ce serait contraire à l'éthique.

— Pourquoi une de ses robes sent-elle votre eau de Cologne ? Ça ne me paraît pas très éthique !

— Cette robe, je la lui ai offerte. Pour la remercier. C'est tout. » Sa lèvre supérieure était gercée. Je me demandai s'il souffrait d'eczéma ou d'une maladie de ce genre. Malgré moi, je jetai un coup d'œil sur son annulaire. Bien qu'elle ne soit pas très nette, je distinguai une légère marque là où aurait pu se trouver une alliance.

Qu'un employé *hakujin* du bureau de réinstallation fasse un cadeau aussi extravagant et personnel à un sujet féminin *nisei* était mal venu. Et si la relation de Douglas avec Rose avait été plus intime qu'il ne le prétendait ? En ayant assez des dénégations, je décidai de le provoquer pour en avoir le cœur net.

« C'est à cause de vous qu'elle a avorté ? »

Quelque chose de dur tomba dans le cabinet de toilette en résonnant sur le carrelage.

Douglas, ses jambes semblant se dérober sous lui, recula et se laissa choir sur le lit de Harriet. « Je n'étais pas au courant… À ma connaissance, elle ne sortait avec personne. »

Sans que je sache pourquoi, la colère me serra la gorge. Il y avait pourtant bien un responsable ! Douglas était coupable de nous espionner et d'avoir offert un cadeau inconvenant à Rose. Mais, en dehors de ça, il paraissait inoffensif. Il représentait une cible facile, quelqu'un que je pouvais dominer, en tout cas émotionnellement.

Je le regardai de haut quelques instants. « Vous avez dû apprendre qu'une fille *nisei* s'était fait agresser à South Side.

— J'ai entendu les rumeurs. » Ses yeux verts ne trahissaient aucune émotion. « Ce n'est pas la première fois que ça arrive… Il y a eu un voyeur, un exhibitionniste. Quelqu'un a parlé d'un prédateur sexuel évadé. »

La nonchalance avec laquelle il prononça ce dernier mot m'étonna. « Et on l'a arrêté ?

— Ce n'étaient que des racontars… Personne n'a pu m'apporter de précisions. Je ne comprends pas pourquoi les gens ne vont pas à la police.

— Pourquoi n'êtes-vous pas allé à la police ?

— Ce n'est pas à moi de le faire. Personne n'avait d'informations de première main. C'était toujours quelqu'un qui les tenait de quelqu'un d'autre. »

Les gens qui regardaient sans rien faire avaient tendance à m'énerver. En ce sens, peut-être que je devenais un peu comme Rose.

La porte du cabinet s'ouvrit. Harriet alla devant le petit évier où elle commença à faire la vaisselle, comme si nous n'étions pas là. Je l'interprétai comme le signe que ma visite était terminée. Voyant que Douglas avait l'air encore plus abattu que moi, je décidai qu'il valait mieux que je parte.

Chez moi, je trouvai mes parents fin prêts, ma mère son sac au creux du bras.

« *Nokorimono* dans la glacière, me dit-elle, parlant des restes du riz sauté de la veille.

— Vous allez où, tous les deux ?

— Au cours d'anglais de la YMCA », répondit ma mère.

Mon père, qui avait été directeur d'un marché en gros, parlait un anglais pratique, mais ma mère avait toujours eu des difficultés avec cette langue. Au moment où je lui souhaitai bon courage, elle me lança un regard noir, comme si je me moquais d'elle.

Ravie d'être seule et tranquille dans l'appartement, je sortis le riz de la glacière. Ma mère avait découpé du pâté Spam en petits cubes parfaits, auxquels elle avait ajouté des petits pois pour la couleur. J'allumai le réchaud à gaz pour réchauffer le riz dans notre unique poêle, savourant l'odeur alléchante qui emplit la pièce.

Le téléphone de la cabine sonna. J'éteignis le réchaud, déverrouillai la porte et me précipitai dans le couloir.

« Allô ? dis-je, essoufflée.

— Je t'ai fait courir ?

— Non, non, ça va. » C'était bon d'entendre cette voix, mais j'étais contente qu'Art ne puisse pas me voir ; je souriais tellement que j'en avais mal aux joues.

« Il me tarde qu'on aille au lac, dit-il.

— Moi aussi.

— Je passerai te prendre à onze heures.

— Je préparerai des sandwiches pour pique-niquer.

— Parfait. J'apporterai de l'eau. »

Le fil n'étant pas assez long pour m'asseoir par terre, je le priai d'attendre une minute, allai chercher une chaise dans le salon et revins m'installer juste à côté du téléphone. Le crépuscule laissait place à la nuit. À travers une petite fenêtre, j'apercevais le sommet d'un gratte-ciel tandis que le ciel passait du rose au mauve. Pendant un instant, en dépit du choc, de la tristesse et de la colère qu'avaient apportés ces dernières années, mon cœur se gonfla de joie. Était-il possible d'être heureuse ? Était-ce mal ?

Art devait rédiger un devoir pour un cours de session d'été. On mit un terme à la conversation, puis je retournai manger mon riz sauté. Assise sur la chaise une jambe repliée sous moi – ce qui était hors de question en présence de ma mère –, j'enfournai des cuillerées de riz.

J'étais en train de laver mon assiette et la poêle lorsque soudain on frappa à la porte. *Quoi encore ?*

Je collai mon oreille au montant. « Qui est-ce ?

— Harriet Saito. »

Elle avait troqué sa tenue de bureau pour un pantalon corsaire et un tee-shirt blanc. Elle paraissait dix ans de moins.

Je l'invitai à entrer. On s'assit de part et d'autre de la table. Harriet refusa ma proposition de boire quelque chose, ce qui était tout aussi bien étant donné qu'on n'avait que de l'eau du robinet.

« Vous ne m'approuvez pas », dit-elle.

La perplexité dut se lire sur mon visage.

« Vous n'approuvez pas le fait que Douglas vienne chez moi.

— Vous n'avez pas besoin de mon approbation. »
Je te connais à peine, pensai-je.

« Douglas travaille pour le bureau de réinstallation depuis que je suis venue vivre à Chicago. C'est un homme bien.

— Il est marié ? » J'étais certaine d'avoir vu la trace d'une alliance sur son doigt.

Harriet gigota sur sa chaise. « Il est séparé. Elle vit à New York. » Elle croisa ses mains et étira ses doigts. « Vous n'avez pas l'impression de pouvoir respirer, ici ? »

Le robinet avait besoin d'un nouveau joint. De l'eau gouttait en continu. On l'entendait à l'instant. *Plic ploc, plic ploc, plic ploc.*

Je la regardai sans comprendre.

« Personne ne dit que les Japonais ne peuvent pas faire certaines choses, que nous ne pouvons pas sortir ou nous marier avec des hommes blancs. On peut être qui on est. »

Je ne savais pas trop d'où venait Harriet. Probablement de Modesto ou d'une ville rurale au milieu de la Californie, où une chaleur épouvantable s'abattait en été et où le brouillard de Tule Lake s'accrochait au sol en hiver. Sans doute avait-elle trouvé sa vie à la campagne trop étouffante mais, à la vérité, nous étions tous surveillés et jaugés dans les grandes villes comme Los Angeles ou Chicago.

« Je veux que vous sachiez que Douglas travaille pour le bien des Japonais, pour qu'ils aient une vie meilleure.

— Il rapporte tous nos faits et gestes au gouvernement. Et il a donné une mauvaise image de Rose. Les autres filles croient qu'elle était une espionne ou je ne sais quoi. »

Harriet pinça les lèvres. « Douglas m'a remis ceci pour vous. » Elle me tendit une chemise en papier beige.

« Qu'est-ce que c'est ?

— Vous verrez. »

À l'intérieur, il y avait deux feuilles dactylographiées en bleu, des copies au carbone. L'une datée de novembre 1943, l'autre de mars 1944.

Je refermai la chemise aussitôt. Je préférais attendre que Harriet soit partie pour le lire.

« Je ne l'ai pas lu », précisa Harriet. Je haussai les épaules. « Vous savez que vous avoir communiqué ce rapport avant de le transmettre au gouvernement pourrait lui attirer des problèmes ? »

Je doutais que les répercussions soient très graves, surtout à la lumière de tout ce que nous avions enduré. J'effleurai le bord du dossier. « Douglas était-il amoureux de Rose ? »

Harriet se détendit. Ses yeux parurent plus ronds, plus brillants.

« Je crois que oui », répondit-elle en se levant.

Dès qu'elle fut partie, je commençai à lire.

NOVEMBRE 1943

Le sujet est une femme nisei *âgée de vingt-trois ans. Elle vient d'une ville située entre Glendale et Downtown Los Angeles, où elle a travaillé comme secrétaire dans un marché de primeurs en gros avant la guerre. Elle a séjourné au camp de relocalisation de Manzanar de mars 1942 à septembre 1943.*

Elle est arrivée à Chicago avant sa famille – son père issei, *directeur d'un marché à Los Angeles, sa mère* issei *et sa jeune sœur* nisei, *qui étudiait au collège de la ville.*

Elle n'a eu aucune difficulté à trouver un endroit où vivre. Au bureau de la WRA, elle a rencontré une autre femme célibataire de son âge qui venait de San Francisco, et elles ont été logées avec une autre colocataire originaire de Pasadena qui arrivait du camp de Gila River.

Alors que les autres sujets ont exprimé le fait qu'elles appréciaient la liberté d'être indépendante, cette femme dit que sa famille lui a manqué plus qu'elle ne l'avait imaginé. Elle regrette l'absence d'activités sociales et estime qu'on ne soutient pas suffisamment les soldats nisei *du 100*^{e} *bataillon du 442*^{e} *régiment de combat.*

Elle a le sentiment que de nombreux hommes sont particulièrement découragés, et que le bureau de réinstallation devrait faire en sorte que les Nippo-Américains soient indemnisés autant que d'autres personnes qui se trouvent dans la même situation.

MARS 1944

Mener un entretien suivi avec ce sujet s'est révélé compliqué. Elle se montre hostile et réticente à coopérer avec les fonctionnaires du gouvernement. Quand on l'observe dans un contexte social, elle demeure inchangée, mais, quand notre bureau l'a approchée, elle a fait savoir de manière appuyée qu'elle se sent totalement abandonnée par son pays.

Je lis et relis le rapport de Douglas au moins sept fois d'affilée. Je déteste qu'il fasse référence à Rose comme à un « sujet », comme si c'était une souris de laboratoire. Mais, en même temps, je lui suis reconnaissante de laisser entrevoir un peu de ce que ma sœur ressentait vraiment. Qu'elle ait continué à chercher des moyens de soutenir les hommes *nisei* en uniforme, ou à prôner le principe « à travail égal, salaire égal », était logique – ma sœur avait toujours défendu ces causes. Au moment où je lus que nous lui avions manqué « plus qu'elle ne l'avait imaginé », je ravalai mes larmes. Le plus dur était d'apprendre qu'elle avait perdu tout espoir dans l'Amérique. Rose, plus qu'aucun de nous parmi les Ito, s'était montrée la plus optimiste quant à l'avenir. Je craignais maintenant que l'espoir n'ait disparu à tout jamais pour notre famille.

15

Quand j'étais petite, j'adorais aller à la plage de White Point. Une odeur d'œuf pourri nous avertissait qu'on n'était plus très loin et, avant même de nous en être aperçus, on sautait dans un bassin à côté de l'océan. Grâce aux propriétés sulfureuses de l'eau, on flottait à la surface comme un leurre au bout d'une ligne. Les pères et les mères, en chapeau de paille et vêtements de coton, s'adossaient à la barrière blanche en bois pour nous regarder. À White Point, qui appartenait à des frères *issei*, on pouvait se baigner librement avec des hommes, des femmes et des enfants *hakujin*. Et ensuite, notre famille et nos amis étalaient des couvertures sur le sable blanc du rivage et déballaient un pique-nique composé d'*onigiri*, de poulet au *shoyu*, de tranches de melon et d'*oden*, une sorte de ragoût japonais.

Je ne pouvais pas imaginer une étendue d'eau comparable près de Chicago, mais je dois admettre que je fus heureuse lorsque je sentis mes pieds nus s'enfoncer dans le sable au bord du lac Michigan. Je n'avais rien vu de pareil depuis plus de deux ans. « On dirait une vraie plage ! m'extasiai-je en me tournant vers les gratte-ciel. Et en plein milieu de la ville ! »

L'air était chaud et immobile, sans un souffle de vent, et l'eau du lac ne bougeait pas beaucoup non plus. Art affirmait qu'il y avait parfois des vagues, des grosses, de plus de quatre mètres de haut. J'avais beau en douter, peu m'importait. J'étais loin de mes parents, loin de ce vide au sein de ma famille où avait existé autrefois ma sœur, loin de Clark et Division, et loin de la guerre. Je marchais sur le rivage à côté d'un garçon qui me plaisait, et plus rien d'autre ne comptait.

Art avança dans le lac et donna des coups de pied en m'aspergeant d'eau et de sable. Je poussai des cris et me vengeai en éclaboussant sa chemise blanche impeccable et son pantalon kaki roulé au-dessus de ses chevilles.

Finalement, on décida d'une trêve et on s'allongea sur une couverture, nos chaussures posées à côté. Art mit des lunettes noires tandis que j'enfonçais un bob sur ma tête pour éviter les coups de soleil.

« Qu'est-ce que tu aimes faire, Aki ? » Voyant que sa question me laissait perplexe, il la formula autrement. « Qu'est-ce qui te rend heureuse ?

— J'aimais bien passer du temps avec mon chien. » Ça paraissait pathétique, mais c'était vrai.

« Il faudra que tu viennes à la maison… »

Je retirai mon chapeau pour mieux l'entendre.

« On a deux chiens, un chat et un perroquet. Ma mère a vécu dans une ferme, dans l'Oregon. »

Je lui parlai de Rusty, qu'un employé du marché nous avait donné alors qu'il n'était qu'un chiot, puis je lui racontai que j'avais dû l'enterrer dans notre jardin, environ deux mois après Pearl Harbor. Bizarrement, je ne pleurai pas. Ça me faisait du bien d'en parler, de dire à Art à quel point Rusty avait compté pour moi, même si ça n'avait été qu'un chien.

« Je n'ai jamais connu une fille comme toi. »

Je plissai le front. « Je suis pourtant quelqu'un de banal…

— Non, pas du tout. » Il me prit la main. Un courant électrique remonta jusqu'en haut de mon bras. Puis il ôta ses lunettes et se pencha vers moi en me regardant droit dans les yeux. Ses lèvres étaient douces, moelleuses. Je n'avais encore jamais embrassé un garçon sur la bouche. S'embrasser était merveilleux. J'avais l'impression que j'aurais pu embrasser Art Nakasone très, très longtemps.

Pendant le trajet de retour, il tint le volant à peu près tout le temps d'une seule main, attrapant la mienne de l'autre chaque fois qu'il ralentissait pour s'arrêter à un croisement. Nos doigts s'entrelaçaient. Je n'avais pas envie de le lâcher. Quand le reverrais-je ?

Malheureusement, au moment où il me déposa, les mêmes filles *nisei* étaient assises sur le perron. On n'osa pas s'embrasser devant elles. Avant que j'ouvre la portière, Art me pressa tendrement la main. « Je t'appelle », dit-il. J'acquiesçai.

En descendant du pick-up, je m'appliquai à tenir la tête haute comme Katharine Hepburn, puis je montai les marches en faisant tournoyer mon bob sur un doigt tout en ébouriffant mes cheveux. Les filles me jetèrent des regards en biais sans piper mot. J'eus un peu de mal à ouvrir la porte d'entrée et, dès qu'elle se referma derrière moi, j'entendis fuser les commentaires. Cet après-midi, il m'était arrivé quelque chose. J'étais devenue le centre de l'attention, la fille qu'on convoitait. J'avais pris la place de Rose.

En entrant dans l'appartement, je m'efforçai de modérer ma joie. Ma mère était revenue du salon de coiffure des frères Bello et faisait la vaisselle devant l'évier tandis que mon père lisait l'édition du dimanche du *Chicago Daily Tribune* sur la table. « *Baka !* s'exclama-t-il, insultant les militaires japonais qu'il considérait comme des imbéciles. Comment peuvent-ils imaginer qu'ils vont battre l'Amérique ? »

Ma mère, dont les opinions étaient en général très tranchées, n'avait rien à dire sur ce sujet. Avant la guerre, elle avait écrit régulièrement à ses parents et à ses frères et sœurs à Kagoshima. Une correspondance qui avait bien entendu cessé lorsque les États-Unis et le Japon avaient rompu leurs relations diplomatiques. Elle s'inquiétait pour les siens, je le sentais, mais elle ne l'exprimait jamais tout haut. Étant donné que je n'avais jamais mis les pieds au Japon et que je ne connaissais pas mes grands-parents, ni du côté maternel ni du côté paternel, ce monde me semblait quasi imaginaire, comme une vieille légende japonaise.

« Ah, *yaketa* ! s'écria-t-elle en voyant mes joues rougies par le soleil. Où es-tu allée ? »

Je n'avais pas parlé à mes parents de ma sortie avec Art. J'avais besoin de sentir que quelque chose était mien à cent pour cent en dehors de la famille Ito. Je marmonnai que j'étais allée faire un tour au bord du lac. Mes parents se mirent à discuter afin de décider s'ils iraient au premier service bouddhiste à Chicago qui aurait lieu le lendemain au South Parkway Community Hall, à South Side. J'en profitai pour filer dans la chambre et enlevai mes vieilles chaussures. Voir des grains de sable tomber sur le plancher me remplit à nouveau d'une joie éphémère. Après avoir ramassé le sable, je le mis dans un de mes médaillons, pour me rappeler que, quoi qu'il advienne à l'avenir, j'avais vécu cette journée parfaite.

Cette nuit-là, quand j'entendis mon père ronfler et ma mère grincer des dents – un bruit étrange, comme du pop-corn qui éclate –, je caressai le médaillon que j'avais mis sur une chaîne autour de mon cou. Je me sentais coupable de ne pas leur avoir parlé d'Art, et encore plus de ne pas avoir dit à celui-ci que je cherchais à découvrir ce qui était arrivé à ma sœur. Avant que ce garçon soit entré dans ma vie, je n'avais pensé à rien d'autre qu'à elle, et maintenant, je ne pensais plus qu'à lui. À la sensation de sa joue contre la mienne, hérissée d'une ombre de barbe de l'après-midi. À l'odeur de son after-shave. C'était comme si Art et Rose étaient chacun sur les plateaux d'une balance, et que je courais d'un côté à l'autre pour les équilibrer. Mais c'était évidemment impossible. Je devrais finir par choisir un côté.

Deux jours plus tard, j'étais en train de prendre des livres sur la mythologie et le folklore celtes dans les rayons avec Phillis. Elle avait reçu une bonne nouvelle : l'opération de Reggie dans la jungle de Bougainville s'était bien passée. J'avais cherché où se trouvait l'île de Bougainville, laquelle devait apparemment son nom à un explorateur français, et j'avais vu qu'elle faisait partie du territoire de la Nouvelle-Guinée, situé au-dessus de l'Australie. J'avais du mal à imaginer un jeune homme venant de South Side à Chicago relégué dans un endroit pareil.

Depuis qu'elle avait été rassurée sur l'état de santé de son frère, Phillis paraissait plus détendue. J'avais appris que sa mère était enseignante et son père expert en assurance. Comme moi qui n'avais eu qu'une grande sœur, elle n'avait qu'un grand frère, dont l'absence semblait être durement ressentie dans la famille Davis.

« Tu as vu Art ? » Phillis, contrairement à son habitude, me posa une question personnelle dans la pénombre des rayonnages.

« Tu l'aimes bien ! » m'exclamai-je.

Elle ne le nia pas. « Tout le monde aime bien Art. À l'école, il s'entendait avec tout le monde. J'ai écrit à Reggie que je l'avais vu à la Newberry. »

Avant que j'aie pu répondre, Nancy arriva et dit : « Quelqu'un veut te voir, Aki. Une femme. »

Je reposai délicatement les livres celtes et me dirigeai vers le bureau d'accueil.

Voir Tomi à la bibliothèque était étrange : on aurait dit un canari relâché de sa cage d'Evanston. De minuscules boutons roses étaient apparus à la racine de ses cheveux, et elle n'arrêtait pas de cligner des yeux. Quelque chose la rendait nerveuse.

« Je termine dans dix minutes, lui dis-je. Je vous rejoins dans le parc, de l'autre côté de la rue. »

En arrivant à Bughouse Square, je ne vis nulle part sa silhouette menue et redoutai qu'elle n'ait pris la fuite. Je scrutai rapidement la longue rangée de bancs, sur lesquels j'aperçus les habitués ; un clochard avec un bandeau sur un œil, un homme blond qui avait toujours un carnet de croquis, plusieurs jeunes mères avec des poussettes… et soudain, entre une religieuse et un garçon avec une casquette de base-ball, je vis une Tomi Kawamura très pâle qui tenait un sac en toile sur les genoux. Je m'empressai de l'arracher de là pour l'emmener dans la partie sud du parc, où il y avait moins de monde et plus de soleil. Sa peau, presque translucide, ressemblait à de la nacre sous l'eau.

Elle eut du mal à parler. Et bien qu'on se soit assises, elle mit un moment à reprendre son souffle. Elle s'exprima avec des mots, pas des phrases complètes. Je compris seulement : « L'homme… Le couteau… L'homme. »

« Tomi… Tomi ! » Je la secouai avec précaution par les épaules. « Calmez-vous. Respirez… Et reprenez depuis le début. »

Elle fit ce que je lui demandais, puis reprit la parole. « J'ai croisé Ike à l'hôpital. J'étais là avec Mrs. Peterson, ma patronne, qui devait faire un bilan de santé, et, pendant que je l'attendais, il m'a parlé de la fille agressée quelques semaines plus tôt. Par un homme avec un couteau… »

Elle croisa les mains, comme s'il faisait très froid, et pas trente degrés avec un taux de cent pour cent d'humidité. « Moi aussi, j'ai vu un homme avec un couteau… » enchaîna-t-elle. Les larmes me montèrent aux yeux en devinant ce qui allait suivre. « Il sortait de notre appartement… »

Tout son corps fragile bascula vers l'avant, et elle se mit à sangloter si fort qu'elle avait presque des convulsions. Ne sachant quoi faire, je finis par lui frotter doucement le dos. Je sentais ses vertèbres à travers le tissu léger de sa robe. Une femme âgée assise un peu plus loin nous dévisagea d'un air méfiant et partit s'installer sur un banc à l'autre bout du parc.

Je laissai Tomi pleurer ainsi pendant cinq bonnes minutes. Peu m'importait de revenir en retard de ma pause.

Quand enfin elle redressa la tête, il y avait seulement deux taches rouges sous ses yeux. Elle était encore plus belle que d'habitude.

« Racontez-moi, Tomi… Racontez-moi tout. »

Elle rentrait chez elle après avoir travaillé à l'usine de confiseries et s'apprêtait à mettre sa clé dans la serrure, mais elle n'avait pas eu à le faire. Voir que la porte était ouverte aurait dû lui faire comprendre que quelque chose clochait. Dès qu'elle avait mis un pied dans l'appartement, quelqu'un l'avait poussée contre le mur, et ensuite par terre. Elle avait senti la force d'un homme lourd, derrière elle puis sur elle, qui lui murmurait à l'oreille de compter jusqu'à cent avant de se relever. Si elle ne faisait pas ce qu'il lui disait, il la retrouverait. Et, pour bien se faire comprendre, il avait brandi la lame d'un couteau devant son visage. Tremblant de tout son corps, elle avait commencé à compter à haute voix, elle avait l'impression que ce serait sa seule protection. L'inconnu s'était relevé, mais elle ne savait pas où il était. Elle continuait à compter, avait compté jusqu'à cent une fois, deux fois, trois fois… Elle s'attendait à prendre un coup, ou à ce qu'une lame lui tranche l'oreille. Mais il n'y avait qu'un chuchotement infini. Ce jour-là, il avait neigé, et elle portait des gants. En sentant le sol mouillé, elle avait cru que c'était de la neige qui fondait, avant de s'apercevoir qu'elle avait fait pipi sous elle.

Lentement, elle s'était relevée en jetant des regards furtifs à gauche puis à droite. Et c'était à ce moment-là qu'elle l'avait aperçue. Rose était elle aussi étendue par terre, le bas de sa robe à pois remontée sur les hanches.

« J'ai pleuré et pleuré encore », dit Tomi. Elle avait eu du mal à dénouer le bandana qui la bâillonnait. « "Détache mes mains", m'a dit Rose. Elle était très calme. C'est elle qui me consolait, pas l'inverse. »

Je remarquai que Tomi avait de légers cernes sous les yeux. En l'espace d'une seconde, elle parut nettement plus vieille.

« Il l'attendait dans l'appartement quand elle est revenue des toilettes. On faisait toutes très attention à bien fermer la porte à clé, même le temps d'aller aux toilettes, et Rose a juré qu'elle l'avait fait. On ne sait pas comment il est entré… Il a dû forcer la serrure. Il portait un masque, mais Rose a vu des poils sur ses bras. Et il parlait comme un *nisei.* »

J'avais envie de vomir. Je m'étais imaginé un *hakujin*, comme celui qui m'avait coincée à l'Aloha. Mais… un *nisei* comme nous ? Le monde était-il devenu fou ?

« Avait-elle une idée de qui ça aurait pu être ? »

Tomi fit signe que non. « La seule chose qu'il a laissée derrière lui était un bout de papier, comme un billet de cinéma. Ça ne signifiait pas grand-chose. Rose m'a fait promettre de n'en parler à personne, pas même à Louise. Elle s'occupait de vous faire tous venir à Chicago et ne voulait pas que quoi que ce soit risque de l'empêcher. »

Raison pour laquelle c'était resté un secret. Finalement, ça me paraissait logique. En temps normal, quelle qu'ait pu être sa honte ou ce qui en aurait coûté à sa réputation, Rose n'aurait pas hésité à aller sur-le-champ à la police. Mais si être victime d'un acte aussi sordide avait risqué de compromettre notre arrivée, elle aurait gardé le silence.

« Est-ce que ça lui aurait été facile de forcer la serrure ? »

Tomi frotta le dessus de sa main gauche. « C'était un modèle vétuste, comme celles des années 1930 qui s'ouvrent avec un passe-partout. Rose a fait mettre une nouvelle serrure, avec un verrou qui se fermait de l'intérieur. Louise n'a pas compris pourquoi, mais on lui a expliqué que d'autres appartements avaient été cambriolés. »

Pendant que Tomi me racontait tout ça, ce fut comme si le monde avait ralenti. Je percevais la moindre chose alentour avec une acuité décuplée, de la feuille tombant d'un eucalyptus au vieil homme ajustant son chapeau de paille. Je la priai de me donner tous les détails dont elle se souvenait.

« Bien que Rose ait fait changer la serrure, je ne me sentais pas en sécurité. Je ne pouvais pas continuer à vivre dans cet appartement, je n'arrivais pas à dormir… » De nouveau, des larmes. Les mains de Tomi tremblaient. J'eus l'impression que quelque chose de similaire lui était déjà arrivé. Puis elle sortit de son sac un *furoshiki* fuchsia, un tissu japonais dans lequel on emballe les bentos. « Rose savait que je n'allais pas bien… Elle m'a assuré que, si on se serrait les coudes, ça irait. Je lui ai dit que je ne pouvais plus vivre là.

Ne comprenait-elle pas qu'on serait des cibles faciles ? On a eu une terrible dispute… et j'ai déménagé. Elle est venue me donner ça à Evanston. En fait, elle voulait que je le lui rende au mois de mai, mais j'ai refusé de la revoir. » Elle me fit signe de le prendre. Le paquet était rectangulaire et léger.

« Il y a quoi dedans ?

— Ne regardez pas maintenant… Emportez-le chez vous. »

Un mauvais pressentiment me tordit soudain le ventre. « Tomi, il faut que vous alliez à la police !

— Je ne peux pas… Désolée, mais je ne peux pas. » Elle avait vraiment l'air malheureuse. « Ne savez-vous pas que certains policiers sont de mèche avec la pègre ? »

Je secouai la tête d'un air incrédule.

« Si, c'est vrai ! Ici, à Chicago, les choses sont différentes. On ne sait jamais à qui faire confiance.

— Et si ce… » Je n'arrivais pas à prononcer le mot. « Et si cette histoire avait un lien avec la mort de Rose ? »

Elle baissa les yeux sur son sac en toile vide. « J'aimerais être quelqu'un d'autre… Être aussi forte que vous et Rose. J'aimerais vraiment. »

Insister davantage aurait été inutile et cruel. Tomi semblait avoir déjà atteint son point de rupture. Je jetai un coup d'œil sur ma montre. « Je dois y aller, mais nous resterons en contact. »

Tomi acquiesça.

Le paquet sous le bras, je retournai à la bibliothèque.

« J'ai cru qu'on t'avait kidnappée, dit Nancy en fixant le *furoshiki*. Mais tu es allée faire des courses, je vois ! »

Environ une heure plus tard, n'y tenant plus, j'inventai un prétexte pour aller dans les rayons. J'emportai discrètement le paquet de Tomi et, dès que je fus à l'abri derrière deux hautes étagères, je le glissai dans un espace libre entre des livres puis dénouai le tissu, qui contenait une boîte en métal, comme les gamelles dans lesquelles les ouvriers emportent leur déjeuner. Je soulevai le couvercle. Niché entre des pages froissées du *Chicago Daily Tribune* reposait un petit revolver.

Quand je revins à l'accueil, mon trouble devait se voir si clairement sur ma figure que Phillis me demanda si je me sentais bien. Je faillis lâcher la boîte ; aussitôt j'imaginai le revolver valdinguer par terre, et moi me retrouvant en prison. À quoi Tomi avait-elle pensé en m'apportant cette arme ? Et où Rose se l'était-elle procurée ?

Je ne savais pas quoi en faire. Si je rapportais le revolver à la maison, mes parents risquaient de le découvrir. Dans cet appartement minuscule, les cachettes n'étaient pas très nombreuses, et je n'avais pas envie de le planquer sous mon matelas. C'est alors que je repensai à la mezzanine de la station Clark and Division, où il y avait une série de consignes. Je partis de la bibliothèque sans dire au revoir à personne. Le gardien moustachu aux cheveux blancs me lança : « Passez une bonne soirée, Miss Ito ! » Ce à quoi je répondais d'habitude : « Merci, Mr. Fulgoni, je n'y manquerai pas ! » Mais, ce jour-là, je me contentai de hocher la tête.

Tremblant de tout mon corps, je descendis dans la station de métro en serrant le paquet fuchsia. J'avais l'impression que tout le monde me dévisageait, qu'on voyait à travers le *furoshiki* et la boîte en métal. La plupart des casiers étaient déjà occupés, à l'exception d'un seul tout en haut. J'y déposai la boîte et cherchai une pièce dans mon porte-monnaie ; zut, je n'arrivais pas à repérer la bonne ! À force de fouiller, je finis par en trouver une. Au moment où je mis la pièce dans la fente, elle m'échappa, roula sur le sol et atterrit aux pieds d'un employé du métro en uniforme.

Il la ramassa et me la tendit. « Vous avez besoin d'aide, mademoiselle ? »

Je le remerciai et, bien que mes mains tremblent, je lui assurai que ça allait. La fente avala la pièce, la porte se verrouilla, après quoi je remontai l'escalier et repartis dans Clark Street.

Ce soir-là, je fus incapable d'avaler quoi que ce soit. Ma mère, craignant que je n'aie de la fièvre, n'arrêtait pas de me toucher le front et les joues. Je lui dis que j'étais fatiguée et partis me coucher de bonne heure. La sonnerie du téléphone résonna dans le couloir, je l'entendis, mais je n'avais pas l'énergie de me lever pour aller répondre.

16

« Tu n'as pas bien dormi », me dit ma mère alors qu'elle se préparait à partir au travail, pendant que mon père ronflait, sa jambe droite agitée de soubresauts bizarres.

Allongée sur mon lit, je contemplai une tache noire sur le plafond, sans trop savoir si c'était un vieux clou ou une araignée qui me narguait. *Que t'est-il arrivé, Rose ?* Toute la nuit, j'avais réfléchi. Je n'avais pas été là au moment où elle avait eu le plus besoin de moi. Et j'en voulais au gouvernement de nous avoir séparées. J'aurais dû être avec elle dans ce bus parti de Manzanar – en fait, toute la famille.

Ma sœur avait été violée de la pire des façons, et il était possible qu'elle en soit morte. Tomi était trop traumatisée pour réclamer justice, mais je ne pouvais pas faire comme s'il ne s'était rien passé. Celui qui avait agressé Rose était toujours quelque part dans la nature. Je ne pouvais pas le laisser s'en tirer impunément.

Ma mère était en culotte et soutien-gorge, lequel remontait ses seins qui sans cela se seraient affaissés comme les *mochi* tout mous, tout frais du Nouvel An. Des années auparavant, lorsque nous étions allés voir des cousins dans la campagne de Spokane, toute la famille avait trempé dans une baignoire en bois à la japonaise. Et je me souvenais d'avoir été émerveillée par le corps de ma mère, le balancement de ses seins lourds, la courbe de ses fesses. Depuis, ses muscles s'étaient atrophiés, elle était désormais un type de femme différent dont le corps m'était étranger, tout en me laissant présager ce que pourrait devenir le mien. Elle enfila en vitesse sa robe en coton et me chuchota au revoir avant de partir.

Quelques minutes plus tard, j'attrapai le journal intime de Rose sous mon matelas et en sortis le papier déchiré avec le chiffre *20* imprimé en rouge, qui ressemblait à un billet de cinéma ou de fête foraine.

Après avoir fait griller une tranche de pain sur une plaque en métal posée sur le réchaud, je la tartinai de confiture de fraises. Pendant que je mastiquais mon petit déjeuner, je demeurai fascinée par ce bout de papier. Je savais que je serais incapable de me présenter au travail comme si c'était un jour ordinaire.

J'allai à la cabine téléphonique dans le couloir et composai un numéro. « J'ai pris froid, dis-je à Nancy de la voix la plus caverneuse possible. Tu peux prévenir tout le monde ?

— Tu as de la chance de m'avoir attrapée juste avant que je parte ! Je vais laisser un message à Mr. Geiger. J'espère que tu vas vite te remettre… Les rhumes d'été sont les pires ! »

Je ressentis un pincement de culpabilité de mentir à Nancy, qui n'avait été avec moi que gentillesse. « Oui, j'espère que ça ira mieux demain. »

Dans le quartier, il y avait au moins trois cinémas : le Windsor, dans Clark Street au nord de Division, le Newberry, près de Bughouse Square, et le Surf, à l'angle de Dearborn et de Division. Puisqu'il fallait bien commencer quelque part, j'optai pour le plus proche, le Surf. Je mis le bout de ticket dans une des enveloppes qui restaient du *koden*. Depuis mes années d'école primaire, j'avais été d'une telle négligence avec mes affaires que ma mère m'avait surnommée *Nakusu musume*, « la fille qui perd tout ». Je ne pouvais pas laisser arriver quoi que ce soit à cet objet trouvé dans le journal intime de ma sœur.

Le Surf, un nom ridicule pour une salle située dans ce quartier de Chicago, occupait le rez-de-chaussée d'un immeuble gris. Des ampoules électriques disposées en demi-cercle encadraient la grande entrée mais, comme on était en fin de matinée, elles n'étaient pas allumées. Alors que je craignais que le guichet ne soit fermé, quelqu'un bougea derrière la vitre.

« Bonjour ! » Je tapai sur le verre, sur lequel un écriteau annonçait : TITRES D'EMPRUNT DE GUERRE ET TIMBRES EN VENTE ICI.

Une femme brune leva les yeux, étonnée de voir une cliente aussi tôt. Elle était en train de transférer des pièces dans le tiroir de la caisse enregistreuse. « La première séance ne commence pas avant une heure et demie », m'informa-t-elle à travers les trous percés dans la vitre. Elle était grande, avec des lèvres rouge vif, et un chewing-gum était visible sur sa langue.

« Oh, je ne suis pas là pour ça… J'avais une question à vous poser. Est-ce que vous reconnaissez ceci ? » Avec précaution, je sortis le ticket de l'enveloppe, ce qui me prit plus de temps que la femme n'avait de patience ; elle soupira en tapotant ses ongles manucurés sur le comptoir près de la caisse.

« Je ne le vois pas… » dit-elle en continuant à mâcher vigoureusement son chewing-gum.

Je glissai le papier déchiré sous la vitre.

« C'est une blague ? Je ne crois pas que vous puissiez entrer avec ça ! » La caissière le repoussa vers moi, puis me montra un rouleau de billets marron, imprimés en bas d'une longue série de chiffres. « Vous voulez acheter une place ou quoi ? »

Je lui fis signe que non et remis mon bout de papier dans l'enveloppe. Je m'éloignai sur le trottoir, puis revins sur mes pas. « Donnez-moi vingt et un timbres à dix cents », dis-je en sortant quelques dollars de mon sac. Au moins, je pourrais compléter l'album de timbres d'emprunt de guerre de Rose.

Je n'avais pas besoin d'un plan pour savoir où se trouvait le commissariat de police d'East Chicago Avenue. Désormais, le funérarium, le bureau de la WRA, la morgue et ce poste de police constituaient des éléments indélébiles de ma vie à Chicago. Le commissariat était tout près, un peu plus au sud. Je gravis les marches, entrai dans le hall et allai tout droit au bureau d'accueil. « Le sergent Graves, s'il vous plaît. »

L'agent en service ce jour-là me toisa. Il était quasiment chauve, des rides marquées creusaient son front, et les rares mèches de longs cheveux blancs qui lui restaient étaient plaquées à la gomina. « Il vous attend ?

— Non, mais c'est très important. C'est au sujet de l'affaire Rose Ito. La femme qui a été tuée dans le métro à la station Clark and Division. »

Il se renfrogna légèrement, ses yeux papillonnèrent, d'une façon imperceptible que personne n'aurait pu remarquer à part moi. Il me pria d'attendre et revint au bout d'une minute, trop vite, selon moi, pour s'être renseigné.

« Le sergent n'est pas disponible pour l'instant. Vous voulez lui laisser un message ?

— Oui, demandez-lui d'appeler ce numéro. » Je répétai deux fois le numéro de la cabine téléphonique. « J'ai des informations à lui transmettre. Il sera très intéressé. »

J'attendis qu'il ait fini de noter le message. Quand il releva les yeux, il parut ennuyé de me voir encore là. « Il faut y aller, mademoiselle… Des gens attendent ! »

En effet, il y avait une vieille femme *hakujin* avec un foulard sur la tête et, derrière elle, un jeune homme noir.

Être congédiée avec autant de grossièreté me donna l'impression que la police de Chicago ne me prenait pas au sérieux. En me dirigeant vers la sortie, je me retournai une seconde, ce qui me permit de voir l'agent froisser le message en boule avant de le jeter dans une corbeille à papier. *Comment osait-il ?* J'aurais voulu protester, mais qui m'écouterait ? Les joues en feu, je descendis les marches en baissant la tête.

Qu'aurais-je fait si je m'étais retrouvée dans la même situation à Tropico ? Tout aurait-il été différent ? Pour commencer, j'aurais été sur mon territoire, dont je connaissais par cœur la courbe des rues tortueuses et le lamentable lit de béton du Los Angeles, ou le crissement familier de la laitue fanée sur le sol en ciment du marché. J'aurais été face à ce que je connaissais. Los Angeles. La ville où j'étais née. Et où vivait mon père depuis le début des années 1900. Le gouvernement nous avait expulsés, mais pas la terre. Les journaux en langue japonaise – ils étaient nombreux à Los Angeles avant la Seconde Guerre mondiale – avaient été impuissants à empêcher qu'on nous expulse en masse de la côte Ouest. Mais une affaire criminelle comme celle-ci ? Les torchons à sensation, sans parler de ceux des *hakujin*, auraient mis l'agression d'une femme *nisei* en première page. La fin tragique de Rose Ito ne serait pas restée ignorée.

Ma terreur s'accentua. Puisque la police refusait de m'aider, était-ce à moi de découvrir qui était l'agresseur de Rose ? S'il s'agissait en effet d'un prédateur sexuel, il était probable qu'il sévirait de nouveau.

J'avais l'impression que mon monde m'échappait, encore plus qu'à l'époque où j'étais à Manzanar. Au camp, au moins, on avait pu compter les uns sur les autres. Nos vies avaient eu un semblant de structure – les directeurs de bloc comme Roy garantissaient une sorte de représentation, d'autorité. Certes, nous avions eu des bagarreurs et des semeurs de troubles qui ne respectaient pas les consignes de la WRA, cependant la plupart finissaient par être expédiés à Tule Lake. Ici, à Chicago, je ne savais pas du tout vers qui me tourner. Le gouvernement nous disait de garder nos distances les uns avec les autres, or nous n'avions personne d'autre.

« Miss Ito ? » Dans mon désarroi, je n'avais pas vu que la figure de l'autorité que je cherchais se tenait devant moi.

« Sergent Graves… » Qu'il se soit souvenu de mon nom m'étonna. « Je voulais vous parler. »

Il me regarda avec compassion. Quelqu'un avait entendu mes prières.

Après qu'il m'eut entraînée plus loin dans la rue, je lui racontai tout ce que j'avais appris sur l'agression sexuelle qu'avait subie Rose. Je ne mentionnai pas le nom de Tomi mais, bien entendu, le policier qu'il était insista pour que je le lui donne. « On va avoir besoin du nom du témoin.

— Euh… J'ai une preuve. L'agresseur l'a laissée derrière lui. » Au moment où j'ouvris mon sac, les timbres d'emprunt de guerre dégringolèrent par terre. Le sergent se baissa pour les ramasser. « Vous devriez les ranger en lieu sûr », me dit-il. J'acquiesçai en rougissant. Je finis par lui tendre l'enveloppe avec le bout de billet trouvé dans le journal de Rose.

Graves l'attrapa par un coin sans avoir l'air du tout impressionné. « Ça ne ressemble pas à un titre de transport, et une place de cinéma coûte plus de vingt cents… Peut-être quelque chose dans le quartier rouge… » Il remit le papier dans l'enveloppe et me la rendit. « Il faut absolument que ce témoin vienne se présenter. C'est le seul moyen pour qu'on puisse enquêter sur ce prétendu crime. » Il ajouta qu'il appréciait que je sois venue. « J'ai une réunion au commissariat, mais il nous faudra poursuivre cette conversation. »

Je regardai le soleil resplendir sur ses cheveux dorés tandis qu'il repartait dans Chicago Avenue. Le sergent avait raison, je le savais. Il fallait que Tomi parle, néanmoins, elle était extrêmement fragile, et je ne voulais pas trop la bousculer. En attendant, il fallait que je m'occupe du revolver. J'étais convaincue que Rose n'aurait pu se le procurer que dans un seul endroit.

Au lieu de remonter Clark Street et risquer de rencontrer mes collègues de la Newberry, je partis dans LaSalle, passai devant le Moody Bible Institute et notre immeuble, puis tournai à droite dans Division. Arrivée à l'angle du Mark Twain Hotel, je bifurquai vers le nord de Clark.

Les paumes moites, je longeai la vitrine du prêteur sur gages et m'avançai vers l'Aloha. J'imaginai cet homme lubrique *sukebe* poser ses grosses mains molles sur mon corps. Serais-je capable de crier si je le croisais encore ?

La même femme blonde, cette fois en robe bain de soleil orange vif, se tenait devant la porte d'entrée, une main appuyée au chambranle. Quelques poils étaient visibles sous son aisselle. « Salut, poupée ! me lança-t-elle. Ça fait plaisir de te revoir. »

Je lui fis signe que je voulais entrer. Elle baissa son bras pour me laisser passer. Le petit bar était désert. Je descendis l'escalier vers le sous-sol.

« Hé, attends ! s'écria la femme. Tu n'as pas le droit de... »

Dans la cave stagnait une épaisse couche de fumée de cigarette. Sous ce nuage, des hommes de toutes les races et ethnies fixaient leurs cartes, lançaient des dés et faisaient tinter des jetons de poker. Voir autant de personnes s'adonner à une activité illégale en plein milieu de la journée me stupéfia.

Je scrutai les visages en cherchant si je connaissais quelqu'un. Certains joueurs étaient des soldats américains en uniforme, qui devaient être en permission et essayaient de se distraire autant qu'ils le pouvaient. Plusieurs me reluquèrent en me déshabillant du regard.

Alors que je me faufilais dans l'espace étroit entre les tables tapissées de feutre en observant frénétiquement les visages, je finis par le repérer. Hammer semblait avoir pris un bain. Il avait abandonné son costume zazou pour une chemise rayée à manches courtes et un jean. Derrière chacune de ses oreilles était fichée une cigarette.

« Tu ne devrais pas être ici, Tropico, murmura-t-il. Je suis dans une période faste. » Il relança les dés sur le feutre vert. « Bon sang ! jura-t-il. Tu as intérêt à avoir une bonne raison de m'avoir gâché ma chance ! »

Je n'avais aucun remords. Ma harceleuse aux formes généreuses se figea sur place quand elle vit que je discutais avec Hammer. « Il faut qu'on parle, dis-je à ce dernier. Tout de suite ! »

Ayant dû sentir que c'était important pour moi, il me montra l'escalier. On fendit la foule pour monter au bar du rez-de-chaussée, où on s'installa sur des tabourets.

La blonde vint nous servir. « Tu n'as pas le droit d'aller en bas, me réprimanda-t-elle.

— C'est la fille de Geet Ito, lui dit Hammer. Elle sait tenir sa langue. »

Sentant qu'il allait me falloir du courage pour l'interroger, je commandai une bière. Après avoir versé le liquide tiède de la canette dans le verre, je bus une longue gorgée pendant qu'il s'enfilait un demi-verre de whisky.

« Tu es au courant qu'il y a un prédateur sexuel parmi les *nisei* ? demandai-je en essuyant une trace de mousse au coin de ma bouche.

— Oui, et alors ?

— Tu sais qui ça pourrait être ?

— Pourquoi je le saurais ?

— Ces griffures sur ta figure, le lendemain de la soirée à l'Aragon, elles venaient d'où ?

— T'es quoi… flic ? » Il eut un mouvement de recul. « Ça ne te regarde pas. Je ne te dois rien.

— Tu me dois tout, Hammer, ta vie entière ! À cause de ce que tu as fait à ma sœur. »

Il fixa la surface du bar, regardant n'importe quoi, excepté moi.

« Tu savais qu'elle était enceinte. »

Tout son corps sursauta. « Ce n'est pas moi… Je vais tuer le type qui lui a fait ça !

— Donc, tu soupçonnais qu'elle avait été… violée. » Le formuler tout haut me dévasta tellement que je me mis à pleurer. Laisser éclater mon chagrin en public m'était si pénible que je me couvris le visage.

« Elle ne m'a jamais vraiment dit ce qui s'était passé. Je ne savais pas si c'était Roy. » Sa voix se radoucit. « Cet hiver, elle avait dans le regard une nouvelle dureté qu'elle n'avait jamais eue avant, même au camp. » Il tripota une pochette d'allumettes sur le comptoir. « Je me souviens d'elle, là-bas… Je la regardais aller et venir entre votre baraquement, le mess et le jardin… On aurait dit que le vent la poussait… »

De nouveaux sanglots firent trembloter mes joues.

« Elle m'a dit qu'il fallait qu'elle s'en débarrasse. »

J'essuyai mes larmes d'un revers de main. « Attends… Tu l'as aidée à se faire avorter ? »

Hammer ne répondit pas à ma question et termina son whisky. « Elle s'inquiétait surtout pour toi.

— Pour moi ?

— De perdre ton respect. Elle parlait tout le temps de toi.

— Tu ne me l'avais jamais dit…

— Elle disait que tu cherchais toujours à faire en sorte qu'elle se sente mieux… Que tu la poussais à écrire ses pensées, à réfléchir davantage. »

Jamais je n'aurais eu l'idée de vouloir changer ma sœur. Pour quelle raison l'aurais-je osé ? « Rose était mon héroïne, et elle l'est toujours.

— Alors, vis ta vie… C'est ce qu'elle voulait pour toi.

— Je ne peux pas laisser celui qui lui a fait ça s'en sortir ! » Laisser le coupable en liberté équivaudrait à manquer de respect envers la mémoire de ma sœur. Peut-être que Hammer, en tant qu'orphelin, était habitué à l'instabilité des relations familiales. Mais moi, je ne pouvais pas – je ne voulais pas – oublier. « Tu as donné un revolver à Rose ?

— Pourquoi, tu en as trouvé un ?

— Réponds-moi ! »

Il détourna les yeux. « Elle en voulait un, mais je lui ai dit qu'elle était folle. »

J'étais incapable de savoir s'il me disait la vérité. Avant d'avoir pu l'interroger plus avant, je sentis une présence derrière moi et me retournai.

« Papa… »

Quand mon père était furieux, ma mère employait une expression japonaise pour le décrire : ses yeux changeaient de couleur. À l'instant, ils étaient du noir le plus noir dans le blanc injecté de sang. Un vrai bâton de dynamite prêt à exploser. « Qu'est-ce que tu fais avec ma fille ?

— Rien, mon vieux ! » Toujours penché sur son verre vide, Hammer garda le dos tourné.

« Espèce de propre à rien... » Mon père bouillait de rage, tout son corps était si tendu qu'il tremblait presque.

« Ça va, Papa, dis-je le plus doucement possible. Je suis venue lui parler. Il a essayé d'aider Rose.

— Je me souviens de toi, à Los Angeles. À cette époque-là, tu n'étais pas un bon travailleur. »

Lentement, Hammer tourna les yeux vers lui, fou de rage.

« Non, arrête ! » m'écriai-je en sautant du tabouret.

Hammer avança le menton, faisant valoir sa supériorité physique par rapport à mon père, qui mesurait bien quinze centimètres de moins. « Je te mets au défi de répéter ce que tu viens de dire !

— Fainéant ! » De la salive jaillie de la lèvre de mon père atterrit sur la chemise de Hammer.

Je me plaçai entre eux, mais pas assez vite. Quelque chose s'écrasa sur ma tête. J'ignore de qui était venu le coup, mais je poussai un hurlement. Tous deux reculèrent, me laissant toute la place nécessaire pour m'étaler par terre.

« Aki... » Hammer s'agenouilla en se penchant sur moi.

« Sors d'ici ! » beugla mon père.

Rocky, jusque-là introuvable, apparut et mit Hammer dehors.

Mon visage me brûlait mais, intérieurement, j'avais envie de rire. Il avait fallu en arriver là pour que Hammer prononce mon vrai prénom.

Lorsqu'elle nous vit entrer, mon père tenant une serviette mouillée sur les yeux, ma mère lâcha la passoire dans laquelle elle égouttait les pâtes dans l'évier.

« Que s'est-il passé ? » Elle se précipita vers moi pendant que mon père verrouillait la porte. Je me laissai tomber sur une chaise pour qu'elle examine mon œil, fermé et tout enflé. Le lendemain, j'aurais un magnifique coquard.

« Qu'es-tu allée faire à l'Aloha ? » Sa voix était plus aiguë d'une octave que d'habitude.

« Parler à ce bon à rien de Hammer ! maugréa mon père en retirant sa chemise, à laquelle manquait au moins un bouton.

— Hammer a essayé d'aider Rose, répétai-je. Il a été là quand nous on ne l'était pas !

— *Yamenasai !* » s'écria ma mère. Arrête ! Elle était lasse de mes manigances. Lasse de tous les ennuis que je leur causais. Et brusquement, elle fondit en larmes. Elle n'avait pas pleuré quand on avait dû quitter Tropico, ni à notre arrivée à Manzanar. Elle n'avait pas pleuré lorsqu'on avait appris la mort de Rose. Mais le jour où je me retrouvai avec un œil au beurre noir, elle passa des heures et des heures à sangloter.

17

Le jour suivant, je n'allai pas travailler à la Newberry. Personne ne m'aurait crue si j'avais raconté que je m'étais cognée contre une porte ou que j'avais fait une chute dans la salle de bains. Mon œil, d'une horrible couleur prune, ressemblait à un œuf d'oie en décomposition. Chaque fois que je me regardais dans le miroir, je me disais que j'étais comme ça à l'intérieur – une moitié de moi cabossée et meurtrie, l'autre intacte.

Art, je ne pouvais que le supposer, était celui qui n'arrêtait pas de m'appeler sur le téléphone du couloir. Mes parents me surveillaient de près à tour de rôle, comme s'ils s'étaient arrangés pour que je ne reste jamais seule. Assise sur mon lit, un catalogue Sears Roebuck sur les genoux, j'écoutais le téléphone sonner dans le vide sans que personne décroche.

Au bout de deux jours, mon œil allait nettement mieux. Il était passé du violet au vert, puis au jaune pourri. Avec un peu de maquillage, on le remarquait à peine. Ce fut en tout cas ce que je dis à ma mère, qui ne m'en interdit pas moins de retourner au travail avant le lendemain.

Je devenais folle. Comme il n'y avait rien à faire dans l'appartement, je finis par écrire des pages et des pages dans une sorte de journal intime, que je me fabriquai en attachant avec du fil rouge les cartes de remerciements qui restaient du *koden*. Mon père rapportait tous les jours le *Chicago Daily Tribune*, que je lisais dans son intégralité. L'édition de ce jour-là consacrait sa une aux infirmières que l'U.S. Cadet Nurse Corps avait placées dans un hôpital local. Les noms de ces femmes, toutes des *hakujin*, figuraient dans la légende sous les photos. Pourrais-je un jour être l'une des leurs ?

Nos assiettes ne contenaient plus que des traces de l'*okazu* préparé par ma mère lorsqu'on frappa à la porte. On échangea tous les trois un regard. Nous ne recevions jamais aucune visite.

« Qui est là ? demanda mon père en allant dans l'entrée.

— Art… Art Nakasone. Je suis un ami d'Aki. »

Aussitôt, j'eus envie de mourir.

À mon père qui se tourna vers moi, je confirmai d'un signe que, oui, je le connaissais. Il ouvrit la porte, et Art apparut, l'air encore plus grand que d'habitude dans sa chemise blanche impeccable et son pantalon kaki.

« Vous êtes Mr. Ito ? Enchanté de faire votre connaissance… » Il lui serra la main avec enthousiasme avant de lui tendre un petit paquet. « C'est de l'*ika* séché. Mon père a une entreprise de livraison de produits d'épicerie à South Side. »

Comme je m'en doutais, mon père ne sut comment réagir. Art était un garçon soigné, humble et affable. Et le calamar séché était l'une des choses qu'il adorait grignoter en buvant un verre de bière.

Ma mère lissa la mèche sur son front et se leva. « Oh, mon Dieu... Ravie de vous rencontrer !

— Je m'inquiétais pour Aki... Tes collègues de la Newberry m'ont dit que tu étais malade.

— Mais je vais mieux, je suis comme neuve ! » Inclinant la tête de façon qu'une mèche couvre mon œil gauche, je me félicitai de m'être maquillée le matin.

« Bon, on vous laisse discuter », déclara ma mère en poussant mon père vers la chambre. Je savais que tous deux resteraient l'oreille collée derrière la porte.

J'invitai Art à s'asseoir et débarrassai la table.

« Excuse-moi de débarquer à l'improviste... Je t'ai appelée, mais personne n'a répondu. Des filles sur le perron m'ont dit à quel étage tu habitais.

— Non, non, je suis contente que tu sois là, rétorquai-je en mettant une casserole de café sur la plaque chauffante. Je ne me sentais pas assez en forme pour répondre au téléphone, mais je vais beaucoup mieux ! »

Dès que le café fut prêt, je sortis la plus belle tasse et sa soucoupe – celle qui n'était pas ébréchée – et servis Art. Nous n'avions presque plus de rations de sucre mais, par chance, il n'en prenait pas.

On parla de tout et de rien. De ce qu'il faisait dans son cours d'été d'écriture. De sa sœur qui espérait intégrer l'équipe de pom-pom girls quand l'école reprendrait à l'automne.

« Je voudrais t'inviter à dîner chez mes parents vendredi prochain, dit-il.

— Oh... » J'étais un peu déstabilisée. Une invitation officielle chez les parents, cela semblait très sérieux. Étions-nous sérieux ? Je n'avais aucune expérience dans ce domaine, et personne avec qui en parler.

« Ce ne sera rien d'extraordinaire… Je crois que ma mère a mis de côté des coupons de rationnement pour faire un bœuf Stroganov. »

Je n'en avais jamais mangé. Un tel plat me paraissait extravagant.

« Tu pourras venir ? » Art se pencha, le visage à quelques centimètres du mien. J'eus envie de lui caresser les joues et de l'embrasser. Et je savais qu'il ressentait la même chose parce qu'il m'effleura le dessus de la main de son index.

« Oui, je pense que oui. »

Art se leva en souriant. Voir que j'aie dit oui le rendait si heureux me donna le vertige.

Après son départ, la porte de la chambre s'ouvrit lentement.

Ma mère revint dans le salon, dotée d'une nouvelle énergie. C'est alors que je compris qu'elle avait redouté que l'incident survenu à l'Aloha n'ait ruiné mes chances de me marier un jour. Et soudain, qui était apparu sur le seuil ? Le beau et charmant Art Nakasone. Tout n'était pas encore perdu.

« Son père possède une épicerie, dit-elle à mon père.

— En fait, c'est un service de livraison », rectifiai-je. L'ouverture de sa propre épicerie serait pour plus tard. Au cours de nos conversations au téléphone, Art m'avait appris que son père avait été chauffeur de camion avant qu'on lui ait diagnostiqué une arthrose invalidante. Il s'efforçait de lancer sa propre affaire tant que sa condition physique le lui permettait.

J'appréciais la volonté qu'avait Mr. Nakasone de tenter quelque chose de nouveau. Mon père, lui, n'était pas aussi flexible. À bien y réfléchir, peut-être tenions-nous tous les trois à nos habitudes. Nous n'avions eu aucune raison de changer du temps où on vivait à Tropico.

Le vendredi arriva avant même que je m'en sois rendu compte. J'avais voulu aller me faire coiffer par Peggy au Beauty Box, mais je n'en eus pas le temps. Il fallait que j'apporte une sorte d'*omiyage* aux Nakasone, et nous avions passé des heures avec ma mère à chercher ce qui ferait la meilleure impression. Par cette chaleur, des chocolats auraient fondu ; en plus, ils coûtaient cher depuis la guerre. Et puisque Mr. Nakasone travaillait dans le domaine de l'épicerie, il avait accès à des produits de qualité. On opta finalement pour les napperons que ma mère confectionnait au crochet le soir. J'avais même essayé d'en faire un mais, comme il était moins réussi que les autres, je le mis de côté. Après avoir emballé ceux de ma mère dans un mouchoir bleu, je l'entourai d'un ruban rouge.

Par ailleurs, je ne savais pas très bien comment je devais m'habiller. Je ne voulais pas avoir l'air d'en faire trop en mettant ma plus belle robe, la noire que j'avais portée aux funérailles de Rose. Signe qu'elle ne plaisantait pas, ma mère sortit la valise de sous le lit et l'ouvrit, exposant les richesses de la garde-robe de ma sœur aînée. J'y avais rangé la robe avec les grues – bien qu'elle soit un peu tachée –, mais il y en avait de nombreuses autres moins voyantes que je pouvais porter. Entre-temps, Roy nous avait livré une vieille commode – la monter jusqu'à notre étage avait été une sacrée épreuve pour lui et mon père ! Ma mère m'avait attribué le deuxième tiroir. Comme pour me faire comprendre que je prenais la place de ma sœur, elle commença à y ranger des robes tandis que nous passions en revue les vêtements de Rose.

Je choisis une robe grise avec une fermeture Éclair dans le dos, un modèle sage, mais avec quelque chose dans la coupe qui lui donnait de l'allure. Je tenais à impressionner la famille d'Art, cependant, vu que lui aussi serait là, je n'avais pas envie de ressembler à une bonne sœur.

Il passa me chercher à six heures pile. Cette fois, il offrit un bouquet de fleurs fraîches à ma mère, qui faillit se liquéfier sur le lino. La façon qu'elle eut de s'extasier devant de simples marguerites enveloppées dans un papier m'embarrassa. Il avait aussi apporté un autre paquet d'*ika* séché pour mon père, un geste qui ne manquerait pas de finir de l'apprivoiser lorsqu'il rentrerait du travail.

Logée entre deux immeubles en briques comme on en voyait partout à Chicago, la maison des Nakasone était une bâtisse en bois à un étage un brin décatie. Je remarquai que, à la différence de Los Angeles, on n'avait pas l'impression d'un espace ouvert. À Chicago, quand on regardait dehors, on voyait soit le mur des voisins, soit directement leur fenêtre.

Art gara le pick-up, puis on remonta l'allée jusqu'au porche entouré d'une moustiquaire. À l'instant où il ouvrit la porte d'entrée, ce fut le chaos. Un clébard, qui devait bien peser dans les cinquante kilos, bondit sur lui avant de me faire la fête en me léchant copieusement la figure. « Du calme, Duke ! » ordonna Art en le saisissant par le collier, ce qui ne servit qu'à redoubler la détermination du chien géant à me souhaiter la bienvenue. Je ne pus m'empêcher de m'écrouler de rire. Quelques secondes plus tard, un minuscule caniche blanc ne voulant visiblement rien rater de ce qui se passait déboula en sautillant. En arrière-fond, j'entendais gazouiller un oiseau.

Une jeune fille au visage aussi sympathique que celui d'Art arriva en tenant un chaton sur l'épaule comme un bébé. « Salut, je suis Loïs, la sœur d'Art. Ah… et lui, c'est Crockett !

— Ahou… » Je caressai le chaton noir et blanc qui miaula en me gratifiant d'un coup de patte.

Dans la maison des Nakasone, vaste et offrant à la vue un sympathique désordre, il y avait partout des couleurs vives. Alors que notre appartement était triste et sinistre, leur maison était pleine de vie. Elle me rappelait la nôtre à Tropico.

Sa mère sortit du salon pour venir m'accueillir tout en s'essuyant les mains sur un tablier à fleurs. Ses cheveux poivre et sel ondulés coiffés en arrière dégageaient son visage. Elle portait des lunettes et, quand elle souriait, des fossettes creusaient ses joues. « Oh, c'est un plaisir de vous rencontrer enfin ! » s'exclama-t-elle sans aucune trace d'accent. Était-ce parce que les Nakasone vivaient entourés de *hakujin* et de Noirs ? « Art n'a qu'un mot à la bouche : Aki, Aki, Aki !

— Ah bon ? »

Art rougit ostensiblement, jusqu'à la pointe des oreilles.

« Merci de me recevoir. Tenez, ce n'est pas grand-chose… » Je lui tendis les napperons emballés.

Elle me remercia, puis me poussa dans la salle à manger tout en longueur qu'une cloison séparait du salon.

Dans ce dernier s'entassaient des produits alimentaires dont le contenu était inscrit sur les cartons – nouilles sèches, biscuits au riz et calamar séché. Assis au milieu de ce fatras sur un canapé, un homme âgé, le sommet du crâne dégarni entre quelques touffes de cheveux blancs, tenait un bloc-notes et un boulier sur ses genoux.

« Papa, dis bonjour à l'amie d'Art ! lui lança sa femme avant de disparaître dans une pièce au fond, sans doute la cuisine.

— Oh, bonjour ! » Il me regarda par-dessus ses lunettes de lecture.

Je lui souris et le saluai de la main. Manifestement, il était en plein travail.

Art me fit asseoir à la table, dressée pour six convives. La nappe, imprimée de potirons orange, de courges vertes et de feuilles d'érable, me fit penser à Thanksgiving. À chaque place, il y avait une assiette et un verre en cristal. Avoir des assiettes assorties me paraissait un luxe.

« Papa, on dîne ! » cria Mrs. Nakasone à son mari.

Art me servit un verre d'eau, puis désigna quelqu'un derrière moi. « C'est ma tante Eunice. »

En me retournant, j'eus la surprise de voir une vieille dame blanche toute ridée.

« Aki… » Je me levai pour me présenter.

Ignorant la main que je lui tendis, elle me serra un bref instant dans ses bras. « Vous êtes très belle », me dit-elle. Je demeurai un instant sans voix.

Mrs. Nakasone apporta des petits pains dans une coupe en céramique. « Eunice, tu la gênes… Mais c'est vrai qu'elle est sacrément mignonne ! »

Belle et mignonne. Personne ne m'avait jamais décrite en ces termes.

Le repas se composait d'un mélange de bœuf Stroganov – délicieux – et de plats japonais, comme du riz et des *tsukemono*, du chou mariné. Une telle abondance me rappela l'époque où notre table à Tropico était couverte d'innombrables plats préparés avec les produits et les poissons les plus frais du marché. La soirée fut une succession de flash-backs de mon ancienne vie. Retrouverions-nous un jour ce mode de vie ? Referions-nous un repas dans des assiettes en porcelaine à nous sur une table qui ne soit pas de seconde main ?

« Vous ne digérez pas le bœuf Stroganov ? » Mrs. Nakasone me tira de ma rêverie.

De fait, mon assiette était encore à moitié pleine, alors que Mr. Nakasone se resservait de nouilles.

« Oh non, c'est très bon ! Mais ça me fait penser à chez moi… Mon vrai chez-moi, à Los Angeles.

— Vous deviez avoir d'excellents produits, en Californie », dit Mrs. Nakasone.

Pour lui prouver que j'appréciais son dîner, j'enfournai dans ma bouche une grosse portion de Stroganov.

« Sur la côte Ouest, les Japonais dominaient l'agriculture. Que le gouvernement ait voulu la leur prendre n'a rien de surprenant ! » Art n'avait jamais tenu de propos politiques devant moi, néanmoins je lui sus gré de compatir à notre situation.

La ligne d'exclusion militaire, qui semblait des plus arbitraires, courait tout le long de la côte Pacifique, et séparait même en deux des villes comme Phoenix, en Arizona. Qu'est-ce qui faisait qu'un *issei* ou un *nisei* était plus loyal d'un côté de cette ligne que de l'autre ?

Mon père disait souvent que ce n'était pas un hasard si nous, qui avions développé une agriculture et une pêche florissantes, étions ceux qui avaient été contraints d'abandonner leurs entreprises lucratives.

Tante Eunice mit un peu de *tsukemono* dans son assiette.

« Vous savez utiliser des baguettes ? » Je n'avais pas voulu paraître impolie, mais j'étais vraiment stupéfaite.

« Pourquoi ? Parce que je suis *hakujin* ? » s'esclaffa-t-elle, la bouche pleine de chou.

Elle me fit un résumé de sa vie. Tante Eunice était née en Amérique de parents grecs immigrés. Et parce qu'elle avait épousé un *issei*, Ren, le frère de Mr. Nakasone, elle avait perdu sa citoyenneté américaine durant plusieurs années.

« Je n'arrive pas à le croire ! » m'exclamai-je.

Eunice hocha la tête. « Nous nous étions battues pour le suffrage des femmes, et je ne pouvais même pas voter ! Il a fallu une loi spéciale et plusieurs amendements avant que je retrouve enfin ma citoyenneté, au début de cette année. Je regrette que Ren n'ait plus été là pour le voir. »

Alors que j'acceptais une nouvelle part de Stroganov, quelque chose se frotta contre mon pied. Le caniche blanc, venu mendier une aumône.

« Polly, tu es une vilaine ! Je suis désolée, dit Loïs, assise à ma droite.

— Oh, j'aime bien les animaux ! Même au camp, on en avait. Les gardes ne disaient rien parce qu'eux aussi les aimaient bien.

— Que faisait votre père, en Californie ? me demanda Mrs. Nakasone.

— Il dirigeait un marché de primeurs en gros à Los Angeles, un des plus importants de la ville. » Aussitôt j'eus honte. Bien que ma mère le fasse assez souvent à la maison, mes parents me disaient qu'il ne fallait jamais *ebaru*, se vanter, devant des inconnus. « Mais ça, c'était avant… Ce n'est plus du tout ce qu'il fait maintenant. »

Les Nakasone eurent la délicatesse de ne pas exiger de détails. « Dans ces moments-là, je suppose qu'on fait ce qu'on doit faire, commenta Mrs. Nakasone.

— *Shikataganai*, renchérit son mari, qui n'avait encore rien dit.

— Aki travaille à la bibliothèque Newberry. » De l'autre côté de la table, Art me sourit.

« Oui… c'est un endroit merveilleux ! acquiesça sa mère en prenant une cuillerée de petits pois.

— J'ai une chance incroyable.

— C'est ce que vous aimeriez faire, être bibliothécaire ?

— Je voudrais aller à l'école d'infirmières. » M'entendre le dire m'étonna la première. Après l'avoir formulée, je pris conscience que l'idée m'avait trotté dans la tête.

« Je ne savais pas… » Art plissa le front.

« Oui, j'y pense depuis un moment.

— C'est formidable ! dit Mrs. Nakasone. La nièce de Mr. Yoshizaki va à l'école d'infirmières du Mother Cabrini Hospital, à Little Italy. Tout est payé par le Cadet Nursing Program.

— Ah oui ? » Je ressentis une pointe d'espoir, un sentiment si rare que je redoutais presque de l'avoir.

Eunice avala une bouchée avant de demander : « Alors, c'était comment, dans ces camps ?

— Tatie ! » s'indigna Loïs, les nouilles entortillées sur sa fourchette à trois centimètres de ses lèvres.

Eunice resta imperméable aux protestations de sa nièce. « Je suis simplement curieuse. Betty, qui habite en face, aide Kiichiro à préparer ses colis, mais elle est trop jeune pour savoir quoi que ce soit. Et si on se fie à la propagande du gouvernement, tout le monde est content. »

Une douleur sourde m'oppressa la poitrine.

« Tu n'es pas obligée de répondre, me dit Art.

— Non, non, ça va… Au début, c'était vraiment dur. Les baraquements venaient tout juste d'être construits. Dedans, il n'y avait rien. On a dû remplir nos matelas avec de la paille.

— Et, à ce que je sais, il n'y a aucune intimité dans les toilettes », ajouta Eunice.

Je confirmai d'un signe de tête. « Mais, au fil du temps, on a pu commander des choses dans le catalogue Sears Roebuck. Ou des amis et d'anciens voisins nous apportaient des affaires de l'entrepôt. » Je m'abstins de préciser que cette vie n'avait été qu'une pâle imitation de celle qui avait été auparavant la nôtre. Les terrains de basket en plein air et les jardins étaient censés rendre notre détention aussi normale que possible, or, d'une certaine manière, ils me faisaient prendre encore plus conscience du fait que nous étions tous enfermés.

« Le pire, c'était de ne pas savoir ce qui allait nous arriver. On était séparés de nos foyers, arrachés à tout ce qu'on avait connu… S'adapter a été difficile. J'ai vu des photos du bureau de réinstallation – ma sœur est même sur l'une d'elles –, mais elles ne montrent pas du tout ce que nous ressentions... La plupart du temps, on ne savait même pas ce qu'on ressentait. »

Aucun de nous ne donnerait la satisfaction aux autres Américains de nous voir malheureux. Aussi présentions-nous la meilleure apparence possible – rouge à lèvres, cheveux bien coiffés et habits impeccables.

Rose avait été prise en photo dehors après avoir déjeuné au mess. Le vent de la vallée de l'Owens soufflait dans ses cheveux, exposant son grand front et ses sourcils bien dessinés.

« Nous avons appris ce qui est arrivé à votre sœur... Je suis désolée pour vous », dit Mrs. Nakasone au moment où Loïs se leva pour l'aider à débarrasser.

Ma gorge se noua. *Je ne vais pas pleurer*, me dis-je.

Art avait l'air affligé que sa mère ait évoqué la mort de Rose devant sa famille. Moi, ça ne me dérangeait pas. Que l'on parle ouvertement de sa mort me soulageait. J'en avais assez de faire comme si ce n'était jamais arrivé.

Après le dîner, Mrs. Nakasone proposa que nous « les jeunes » allions nous installer sur le porche pour boire de la citronnade toute fraîche.

La moustiquaire empêchait les insectes d'envahir notre espace. J'avais déjà d'innombrables marques de piqûres sur les jambes. Mais je ne m'en souciais pas trop étant donné que toutes les *nisei* aux jambes nues semblaient avoir les mêmes.

« Votre mère fait très jeune, bien plus jeune que la mienne », dis-je. Art et moi étions assis sur une banquette en rotin, tandis que Loïs, affalée dans un fauteuil, caressait le chat sur ses genoux.

« C'est parce que c'est une *nisei.*

— Ah bon ? » J'étais étonnée. La plupart des parents de mes amis nippo-américains étaient venus directement du Japon, à l'instar de Mr. Nakasone, originaire de la préfecture de Yamaguchi.

« Comme elle est née américaine, on lui a retiré sa citoyenneté au moment où elle s'est mariée, exactement comme tante Eunice. Sauf que ma mère a récupéré la sienne beaucoup plus tôt.

— Pour quelle raison ?

— Les femmes *nisei* ont déclenché un tel tollé qu'elles ont réussi à faire amender la loi qui les excluait environ cinq ans avant que le gouvernement ne l'ait abrogée. » Art leva son verre comme pour trinquer à ma santé. « Ne jamais contrarier une femme *nisei* ! »

On but tous les deux. La citronnade avait une acidité rafraîchissante, avec un arrière-goût plus doux à cause du sucre concentré dans le fond.

« Art, attends une minute… Si ton père est un *issei* et ta mère une *nisei*, toi, tu es quoi ?

— Je n'en sais rien… Un *nisei* et demi ? Je n'ai jamais trop aimé les étiquettes. »

Je décidai que je ne les aimerais pas non plus.

Pendant que nous terminions notre citronnade, Crockett ronronnant sur les genoux de Loïs et les insectes bourdonnant sans danger derrière la moustiquaire, j'eus l'impression de me détendre plus que ça ne m'était arrivé depuis près de trois ans. « J'aime bien l'endroit où tu vis.

— C'est une première… Je n'entends pas ça souvent !

— C'est comme un vrai quartier. Clark et Division ressemble plus à une gare. Les gens n'arrêtent pas de se déplacer.

— C'est vrai. J'imagine que c'est l'un des rares endroits où peuvent s'installer les personnes qui viennent des camps. » Il montra le bout de la rue. « Phillis et sa famille habitent là, dans la maison en briques avec un jardin. »

Je plissai les yeux face au soleil couchant. Des immeubles en briques se succédaient, alignés en rang comme des soldats. Je crus apercevoir une chaîne autour d'un carré de verdure.

Mrs. Nakasone sortit sous le porche pour transmettre un message à son fils. « Yoshizaki-*san* vient d'appeler. La batterie de sa voiture est à plat. Il ne pourra pas accompagner Papa ce soir à la réunion de la Mutual Aid Society. Tu peux les emmener tous les deux ? »

Je me levai de la banquette. « Je ferais mieux de partir…

— Non, non, reste, je ne serai absent qu'une demi-heure », dit Art.

Mrs. Nakasone insista elle aussi. « Loïs vous tiendra compagnie. »

Art, je m'en souvenais, m'avait dit que les réunions avaient été interdites. Il devait par conséquent s'agir d'un rassemblement clandestin. C'était un peu exaltant d'appartenir à une sorte d'organisation secrète d'*issei* qui aidaient des familles comme la mienne à se réinstaller dans la zone « libre » du Midwest.

Alors qu'Art et son père s'en allaient dans le pick-up, Loïs continua à caresser Crockett. Elle ressemblait à son frère en ceci qu'elle trouvait très bien de rester là sans rien dire, ce que nous fîmes un petit moment.

Le crépuscule descendait. Des hommes noirs en tenue d'ouvrier rentraient chez eux avec leur gamelle, d'autres, plus jeunes, s'interpellaient sur des vélos. Deux filles *nisei*, l'une nettement plus âgée que l'autre, passèrent sur le trottoir devant la maison.

Loïs leur adressa un signe de la main, auquel la plus jeune et plus petite ne répondit que vaguement.

« C'est une fille de ma classe, Betty, et sa grande sœur, Elaine. Elles habitent dans cet immeuble vert. » On les regarda traverser la rue. « Cet été, Betty a aidé Papa à l'épicerie, mais elle ne vient plus depuis quelque temps. Elle ne se sentait pas bien. »

Soudain, la tête me tourna. Serait-elle la fille dont Art m'avait parlé ? Sur le quai devant l'usine, Marge et les autres femmes *nisei* avaient mentionné que la fille agressée était la plus jeune de deux sœurs. Et ce prénom de Betty me semblait familier.

« Est-ce que c'est elle qui a été… » Je m'en voulus de parler de ça à Loïs, qui n'était qu'une adolescente. Mais elle était assez mûre pour comprendre et hocha la tête.

« Peut-être qu'elle aimerait voir ton nouveau chaton, suggérai-je.

— Oh non, je ne crois pas… Art dit qu'il ne faut pas l'embêter.

— Mais imagine comme Crockett lui ferait du bien. Je sais que mon chien, Rusty, pouvait ensoleiller la plus sombre des journées. » Ça, au moins, c'était vrai. « On devrait passer la voir, ne serait-ce qu'une minute. Personnellement, je voudrais aider une voisine ou une camarade de classe. » L'idée d'aller chez elle m'obnubilait. *Il y aura sûrement un indice qui reliera cette fille à Rose.*

Loïs accepta, sans enthousiasme. J'avais beau me sentir coupable, je ne renonçai pas.

Les sœurs habitaient au rez-de-chaussée, m'expliqua Loïs alors que nous approchions de leur porte tout esquintée. La peinture s'écaillait, et un moule à gâteau cloué sur le mur servait de boîte aux lettres.

Elle frappa doucement. « C'est moi, Loïs Nakasone... J'ai amené mon nouveau chaton... Betty voudrait peut-être le voir. »

La porte s'entrebâilla de quelques centimètres. « Oh, Loïs ! s'exclama la sœur aînée, Elaine. Je ne crois pas que ce soit le bon moment...

— Je veux voir le chaton ! » La voix aiguë et fragile de Betty nous parvint de l'intérieur.

« Bon, d'accord... mais juste une minute. » On entra dans un studio tapissé d'un papier peint rose fané. Des vêtements étaient suspendus à des crochets sur les portes, les tuyaux et les murs. La kitchenette se composait d'un réchaud à gaz et d'une petite glacière miteuse. Quelques assiettes, des ustensiles, une casserole et une poêle étaient entassés sur une table basse. Je n'aperçus pas d'évier, ni de salle de bains, que sans doute elles partageaient avec d'autres habitants de l'immeuble.

Le visage blafard de Betty s'illumina en voyant le chaton. Ses cheveux châtain foncé donnaient l'impression d'avoir été coupés à la maison ; sa frange courait sur son front en dessinant une ligne irrégulière. Elle n'était encore qu'une enfant, en rien la force de la nature qu'avait été Rose. Apparemment, la seule chose qu'elles avaient en commun était d'être des femmes *nisei*, loin de chez elles.

Les deux filles s'assirent sur le lit – il n'y en avait qu'un – et amusèrent Crockett avec un morceau de laine.

« Je suis Aki, me présentai-je. L'amie d'Art. »

Elaine, dont les cheveux ondulés étaient relevés en queue-de-cheval, se présenta à son tour. Comme il n'y avait aucun endroit où s'asseoir, on resta debout.

« Dans quel camp étiez-vous ? lui demandai-je.

— À Minidoka, dans l'Idaho. Et avant, au camp Harmony.

— Où est-ce ? » Le camp Harmony donnait l'impression d'être un endroit plus agréable que les dix autres.

« Oh ! en réalité, c'était le terrain de la fête foraine de Puyallup, près de Seattle… C'est le centre de regroupement où ils nous ont envoyées en premier. »

Des fêtes foraines et des hippodromes ; c'était à ces centres de détention temporaires que notre famille avait échappé en allant directement à Manzanar.

J'appris que les sœurs étaient originaires de Seattle. « On a de la famille à Spokane. Ce n'est pas près de Seattle ?

— Non, c'est à l'autre bout de l'État de Washington », corrigea Elaine, sans la moindre désobligeance. Elle semblait avoir plaisir à parler de sa région d'origine, de la différence entre la côte pacifique humide et le milieu de l'État où abondaient les champs de maïs.

« Vous êtes la sœur de Rose Ito ? » Elle observa mon visage comme pour y chercher une ressemblance. « Je suis désolée.

— Oui, ça a été très dur.

— J'imagine…

— Elle ne s'est pas suicidée, ajoutai-je. Je sais bien que c'est ce que les gens racontent. » Je serrai les poings, comme pour me préparer à sauter du haut d'un plongeoir dans une mer profonde et noire. « Quelqu'un l'a agressée. Avant qu'elle ait été tuée par ce métro. »

Elaine arrondit les yeux. Ses iris, marron clair, avaient la couleur de l'ambre.

Maintenant que j'avais sauté, impossible de revenir en arrière. « Et il s'en est pris aussi à d'autres filles. » Je jetai un regard vers Betty.

Elaine eut un mouvement de recul, comme si elle était trop près de la chaleur d'une flamme. Elle savait parfaitement ce que j'insinuais. « Je crois qu'il vaudrait mieux que vous partiez. » Sa voix n'était pas stridente mais inflexible. Elle planta ses yeux dans les miens. Je compris qu'elle ne plaisantait pas.

« Loïs, il faut qu'on y aille.

— Déjà ? » Betty paraissait déçue. Constater que notre visite avait été appréciée, du moins par la plus jeune sœur, me soulagea.

« On est restées trop longtemps. Art doit être revenu, tu ne penses pas, Loïs ? »

Celle-ci dut sentir que quelque chose n'allait pas et se leva. Elaine ne se donna pas la peine de nous dire au revoir et, dès qu'on eut franchi le seuil, elle referma la porte.

Dans la rue, des jeunes jouaient au kickball. Le pick-up des Nakasone était de nouveau garé devant l'allée. Art nous attendait sur le trottoir.

« On était chez Betty, lui dit Loïs en tenant Crockett fermement par le cou.

— Chez Betty ? » Il se rembrunit.

« Aki a pensé que voir Crockett lui ferait plaisir et, tu sais quoi ? Elle avait raison ! »

L'air perplexe, Art s'apprêta à dire quelque chose, puis y renonça. Pour la première fois, il semblait avoir eu des doutes me concernant, toutefois, comme les nuages gris à Chicago, l'incertitude avait très vite disparu, en tout cas pour l'instant.

18

Au cours des semaines suivantes, j'entamai ma nouvelle vie en tant que moitié d'un couple. Le samedi soir, Art et moi allions danser dans divers endroits, où nous croisions en général Ike, Kathryn, Chiyo et le reste de la bande. Louise commença à sortir avec Joey Suzuki, le grand *nisei* godiche qu'elle avait rencontré la première fois à l'Aragon. Joe avait des lunettes, de longs favoris, et une moustache anémique qui ne paraissait pas promise à un brillant avenir. Le neveu du révérend Suzuki venait lui aussi de Los Angeles, où il avait fréquenté le même collège que moi, qu'il avait quitté avec un diplôme en activités sportives un an avant que j'y entre.

Un samedi, nous étions tous assis à une table en train de boire du soda pendant que l'orchestre faisait une pause. Chaque fois que je voyais Ike, il me donnait des nouvelles de Roy. La toute dernière était qu'il en pinçait pour une Italienne, ce qui suscitait toutes sortes de disputes au sein de la famille Tonai.

« Je n'en reviens pas que Roy en ait parlé à sa mère ! » dis-je. Ses parents étaient très conservateurs, encore plus que les miens.

« Et c'est du sérieux. Il veut l'épouser. »

Notre petit groupe en demeura sans voix.

« Sa famille lui envoie sans cesse des télégrammes. Western Union n'arrête pas de frapper à notre porte.

— Et ils disent quoi, ces télégrammes ? demandai-je.

— Ne te marie pas STOP. » On éclata tous de rire. Je me sentis vaguement coupable dans la mesure où Roy était pour moi un peu comme un grand frère. Néanmoins, depuis notre dernière entrevue devant l'usine, j'avais le sentiment que Rose avait plus été pour lui un trophée qu'un être de chair et de sang.

« Oh, vous ne devinerez jamais qui j'ai vu à l'église dimanche dernier ! lança soudain Louise. Hammer Ishimine !

— Tu plaisantes ? » rétorqua Ike.

Moi aussi, j'étais abasourdie.

« Il fait même partie de la chorale, ajouta Joey.

— Tu veux dire qu'il y va régulièrement ? m'étonnai-je.

— C'est ce que dit mon oncle. Il travaille comme employé de maison chez une dame *hakujin* de Lakeview. »

Je réalisai que je n'avais pas revu Hammer depuis l'altercation à l'Aloha. Ma relation avec Art m'occupait tellement que je ne m'en étais même pas rendu compte.

Il y eut un blanc dans la conversation. Chiyo et moi nous excusâmes pour aller aux toilettes. Ces derniers mois, Chiyo s'était métamorphosée. Elle venait régulièrement danser, avait épilé ses sourcils broussailleux en deux arcs parfaits et remettait sans cesse du rouge à lèvres. Kathryn et elle étaient toujours en rivalité pour gagner les faveurs d'Ike, or il était évident que Kathryn courait en tête.

Les toilettes des femmes ne comportaient qu'une seule cabine. On discuta en attendant devant la porte.

« Art est sympathique, dit Chiyo.

— Oui. » Je ne pus m'empêcher de sourire.

« Comment vous êtes-vous rencontrés, tous les deux ? »

Je lui racontai ma visite au cimetière de Montrose, où reposaient les cendres de Rose.

« Et là, ça fait combien de temps ?

— Deux mois. » En réalité, deux mois exactement. Art, plus romantique que je ne l'étais, me l'avait rappelé.

« Mes parents vont venir s'installer à Chicago. Je nous ai trouvé un appartement à South Side.

— C'est formidable, Chiyo ! Tu dois être très heureuse. »

Elle haussa les épaules. « Une fois qu'ils seront là, je ne crois pas que je sortirai autant.

— Oui, il y aura un temps d'ajustement. » Je pensais aux combats que j'avais dû mener contre mes propres parents.

« Tu sais, je regrette de ne t'avoir jamais vraiment raconté tout ce qui s'était passé avec Rose. »

Sa remarque m'ébranla. Sa voix transperça le brouhaha des conversations dans la salle de danse et des chariots remplis de caisses de sodas que des employés roulaient vers le bar. « Eh bien, raconte-le-moi maintenant. » Une autre femme vint faire la queue et vérifia son maquillage dans le miroir de son poudrier. « Chiyo, raconte-moi ! » dis-je avec plus d'insistance. J'ignorais quand j'aurais une nouvelle occasion de lui parler seule à seule.

« Je crois qu'elle est allée quelque part pour faire *quelque chose*, dit-elle plus bas. *Quelque chose* qui lui a causé beaucoup de douleur. » Nous savions elle comme moi ce qu'était ce *quelque chose*.

Mon cœur se serra si fort que j'avais du mal à respirer.

« En avril dernier, un jour où j'étais rentrée de l'usine de bonne heure, elle était déjà couchée. J'ai cru qu'elle s'était évanouie, voire pire… Je ne l'avais jamais vue aussi pâle… »

La femme qui occupait les toilettes en sortit, mais on laissa passer celle qui attendait derrière nous.

« Quoi, Chiyo, quoi ? » Je ne pouvais pas attendre une seconde de plus.

« Son lit était trempé de sang. »

Je restai bouche bée et faillis perdre l'équilibre. Allais-je m'écrouler ici par terre ?

« Je lui ai proposé d'appeler une ambulance, mais elle n'a pas voulu. Elle m'a dit que ça irait, qu'elle avait un médicament, et elle m'a demandé de l'aider à laver ses draps… » Chiyo se cramponna à son sac. « Ensuite, on n'en a plus jamais reparlé. Mais j'ai beau venir de l'*inaka*, je sais additionner deux et deux ! »

Au moment où la femme ressortit des toilettes, j'engageai Chiyo à y aller avant moi. Dès qu'elle eut refermé la porte, je me pliai en deux, les mains sur les genoux. Mon cœur battait si vite que j'avais de la peine à reprendre ma respiration. Qui avait pratiqué cette intervention sur ma sœur ? Cette personne savait-elle ce qu'elle faisait ?

Lorsque je rejoignis les autres, seul Art se douta que quelque chose n'allait pas. « Ça va ? s'inquiéta-t-il en me frottant doucement le dos.

— Très bien. » Je me forçai à sourire.

Par chance, Ike racontait une de ses histoires, que je pus écouter sans rien dire. Je finis par éclater de rire avec une minute de retard sur les autres, au moment où ce n'était plus aussi drôle.

Après avoir appris que Rose avait abondamment saigné à la suite de l'avortement, mes nuits devinrent encore pires. Le matin, le soleil aveuglant me forçait à me lever pour partir au travail, ou en balade avec Art. Le soir, quand j'étais à la maison et que mes parents ronflaient dans leur lit, je m'allongeais sur le mien en essayant de m'obliger à dormir, mais le sommeil refusait de venir. J'entendais les cafards trottiner sur le plancher, le robinet goutter dans l'évier ou les rats se carapater derrière les murs. J'imaginais Rose dans ses draps rougis de sang en train de gémir et d'appeler à l'aide.

La colère me consumait, elle imprégnait ma peau et circulait dans tout mon corps. Parfois, je répondais mal à mes parents parce qu'ils m'avaient posé trop de questions sur la famille d'Art. J'étais fâchée contre le professeur Rip Van Winkle qui réclamait trop de livres que jamais il ne lirait.

Seul Art semblait apaiser mes préoccupations. Lorsqu'on était tous les deux dans le pick-up, on s'échappait vers la plage de la Trente et Unième Rue où on se garait dans un endroit isolé. Il m'embrassait sur les lèvres et dans le cou. Mon chemisier se retrouvait sorti de ma jupe et ses mains caressaient ma poitrine. Je voulais me perdre en lui. Tout pour ne plus penser à Rose.

J'aurais dû dire à Art ce que je vivais, or je ne voulais pas que mes deux mondes se mélangent. En gardant notre relation séparée de Rose, je créais un endroit pur, et qui pourrait finir bien à tout jamais. Mais le poids de mon tourment pesait sur cette ligne de séparation.

Un après-midi, après une longue promenade autour du lac Michigan, nous étions effondrés sur la banquette en rotin quand Mrs. Nakasone arriva avec une marmite enveloppée dans un torchon. Comme elle portait un tablier et n'avait pas de sac à main, je supposai qu'elle revenait de chez des voisins.

Art se redressa, les poings sur les cuisses. « Elles n'en ont encore pas voulu ? »

Mrs. Nakasone fit signe que non. Son visage d'ordinaire jovial paraissait abattu. « Ça me fait plaisir de vous voir, ma petite Aki ! » Elle réussit à me faire un sourire mais, en général, les Nakasone, n'étaient pas très doués pour cacher leurs véritables sentiments. La marmite en équilibre dans une main, elle poussa la porte d'entrée d'un coup de hanche.

« Je reviens tout de suite », me dit Art avant de suivre sa mère dans la maison. Tout en m'efforçant de défroisser mon pantalon corsaire, je me demandai ce qui avait bien pu se passer.

Il revint au bout d'un moment en rapportant deux verres d'eau. À l'évidence, c'en était fini de la légèreté de cette journée d'oisiveté et de détente. Je pris le verre qu'il me tendait. « Quelque chose ne va pas ?

— Le plat était pour Elaine et Betty, en face. Betty ne va pas bien. Mais Elaine refuse l'aide de quiconque. Elle a quasiment exigé de ma mère qu'elle ne leur dépose plus à manger. »

Je serrai mon verre à deux mains. « Elles devraient aller à la police, dis-je sans réfléchir.

— Mais comment tu... » Art devint tout blême. « Comment sais-tu ?

— Je ne suis pas idiote. » Je n'allais pas lui révéler que Loïs avait confirmé mes soupçons la première fois que je leur avais rendu visite.

« Elaine ne veut pas infliger une telle épreuve à Betty. Et, d'une certaine manière, je le comprends... » Il avala une grande goulée d'eau. Une goutte resta en suspens sur sa lèvre. « Elles envisagent de déménager. Je pense que ce n'est pas une mauvaise idée de prendre un nouveau départ, ailleurs. »

Je fronçai les sourcils. J'étais bien placée pour savoir ce que c'était de se faire une nouvelle vie. Les fantômes du passé ne disparaissaient jamais complètement.

Le mois d'août à Chicago était d'une chaleur accablante ; en fait, d'après le *Chicago Daily Tribune*, on avait battu les records de chaleur. Même le court trajet entre LaSalle Street et la Newberry laissait ma robe mouillée de transpiration. Passer de la fournaise à la fraîcheur de la bibliothèque me faisait frissonner. Je pensais que je couvais une grippe.

Alors que je venais de finir de rassembler des livres sur la guerre d'Indépendance américaine, Tomi se présenta à l'accueil. Elle portait une robe et un chapeau rose pâle, comme si elle se rendait à une garden-party. Elle était magnifique, mais je m'abstins de le lui dire. Comme il n'y avait personne dans la salle de lecture, on put parler librement.

« Je vais quitter Chicago, m'annonça-t-elle. Je compte aller rejoindre mon ancienne voisine à San Francisco qui vit maintenant à Detroit. »

Ce n'était pas la nouvelle que j'attendais. « Ne partez pas… J'ai besoin de vous ici. »

Tomi se troubla un instant. Un pli apparut sur son front. « Si c'est au sujet de Rose, oubliez… Rien de ce que vous entreprendrez ne la ramènera.

— Vous ne pouvez pas faire ça ! » À la seconde où je le dis, je compris à quel point c'était ridicule. Tomi était le lien le plus proche que j'avais avec Rose à Chicago. Si elle partait, un autre morceau de ma sœur se détacherait en s'évaporant dans le néant.

« Là-bas, je pourrai trouver un emploi de bureau au lieu de travailler chez quelqu'un. »

Ça n'avait aucun sens. Tomi aurait très bien pu trouver un emploi de bureau à Chicago, mais cela voudrait dire rester dans la ville où Rose avait été agressée.

Nancy entra dans la salle de lecture. Je lui fis signe de venir me remplacer à l'accueil. Elle parut d'abord ennuyée mais, dès qu'elle vit mon désarroi, elle accepta.

J'entraînai Tomi vers les toilettes. Comme d'habitude, elles étaient désertes, ce qui nous permit de parler en toute intimité.

« Quand avez-vous prévu de partir ?

— À la fin du mois. Je viens d'acheter mon billet. » Elle détacha le fermoir de sa pochette et brandit le billet sous mon nez pour me prouver que sa décision était prise.

« Laissez-moi voir… » Je le lui arrachai de ses doigts délicats.

« Ne touchez pas à ça ! »

Quoi ? Pensait-elle que j'allais le jeter dans les toilettes ? Elle le reprit, comme si sa vie en dépendait.

Je me plantai fermement devant elle, la hanche appuyée contre un des lavabos. « Si vous partez, allez au moins raconter à la police ce dont vous avez été témoin. Faites-le pour Rose.

— Rien de ce que je dirai ne changera quelque chose… Je n'ai pas vu son visage.

— Vous avez entendu sa voix. Et vous avez vu ce qu'il a fait à ma sœur. »

Tomi baissa la tête. La fleur en soie rose piquée sur son chapeau dissimula son visage. « Vous ne comprenez donc pas ? Je n'arrive pas à me sortir sa voix de la tête… Tant que je resterai ici, elle continuera à me hanter ! »

Aussi loin qu'elle aille, elle n'échapperait pas à cette voix, j'en étais persuadée. « Vous regretterez d'avoir fui. »

Les lèvres pincées, Tomi réfléchit à ma prédiction. « Non, je ne regretterai jamais d'avoir quitté Chicago. »

Ce soir-là, incapable de rentrer directement à l'appartement, j'allai un peu plus loin dans une épicerie japonaise où on achetait du tofu, du *shoyu*, du miso et un riz splendide, sans parler des produits américains habituels comme la mayonnaise ou les spaghettis. J'aimais beaucoup l'ordre impeccable qui régnait dans ce magasin. Les boîtes de soupe alignées sur une étagère, les tomates en conserve sur une autre.

« Je peux vous aider, Aki ? » Le propriétaire, Fred Toguri, avait un long tablier blanc noué derrière la nuque. Ce serait bientôt l'heure de la fermeture, je le savais, et je ne voulais pas l'embêter, d'autant que j'étais venue là pour me distraire, pas pour acheter quoi que ce soit.

« Non, mais je vous remercie », répondis-je en me précipitant vers la sortie.

Le faux shopping dans le magasin immaculé n'effaça en rien ma tristesse. Je m'étais accrochée à l'espoir que la vérité finirait par éclater au grand jour, or les deux seules personnes qui auraient pu témoigner des agressions qu'elles avaient subies ou auxquelles elles avaient assisté quittaient Chicago. Art m'avait dit que ce n'étaient pas mes affaires. Il se trompait.

Soudain, je me retrouvai devant le commissariat d'East Chicago Avenue ; mes pieds m'avaient amenée là sans que je l'aie décidé. Mes jambes me portèrent en haut des marches, puis devant le bureau d'accueil où il n'y avait pas de file d'attente.

« Le sergent Graves, je vous prie », dis-je à l'agent de service. Il était plus jeune que tous ceux que j'avais vus auparavant. Après m'avoir demandé mon nom, il décrocha son téléphone, sans faire de remarque déplaisante.

Quelques minutes plus tard, la silhouette élancée du sergent apparut dans le couloir. Personne d'autorité à Chicago, il semblait être à la fois compétent et capable de témoigner de la compassion. « Miss Ito, vous venez me donner le nom du témoin ? »

Ma poitrine se serra. « Je voulais vous informer d'une autre agression sexuelle. »

L'expression du sergent s'adoucit. « C'est arrivé quand ?

— Ça s'est passé à South Side. La jeune fille n'est qu'une lycéenne.

— South Side ne fait pas partie de ma juridiction.

— Vous pouvez tout de même l'aider ! » l'implorai-je. À ce stade, je n'avais plus l'énergie de cacher mon désespoir.

« Bien sûr. Quels sont ses nom et adresse ?

— Euh… » J'hésitai. Je ne connaissais pas le nom de famille d'Elaine et de Betty, pas plus que leur adresse exacte. D'ailleurs, même si je l'avais su, j'aurais confirmé l'accusation de Marge selon laquelle les sœurs Ito étaient des espionnes. « Je ne sais pas si elles accepteront de coopérer avec la police. Et il se peut qu'elles quittent la ville. »

Le sergent referma son carnet d'un coup sec. « C'est fort dommage, quoique assez fréquent dans ce genre d'affaires. Il nous est impossible d'agir en se basant sur des ouï-dire ou des rumeurs.

— Oui, naturellement. » Je me sentis idiote. J'étais comme le gamin qui crie au loup. Un jour, le loup surgirait chez moi, et il n'y aurait personne pour me porter secours.

Ce samedi-là, Art et moi devions déjeuner dans le restaurant proche de l'usine où j'avais retrouvé Roy au mois de mai. Tout ce qui auparavant m'avait semblé nouveau et étrange était désormais routinier. Je mis dans ma poche les Milk Duds qu'on me donna à l'entrée, commandai une tasse de café et, sans jeter un œil sur la carte, choisis le pain de viande.

Pendant le repas, Art demeura muré dans un tel silence que je compris très vite que quelque chose le contrariait. Ensuite, comme d'habitude, on partit à la plage de la Trente et Unième Rue. Cependant, après avoir garé le pick-up, il ne me prit pas dans ses bras. Il avait même de la peine à me regarder. « Écoute, Aki, je ne savais pas comment te le dire… »

Mon cœur s'accéléra. *Il va rompre*, songeai-je. J'ignorais quoi mais, manifestement, quelque chose le tourmentait. *Peut-être qu'il a appris que j'étais allée voir la police ?*

« Art, je peux t'expliquer…

— J'ai reçu mon avis de mobilisation. »

J'eus la sensation de tomber dans un puits noir sans fond. Ce qu'il venait de m'annoncer me prit tellement de court que je mis un moment à recouvrer ma voix.

« Quand dois-tu partir ?

— Je partirai faire mes classes au camp Shelby dans deux semaines. »

J'avais fréquenté un nombre suffisant d'hommes *nisei* pour savoir que l'armée prévenait bien plus longtemps à l'avance.

« Et… tu es au courant depuis quand ? » Des larmes brûlantes me montèrent aux yeux. Je croisai les bras sur ma poitrine.

Art ne répondit pas à ma question. « Je voulais passer le plus de temps possible avec toi sans qu'on ait ça au-dessus de la tête.

— Oui, j'imagine ! » Toutes ces soirées romantiques au bord du lac… Il avait voulu voir jusqu'où il pourrait aller, et ensuite, bye-bye !

« Non, non, ce n'est pas ça du tout… »

Je me sentais comme une imbécile. Et déçue, comme les petites amies de Roy quand il les plaquait.

Je cherchai en vain un mouchoir dans mon sac pour sécher mes larmes.

« Non, Aki. Je suis fou amoureux de toi, tu le sais ! Mais je suis perdu… » Il farfouilla dans la poche de son pantalon et en sortit une petite boîte. « Je t'aime. Je veux t'épouser. »

19

Je ne dis ni oui ni non.

La bouche grande ouverte, je fixai la bague de fiançailles lovée dans du velours blanc sur fond bleu. Le soleil de la fin d'après-midi resplendissait derrière les vitres du pick-up en réfractant un kaléidoscope multicolore autour du diamant. Je ne savais pas quoi dire.

« Alors, tu en penses quoi, Aki ? »

Une part de moi avait l'impression qu'on se connaissait à peine. Je n'étais pas sûre d'être prête à me marier. D'un autre côté, je savais que je n'avais jamais rencontré quelqu'un comme Art Nakasone et que, si je ne disais pas oui, je le perdrais à tout jamais.

« Oui, je vais t'épouser. »

Tout son corps se détendit. J'entendis ses poumons relâcher un soupir. Avait-il douté de ma réponse ?

Néanmoins, je lui précisai que je ne courrais pas me marier à la mairie le lendemain. « Ce ne serait pas bien », dis-je, sachant pertinemment que des femmes *nisei* le faisaient tout le temps.

Réussir à le convaincre de garder nos fiançailles secrètes me procura un immense soulagement. J'avais encore besoin de me faire à l'idée, sans parler de ce que penseraient les autres. Ses parents, nos amis, Nancy, Phillis et, tout particulièrement, mes parents, seraient enchantés. Je ne voulais pas que leur joie prévisible vienne éclipser la mienne.

Bien entendu, je dus prévenir mon père et ma mère qu'Art partait à l'armée ; la nouvelle dévasta ma mère. « Quel dommage… Juste au moment où tout va si bien pour vous deux… » Elle rinçait du riz dans une casserole avant de le faire cuire. Assis devant la table, mon père ne semblait pas vraiment inquiet. En réalité, ces derniers temps, il avait l'air si loin de nous que j'avais du mal à reconnaître le père que j'avais connu à Tropico.

J'étais des plus heureuses quand j'étais seule à l'appartement, où je mettais ma bague et la regardais scintiller avec admiration. Un jour, Art et moi serions un couple marié. Nous construirions un avenir ensemble et aurions des enfants. Je m'interdisais d'envisager l'éventualité la plus sombre : qu'il pourrait ne pas revenir vivant. L'idée m'était trop insupportable.

Sachant que notre engagement était sérieux et nos moments à deux limités, on cessa d'aller à des soirées *nisei*. Pourquoi perdre du temps à écouter les histoires sans intérêt des autres ? Nous voulions passer ensemble chaque seconde où je ne travaillais pas. Nous avions davantage de rendez-vous dans le pick-up jusque tard dans la soirée. Un soir, Art avait défait sa braguette et dégrafé mon soutien-gorge quand un policier vint nous interrompre en tapant sur la vitre avec sa matraque. Tout rouges d'excitation et de honte, on s'écarta aussitôt l'un de l'autre en filant chacun à une extrémité de la cabine. Après avoir refermé sa braguette, Art démarra et me raccompagna chez moi.

La veille de son départ, je pris un rendez-vous au Beauty Box. Plus tard ce soir-là, nous irions dans une chambre d'hôtel de Wabash Avenue, à South Loop, et je tenais à être à mon mieux. La dernière fois, Peggy m'avait fait une coupe au carré pour le pique-nique du 4 juillet. Cette fois, je précisai que je voulais quelque chose à la Lana Turner.

« Oooh, Lana ! » L'homme très grand habillé en robe qui venait d'entrer dans le salon se pencha pour m'observer dans le miroir mural. « Je la vois… oui, absolument !

— Georgina, je m'occupe de toi dans une minute », lui dit Peggy. Les voir se parler avec autant de familiarité me stupéfia. Ne sachant trop comment réagir, je restai muette sous mon peignoir en Nylon.

Georgina s'assit dans le fauteuil à côté de moi. « Je vous ai aperçue du côté de Clark et Division… Tous ces garçons *nisei* sont dingues de vous ! »

Sa remarque me troubla. Georgina ne m'avait encore jamais abordée et, à dire vrai, je n'avais vu personne, hormis Art, me manifester un quelconque intérêt. Je cherchai en vain quelque chose de spirituel à répondre, sans même savoir si je devais parler de Georgina en disant il ou elle. Peggy clarifia les choses. « Ne la prenez pas au sérieux, Aki !

— Aki ? Quel nom tout à fait charmant ! Ça veut dire quelque chose ? »

Je marmonnai entre mes lèvres. « Automne.

— Pardon ?

— Automne, répétai-je plus fort.

— Automne ! Et regardez, on est en septembre… C'est votre saison !

— Arrête de l'embêter, intervint Peggy en me posant un dernier gros bigoudi. C'est une gentille fille *nisei.* »

Si elle avait su la vérité…

« Georgina est animatrice en haut de Clark Street.

— Je suis danseuse, rectifia Georgina en étirant ses longues jambes épilées à la perfection. Et Miss Peggy fait en sorte que je sois jolie ! »

Alors que celle-ci m'installait sous le dôme d'un des deux séchoirs, le *nisei* qui travaillait à la réception de l'hôtel arriva en poussant un gros carton sur un chariot.

« Oh, merci de m'apporter ça, Keizo ! s'exclama Peggy. J'attendais cette livraison. » Elle le pria de laisser le colis dans un coin du salon. Au moment où il le souleva, les muscles de ses avant-bras se gonflèrent.

« Grrr… » Georgina, apparemment pas insensible à sa musculature, émit une sorte de râle. Keizo avait un torse puissant de footballeur et des cheveux bouclés – sans doute naturellement – qui faisaient honte aux miens. Il ne sembla pas apprécier l'attention de Georgina et se renfrogna ostensiblement, ce qui réjouit la danseuse au plus haut point.

Bien à l'abri sous le séchoir, je savourai l'intermède. Le bourdonnement du ventilateur m'isolait. Par moments, j'aimais bien me sentir invisible mais, avant de repartir, Keizo me lança un second coup d'œil. Peut-être étais-je en bonne voie pour ressembler à Lana Turner ?

Quand j'arrivai devant l'hôtel Roosevelt, où nous avions rendez-vous, Art était déjà là. Il émit un petit sifflement admiratif. Non seulement j'avais une nouvelle coiffure, mais je m'étais acheté une robe rouge moulante chez Goldblatt's. Étant donné qu'Art n'avait pas d'emploi en dehors du travail chez son père, je payai la chambre de ma poche, néanmoins ce fut lui qui donna l'argent au réceptionniste. J'attendis dans le hall et, dès qu'il entra dans l'ascenseur, je le suivis en restant à l'autre bout. Faire semblant de ne pas se connaître était excitant. On échangea des regards complices dans le dos du liftier, même si, à mon avis, il savait parfaitement ce qu'il en était.

Dès qu'Art ouvrit la porte de la chambre, j'entrai en vitesse derrière lui. Sans me laisser le temps de jeter un coup d'œil alentour, il me souleva dans ses bras et me déposa sur le lit. « Ferme les rideaux », lui dis-je. Une fois la chambre dans la pénombre, je me déshabillai et jetai ma nouvelle robe par terre en ne gardant que ma culotte. Je voulais Art, là, tout de suite. Je le voulais en moi, et que nous soyons ensemble comme jamais nous ne l'avions été auparavant.

On fit l'amour deux fois. La première fut maladroite et un peu douloureuse, mais la seconde, lente et rythmée. J'eus l'impression qu'on se parlait sans prononcer de mots. Il avait apporté des capotes, et il savait comment les mettre, ce qui signifiait qu'il l'avait déjà fait. Vu qu'il partait le lendemain, je ne voulais pas demander de détails. Je n'avais pas envie que notre dernière conversation soit entachée d'aucune sorte de conflit ou malentendu.

Alors que nous étions allongés tout nus sur le lit, je posai ma tête sur son épaule. Il m'attrapa le bras, puis la main. « Hé, tu portes la bague ! s'exclama-t-il. Quand est-ce que tu l'as mise ?

— Dans le hall. Parce que j'allais rejoindre mon mari. »

Le lendemain, je détestai devoir aller lui dire au revoir à la gare. Il y avait trop d'adieux dans ma vie, et je commençais à être superstitieuse. Si j'y allais, serais-je l'albatros qu'il emporterait par-delà les océans[1] ?

« On se mariera dès que je reviendrai en permission, chuchota-t-il au creux de mon oreille. Mais tu m'écriras, dis ? » On se serra dans les bras et on s'embrassa devant ses parents, Loïs et tante Eunice. Sa famille pleurait, tout comme moi. Au moment où il monta dans le train, je me mouchai assez bruyamment. Eunice en fit autant, avec un bruit semblable à un puissant caquètement d'oie. Nos regards se croisèrent et, en dépit de la tristesse de la situation, nous éclatâmes de rire. Puis elle me prit par le bras, et on s'éloigna sur le quai. « Ça ira pour lui, m'assura-t-elle. Veille à prendre grand soin de cette bague. »

Je me figeai, médusée. Eunice était au courant de nos fiançailles. On s'était pourtant promis de n'en parler à personne.

« Ne t'inquiète pas. Je tiendrai ma langue ! » Elle mit son index sur ses lèvres et ajouta : « Où crois-tu qu'il ait trouvé cette bague ? »

La bague avait été la sienne. Ren Nakasone la lui avait offerte trente ans plus tôt, le jour où il lui avait fait sa demande en mariage. Imaginer un *issei* épouser une *hakujin* en 1914 m'était difficile. C'était pendant la Première Guerre mondiale, et Ren, bien qu'immigrant

1. Allusion au « Dit du vieux marin » de Coleridge.

japonais, avait lui aussi été mobilisé. Il était censé obtenir la citoyenneté américaine pour avoir servi dans l'armée mais, à cause d'un cafouillage administratif, cette promesse n'avait pas été tenue.

« Je la garderai précieusement », promis-je à Eunice. Avant qu'on se quitte, elle m'ébouriffa les cheveux.

Lorsque j'arrivai à la maison, ma mère avait déjà terminé ses heures de ménage au salon de coiffure. Comme elle avait maintenant trois autres clients, tous commodément situés autour de Clark et Division, elle avait acheté son propre matériel – un seau à roulettes, une serpillière et un balai. Parfois, quand je marchais dans le quartier, je la voyais arriver, les cheveux attachés sous un foulard et une blouse sur sa robe. Que les choses en soient arrivées là m'affligeait ; ma mère si fière, épouse d'un ancien directeur de marché en gros, en était réduite à faire des ménages. Et elle acceptait sa nouvelle vie avec autant d'héroïsme que possible. Des années plus tard, je finirais par comprendre qu'elle l'avait fait sans se plaindre pour le bien de notre famille. Ce jour-là, cependant, ses questions ne firent que m'agacer.

« Il t'a parlé de mariage ? me demanda-t-elle en japonais.

— Maman, Art s'apprête à aller risquer sa vie pour notre pays… Ce n'est pas le moment de parler de ça ! »

La dureté de ma réaction la blessa. Honteuse, je proposai de lui faire du café et des pancakes. Les pancakes avaient le pouvoir de régler presque toutes les situations, ne fût-ce que quelques heures.

Art étant parti et Tomi s'apprêtant à quitter Chicago, je me sentais de nouveau déracinée. Chaque fois que je croyais reprendre pied, le sol se dérobait sous moi. Au travail, Nancy et Phillis, toutes deux très conciliantes, m'apportaient des petites douceurs, oranges ou biscuits aux cacahuètes.

Au début, j'écrivis à Art un jour sur deux. Dans ces lettres, je pouvais vider mon cœur, lui dire à quel point il me manquait. Mais comme j'avais cessé d'aller aux soirées dansantes, je n'avais pas grand-chose à raconter de mon côté. Plusieurs jours s'étaient écoulés lorsque Nancy m'arrêta avant que je parte de la bibliothèque.

« Dimanche midi, après la messe, j'organise une fête pour mon anniversaire. Oh, rien d'exceptionnel, surtout n'apporte pas de cadeau ni rien ! Vu que je parle tout le temps de toi à la maison, ma famille aimerait te connaître. »

J'étais à la fois curieuse et inquiète de savoir ce qu'elle leur racontait. Le fait que je sois japonaise devait être l'un des sujets, mais quoi d'autre ? J'acceptai l'invitation ; au moins, j'aurais quelque chose de nouveau et d'intéressant à écrire à Art.

À la maison, un message m'attendait. Bien que mon père réponde rarement au téléphone du couloir, ce jour-là, il avait décroché. De sa belle écriture, il avait noté sur une feuille le nom de Tomi Kawamura, la date du lendemain et une heure. Elle partirait à Detroit par le premier train ; je l'avais presque oubliée. Ne sachant pas qu'elle avait eu mon numéro de téléphone, qu'elle ait pensé à me rappeler son départ me toucha.

Le lendemain matin, je partis tard, et sans aucun *omiyage* à lui remettre pour son voyage. Au moment où j'arrivai à la gare, les porteurs couraient dans tous les sens avec les derniers bagages, et les contrôleurs annoncèrent que, en dehors des passagers munis de billets, tout le monde devait descendre du train.

« Aki… Aki ! »

J'aperçus la fine silhouette de Tomi sur les marches du dernier wagon. Elle portait des gants et, à l'instant où elle me fit signe, elle me fit penser à une femme de diplomate japonais, toute *chanto* et bien coiffée. Quand elle me tendit sa main gantée, je crus qu'elle voulait serrer la mienne, avant de voir en m'approchant que c'était pour me remettre une enveloppe.

« Au revoir, Aki ! » cria-t-elle alors que le train s'ébranlait. Je reculai sur le quai et regardai le train quitter la gare.

Dès qu'il eut disparu, je regardai ce qui était écrit sur l'enveloppe : *Pour Aki. J'aurais dû vous donner ça plus tôt.*

À l'intérieur, sur une page arrachée au journal intime de Rose, figuraient seulement trois phrases, tracées de son écriture reconnaissable entre toutes :

J'aimerais que Tomi me croie quand je lui dis que tout ira bien. Je m'en remettrai. Elle ne doit s'inquiéter de rien.

Faisait-elle allusion aux conséquences de l'agression ? C'était ainsi qu'avait dû l'interpréter Tomi. Pour quelle autre raison aurait-elle arraché cette page dans le journal intime de ma sœur ? Pendant tout le temps où elle avait vécu à Chicago, elle s'était raccrochée à ses paroles. Et maintenant que Rose n'était plus là, il n'y avait plus personne pour honorer cette promesse.

20

Nancy avait dit que, avant sa fête d'anniversaire, elle irait à la messe. Je repensai à l'église. Art et moi avions une invitation de Joey et de Louise pour assister au service du révérend Suzuki au Moody Bible Institute. Et comme aucun de nous n'était particulièrement croyant, je ne comprenais pas très bien pourquoi ils nous l'avaient donnée ; à mon avis, leurs motivations étaient plus d'ordre social que spirituel. Sans les prévenir l'un ou l'autre, je décidai de me rendre là-bas ce dimanche matin.

Le campus, immense, comportait de hautes résidences de dortoirs pour les garçons, et une plus basse pour les filles. Joey avait précisé que la messe destinée aux Nippo-Américains avait lieu dans la salle commune du Moody, à côté de la cafétéria. Un petit rassemblement chrétien dans la grande salle pouvant contenir un millier de personnes n'aurait eu aucun sens.

Après avoir hésité sur la façon de m'habiller, j'avais opté pour ma robe à rayures toute simple ; toutefois, inspirée par l'exemple de Tomi, j'avais emprunté des gants à ma mère pour avoir une allure plus digne.

Ne sachant pas très bien où se trouvait la salle commune, je tâchai de repérer des *nisei* en habits du dimanche pour les suivre. J'aperçus un homme et une femme d'une trentaine d'années qui marchaient en se tenant par la main, accompagnés de deux enfants. Lui portait un costume de couleur claire et un chapeau, elle, une robe blanche à œillets métalliques. Les garçons, les cheveux bien peignés dégageant leur front lisse et luisant, avaient la même tenue, une chemise et un short bleu ciel. On aurait dit de parfaits Américains, or ils venaient probablement de l'un des dix camps de détention répartis en Californie, dans l'Arizona, l'Utah, le Wyoming, l'Idaho, le Colorado et l'Arkansas.

« Tropico, qu'est-ce que tu fais ici ? » Je me retournai en reconnaissant la voix de Hammer. Il était toujours coiffé à la pompadour, quoique dans une version moins extravagante, les cheveux plus courts et plus maîtrisés. À la place de son costume zazou, un complet sombre de coupe classique flattait sa silhouette élancée.

« N'est-ce pas plutôt à toi que je devrais poser la question ? » rétorquai-je en lui souriant. Hammer m'avait manqué. Maintenant que nous étions côte à côte, je vis qu'il tenait une bible noire sous le bras.

« C'est complètement guéri, dit-il.

— Quoi, tu veux dire mon visage ? Tu m'as fait un beau coquard, crois-moi !

— Je voulais te parler. Je suis même venu chez toi pour m'excuser en personne mais, apparemment, tes parents ne te lâchaient pas d'une semelle. »

Je lui jetai un regard en biais. « Tu m'as espionnée ?

— Seulement quelques jours. Ensuite j'ai décidé de quitter le quartier de Clark et Division.

— J'ai entendu dire que tu travaillais chez une *okanemochi hakujin* à Lakeview.

— Oui, une assistante pastorale. Elle aide le révérend Suzuki à installer la salle.

— Ah, je comprends mieux !

— Qu'est-ce que tu veux dire ?

— Toute cette histoire de religion… C'est ton dernier plan ? »

Hammer parut blessé. « J'essaie de changer de vie, Tropico. Les choses étaient devenues incontrôlables. *Kuru-kuru-pa.* » Mais de quoi parlait-il ?

On entra dans un bâtiment en briques brun foncé qui contrastait avec les autres plus hauts en briques rouges. Des chaises pliantes disposées de part et d'autre d'une allée centrale étaient tournées vers une estrade surmontée d'une grande croix.

Voir que Hammer connaissait les paroissiens et qu'ils avaient l'air sincèrement contents de le retrouver m'étonna. La moitié d'entre eux étaient des *hakujin*, sans doute de bonnes âmes comme sa patronne, les autres des *issei* et des *nisei*. J'eus beau scruter la foule, peu nombreuse mais enthousiaste, à la recherche de visages familiers, je ne reconnus personne, pas même Joey et Louise. Lorsque Hammer disparut dans la sacristie, je m'assis au fond, avec la vague impression de ne pas être à ma place. Je m'ennuyais tellement que j'ouvris le livre de cantiques posé sur la chaise et essayai de trouver des chants que j'avais déjà entendus.

« Miss Ito ? »

Que le révérend Suzuki m'ait reconnue me surprit. Il portait la même chasuble que le jour des funérailles de Rose.

« Bonjour, révérend.

— Je suis heureux de vous voir. Je voulais vous appeler, mais je n'avais pas noté votre numéro de téléphone. » Il me posa des questions superficielles de prêtre : comment allaient mes parents ? Où est-ce que je travaillais ? Comment je trouvais Chicago ?

Répondre en toute honnêteté à l'une ou l'autre de ses questions m'était impossible. Je ne pouvais évidemment pas lui dire que j'avais perdu ma virginité et que je m'étais fiancée en catimini. Ou que mes parents et moi ne nous entendions pas. Ou, plus important, que ma sœur s'était fait agresser, et que j'étais déterminée à retrouver et à punir celui qui lui avait fait cette chose épouvantable.

Au lieu de quoi, je restai assise, le livre de cantiques sur les genoux, fis quelques plaisanteries, hochai la tête et souris. Heureusement, un couple âgé s'approcha du révérend et me libéra de cette comédie.

L'homélie, qui parlait de pardon, ne m'apporta aucune consolation. En revanche, la chorale m'émut. Les chanteurs n'étaient que dix, des Japonais, des *hakujin* et une femme noire. Hammer était dans le fond, et le voir là me paraissait si incongru que je me ratatinai avec un peu d'appréhension sur ma chaise. Mais il se tint convenablement et remua les lèvres en même temps que tous les autres. Ils chantèrent un cantique que j'avais déjà entendu : « Sois tranquille, mon âme ».

Lorsque la déception, le chagrin et la peur auront disparu
Le chagrin sera oublié, les joies les plus pures de l'amour restaurées.
Sois tranquille, mon âme : quand les épreuves et les larmes seront passées

Nous nous retrouverons enfin tous ensemble, à l'abri et bienheureux.

À l'instant où le soliste *hakujin* reprit le refrain, je fondis en larmes. Je les essuyai du bout de mes doigts. Que m'arrivait-il ?

À la fin, le révérend Suzuki donna sa bénédiction, puis descendit dans l'allée entre les rangées de chaises. Bien que je n'aie aucune envie de lui reparler, je ne pouvais pas y échapper si je voulais partir.

« J'espère vous revoir bientôt, Miss Ito. Et saluez vos parents de ma part. » Il me donna une poignée de main qu'il recouvrit de sa main gauche, comme pour sceller je ne sais quelle promesse. Que je ne lui ferais pas.

D'après ma montre, il était midi et demi, une heure idéale pour aller chez Nancy à Polonia Triangle.

Alors que je remontais Clark Street en direction de l'arrêt de bus, des pas précipités résonnèrent derrière moi. Hammer, sa bible à la main, m'avait rattrapée. « Alors, t'en as pensé quoi ?

— De la messe ? C'était bien. J'ai aimé ce que vous avez chanté. Ça m'a fait pleurer. »

L'air sincèrement touché, il se mit à ciller plus vite, puis m'expliqua que l'idée qu'il participe à la chorale venait du révérend Suzuki. Repensant que c'était Hammer qui m'avait dit que le prêtre avait « foiré » les funérailles de Rose, je souris.

Être là avec lui était peut-être un signe. Quand aurais-je une nouvelle occasion ? Je tâchai de me remémorer les détails du sermon. « Le révérend Suzuki a beaucoup parlé de pardon. "Si vous vous confessez, vos péchés seront effacés". »

Hammer serra plus fort sa bible, devinant à mon ton que j'allais l'entraîner dans une discussion sérieuse. Nous avions arrêté de marcher et étions en face du Henrotin Hospital.

« Tu sais où Rose s'est fait avorter ? »

Il plissa les yeux, comme si entendre ce mot lui était pénible. « Pourquoi ? Pourquoi voudrais-tu le savoir ? » Sa voix avait retrouvé sa dureté ; on aurait cru l'ancien Hammer. « Tu comptes aller chez les flics ? »

J'ai déjà essayé, songeai-je. « Non, non… Mais j'ai besoin de savoir. Même si ça n'a peut-être aucun sens pour toi, moi, je ne serai pas en paix tant que je ne saurai pas tout ce qui est arrivé à Rose à Chicago. »

Il inspira un grand coup. « Il y a un cabinet médical dans State Street, près de Marshall Field's. Le toubib s'appelle Thomas McGrath. Il met des bébés au monde, mais il a une activité secondaire le dimanche. »

Une activité secondaire. L'expression était atroce.

« Je l'ai su par son chauffeur, qui est un habitué de l'Aloha. » On se remit en marche, mais Hammer ralentit le pas en voyant deux femmes *nisei* de mon immeuble arriver vers nous. Il attendit qu'elles soient passées avant de reprendre la parole. « Rose était désespérée. Je lui ai dit que je l'aiderais. Au moins en lui trouvant quelqu'un.

— Tu penses que ce Dr McGrath est compétent ?

— Qu'est-ce que tu veux dire ?

— Après l'intervention, Rose a perdu énormément de sang. »

Hammer parut réellement peiné. « C'est la peur que j'ai eue dès le départ… J'ai dit à Rose qu'il ne fallait pas qu'elle le fasse, qu'on pouvait se marier, ne serait-ce qu'à court terme. »

Je n'en revenais pas qu'il lui ait fait une telle proposition.

« Elle a rigolé… mais pas de moi. Elle m'a remercié et m'a dit qu'elle devait faire les choses à sa manière. »

Je continuai à avancer. Hammer ne bougea pas.

« En ce moment, je préfère rester loin de Clark Street. »

Je m'éventai avec la brochure de la paroisse. « Pourquoi ?

— Je ne peux pas t'en parler, répondit-il d'une voix une octave plus basse.

— À cause de l'Aloha ?

— Non, non…

— Et Manju ? Tu ne le vois plus ?

— Tropico, arrête… Mieux vaut ne pas parler de certaines choses, crois-moi ! » Hammer avait repris son visage démoniaque, à ceci près que, cette fois, il avait l'air plus effrayé que torturé.

Je lui dis au revoir au coin de la rue. Au bout de quelques mètres, je me retournai et m'étonnai de voir qu'il était encore là, incapable de décider quoi faire.

21

Le trajet en bus de Clark et Division à Polonia Triangle était simple : il filait tout droit vers l'ouest sur trois kilomètres. Et comme il n'y avait pas grand monde, je pus m'asseoir. Ma conversation avec Hammer m'avait quelque peu ébranlée. Dès qu'on s'était séparés, j'avais noté le nom du Dr Thomas McGrath dans mon carnet afin de ne pas l'oublier. J'avais l'intention de faire un saut à son cabinet après la fête d'anniversaire de Nancy. Toutefois, dans la mesure où il exerçait une activité illégale, je ne savais pas trop si on me laisserait entrer. Y aller me donnerait au moins une idée du genre de médecin qu'il était.

Au moment où je descendis à l'arrêt Polonia Triangle, je m'efforçai de changer d'humeur. Par chance, le quartier était lumineux et très animé, avec une grande fontaine sur la place et des auvents rouges au-dessus des vitrines. Par ici, les églises gigantesques et impressionnantes avaient deux flèches et des colonnes comme j'en avais vu sur des photos de la Cour suprême. Suivant les indications que m'avait données Nancy, je me retrouvai devant une maison avec un balcon au premier étage. Je franchis la grille, gravis les marches et, avant même que j'aie sonné, la porte s'ouvrit sur une petite fille d'environ neuf ans aux cheveux blonds ondulés et au sourire aussi espiègle que celui de Nancy.

« Bonjour, je suis Aki. Je travaille avec Nancy. »

Sans un mot, l'enfant ouvrit plus grand la porte pour me laisser entrer.

La maison était pleine de monde : des hommes chauves en chemise à manches courtes et bretelles, des femmes en tablier qui couraient de la cuisine au salon en portant des plats fumants, des adolescents maigrichons à la vilaine peau. Ils étaient tous *hakujin*, et certains firent une drôle de tête en m'apercevant. Alors que je m'avançais, de bonnes odeurs de pommes de terre au four, d'aneth parfumé et de vinaigre acide m'enveloppèrent.

« Aki, tu es venue ! » Nancy, dans une robe jaune qui mettait ses yeux en valeur, tenait un Brownie avec lequel elle me prit en photo avant que j'aie pu retoucher mon maquillage. « Maman, viens… voilà une des filles avec qui je travaille, Aki !

— Mais vous êtes magnifique ! Nancy n'avait pas exagéré ! »

Deux autres femmes exprimèrent leur assentiment d'un hochement de tête tout en murmurant dans une langue étrangère, sans doute du polonais.

Je ne comprenais pas pourquoi ces femmes m'adressaient de tels compliments. Peut-être était-ce une habitude du Midwest.

La mère de Nancy me fit asseoir à la table, et aussitôt une assiette pleine de nourriture apparut devant moi. Nancy me récita le menu : *pierogi*, des sortes de raviolis à la pomme de terre et au fromage ; saucisses *kielbasa* avec des feuilles de chou farcies ; et une montagne de choucroute. « Oh, et il y a aussi de la soupe de cornichons ! » conclut-elle en posant son appareil photo le temps de placer un brouet jaune près de mon assiette.

Je crus qu'elle plaisantait mais, en regardant dans le bol, ô surprise, je vis des rondelles de cornichons verts flotter à la surface. Les femmes m'observèrent tandis que j'y goûtais. Un régal ! Comme tout le reste, d'ailleurs. Mon appétit les étonna autant qu'il les ravit.

Je terminai une part de strudel quand Phillis nous rejoignit. Ses cheveux, au lieu d'être retenus en rouleaux de la victoire, bouclaient autour de son visage.

« J'ai déjà mangé », dit-elle, un cadeau à la main.

Avant qu'elle ait pu objecter, Nancy la prit en photo à son tour. La rapidité avec laquelle elle saisissait ses invités sur pellicule m'impressionna.

« Oh, moi aussi j'ai quelque chose pour toi ! » dis-je en m'essuyant la bouche avec mon mouchoir, alors qu'une femme âgée s'empressait d'emporter mon assiette. C'était comme au jeu des chaises musicales : un nouveau convive devait prendre ma place.

Nancy nous fit signe de la suivre et louvoya entre les tables chargées d'innombrables plats. Heurtant les épaules et les coudes de plusieurs générations de Kowalski, on monta à l'étage. Sur le palier, des photos encadrées tapissaient chaque centimètre des murs. Voir réunis dans un seul endroit autant de Kowalski, qui non seulement vivaient au rez-de-chaussée mais étaient encadrés ici, était un peu oppressant.

Phillis et moi la suivîmes vers une porte-fenêtre qui ouvrait sur le balcon.

Après avoir retiré une brique à la base du mur extérieur, Nancy en sortit un cendrier en plastique et un paquet de cigarettes.

Elle nous en proposa une, qu'on refusa toutes les deux. « Je ne savais pas que tu fumais, dis-je.

— Uniquement dans les occasions spéciales. » Elle se fendit d'un sourire, craqua une allumette et alluma une cigarette. Phillis et moi éclatâmes de rire, comprenant que pour elle tous les week-ends étaient une occasion spéciale.

On lui offrit ses cadeaux. Phillis lui avait apporté un petit album de photos, qui la fit roucouler de plaisir. Je sortis le mien, un rouge à lèvres *red majesty* dans une pochette en papier. Je n'avais pas pris la peine de l'emballer.

Nancy l'ouvrit tout de suite. « C'est la couleur que tu mets… Je l'adore !

— En fait, c'était le rouge à lèvres préféré de ma grande sœur. Enfin… quand elle était en vie. »

Toutes deux me dévisagèrent.

« Je pensais qu'elle était peut-être restée coincée dans un de ces camps », dit Nancy.

Je secouai la tête. Une brise bienvenue soufflait à travers les frênes en parvenant jusqu'au balcon.

Je leur racontai tout. Comment on nous avait expulsés de chez nous et comment le marché en gros des Tonai avait été repris par un autre marché voisin dirigé par des Blancs. Le trajet angoissant sous escorte militaire jusqu'à Manzanar. Les vents cinglants de la vallée de l'Owens et la solitude de la plaine désolée entre les sommets majestueux de la Sierra Nevada. La rangée de baraquements tout juste construits qui nous serviraient de maisons ; dans mon cas, pendant plus de deux ans. Et ensuite, un filet d'espoir : les bons, ceux qui étaient nés en Amérique, seraient relâchés à l'intérieur du pays, dans des endroits que nous n'avions jamais vus. Ma sœur avait fait partie des premiers élus. On devait la rejoindre à Chicago mais, en fin de compte, on ne l'avait jamais revue vivante.

Une lueur de colère flamba dans les yeux de Phillis. « Ce n'est pas juste ! » dit-elle en secouant la tête.

Nancy avait écrasé sa première cigarette dans le cendrier et tirait déjà sur la seconde. « Qu'est-il arrivé à ta sœur ?

— Elle a été tuée par un wagon de métro à la station Clark and Division. Mais, avant ça, elle avait été agressée sexuellement. Elle s'est retrouvée enceinte et a avorté à Chicago. »

Nancy était horrifiée. Je ne savais pas trop quelle partie de ce que je venais de dire la mettait le plus en rage.

« Je pense que l'intervention ne s'est pas bien passée. J'ai découvert qu'elle avait eu lieu chez un médecin de State Street. J'ai prévu d'y aller après la fête, pour voir quel genre d'endroit c'est.

— Tu ne peux pas aller là toute seule. Je vais t'accompagner, proposa aussitôt Nancy.

— Je ne crois pas que ce soit une bonne idée, objecta Phillis.

— Non, non, c'est ton anniversaire, dis-je. Tu ne peux pas abandonner tes invités.

— Mes invités ? Ils font tous partie de ma famille. Ils ne savent même pas où je suis et, d'ailleurs, ils s'en fichent. Pour eux, mon anniversaire n'est qu'un prétexte à se réunir.

— N'y va pas, lui conseilla Phillis. Tu pourrais avoir des ennuis.

— Je suis douée pour parler avec les gens, non ? Aki, elle, n'obtiendra rien de personne, surtout d'un inconnu. »

Phillis en convint d'un vague mouvement des lèvres. Mes deux collègues m'avaient percée à jour.

Nancy me demanda comment s'appelait le médecin. Je lui montrai mon carnet. « Je vais chercher son adresse exacte dans l'annuaire. » Elle répéta son nom tout bas en rentrant dans la maison.

Phillis et moi attendîmes sur le balcon dans un silence gêné. Je fis semblant de m'intéresser de près à un merle bleu perché sur la branche d'un frêne.

« Je ne peux pas venir avec vous, tu le sais », dit finalement Phillis. Elle devait aller à un dîner de famille, cependant, je sentais bien qu'il y avait autre chose. Parce qu'elle était noire, elle était plus susceptible d'être surveillée par les autorités que Nancy, ou même moi.

« Je ne te le demande pas. Rose était *ma* sœur. Ça ne vous regarde en rien ni l'une ni l'autre. » Je le dis avec une dureté que je regrettai aussitôt. Je me rendis compte que je n'avais pas pris de nouvelles de son frère depuis plusieurs semaines. « Au fait, comment va Reggie ?

— L'armée l'envoie faire sa rééducation à Hawaii. J'aurais préféré qu'ils le rapatrient chez nous. »

Le poids de son inquiétude était perceptible. Chacune de nous avait ses problèmes. Vouloir les impliquer dans les miens était égoïste.

Quand Nancy revint, les joues toutes rouges d'avoir trouvé l'adresse du médecin, je m'efforçai de parler de façon claire. « Écoute, je ne peux pas t'entraîner là-dedans.

— Cette chose abominable vous est arrivée à toi et à ta famille. Tu ne connais personne à Chicago. On ne peut pas te laisser traverser ça toute seule. Pas vrai, Phillis ?

— On est amies. » Cette simple déclaration de la part de cette dernière me toucha au plus profond.

« Oui, on est amies. On doit veiller les unes sur les autres. En plus, pour tout vous avouer, j'en ai ras le bol de cette fête ! J'ai besoin d'excitation. »

L'enthousiasme débridé de Nancy me remonta le moral. Toute ma vie, j'avais cherché à me faire de vraies amies. C'était à la fois merveilleux et étrange de les trouver ici.

22

Le cabinet médical était installé dans un quartier chic à l'est du Loop, en face du grand magasin Marshall Field's, à quelques rues du lac Michigan, pas très loin de Grant Park et de l'usine de confiseries. Au moment où je pris le métro avec Nancy, une boule me noua l'estomac. L'impliquer ainsi n'était pas juste. Pourquoi lui en avais-je parlé ? Et le jour de son anniversaire, en plus ! Mais cette mission l'emballait. Droite comme un i, elle tenait la barre dans le métro, son appareil photo rangé dans un sac en bandoulière. Il m'était arrivé de la mépriser parce qu'elle se croyait toujours obligée de meubler les silences au cours d'une conversation. Là, je me rendais compte qu'il s'agissait plus d'un réflexe de nervosité que d'un reflet de son caractère. Nancy était quelqu'un de plus profond que je n'avais voulu le croire.

Le dimanche, le quartier n'était pas vraiment pris d'assaut par les employés. Alors que nous approchions de l'immeuble, je commençai à douter. Il était hors de question qu'un avorteur nous ouvre sa porte sans qu'on ait d'abord pris un rendez-vous. « Écoute, j'ai changé d'avis, soufflai-je à l'oreille de Nancy. Je suis certaine qu'on va nous flanquer dehors.

— On est venues jusque-là », fit-elle valoir. Têtue, elle tenait à aller jusqu'au bout. « Peut-être qu'on pourra parler à des patientes. »

Plantées sous l'auvent d'un gratte-ciel, on observa les rares passants sur le trottoir. Au bout d'une trentaine de minutes, deux femmes *hakujin* qui avaient à peu près notre âge s'approchèrent lentement du cabinet médical. La démarche de la plus petite des deux avait quelque chose d'étrange. Elle faisait quelques pas, puis s'arrêtait en triturant le cardigan qu'elle portait sur les épaules. Comme si elle avait peur. Avant que j'aie pu la retenir, Nancy courut vers elles.

« Excusez-moi… Excusez-moi ! » cria-t-elle. Les deux femmes s'immobilisèrent, et celle qui semblait apeurée eut soudain l'air terrifiée. L'autre dit quelque chose à Nancy et, à en juger par son regard, elle n'était pas contente. Celle au cardigan agrippa son ventre à deux mains et repartit dans l'autre sens, bientôt rattrapée par son amie.

« Qu'est-ce que tu leur as raconté ? interrogeai-je Nancy quand elle me rejoignit sous l'auvent.

— Je leur ai dit que je cherchais le cabinet du Dr McGrath et que je me demandais si elles savaient où il se trouvait.

— Nancy, cette fille a failli mourir de peur !

— Je sais. Il va falloir que j'invente un autre moyen d'approche. »

De notre côté de la rue, une femme entre deux âges arriva avec une plus jeune, qui pouvait être sa fille. Toutes deux avaient des cheveux d'une blondeur de miel, de larges pommettes et un cou élancé. Nancy les aborda. Elles parurent d'abord étonnées, puis perplexes. Après avoir pointé le doigt en direction de Marshall Field's, elles s'éloignèrent rapidement vers le cabinet médical.

Découragée, Nancy revint à notre poste d'observation. « J'ai essayé d'engager la conversation en leur demandant où je pourrais trouver une pharmacie, mais elles n'avaient pas vraiment envie de me parler. »

On attendit encore quelques minutes. Personne d'autre ne passa. Un homme assis dans une Chevrolet garée en face était absorbé dans la lecture de son journal. « C'est ridicule ! On n'arrivera à rien comme ça... Je vais entrer dans le cabinet pour y jeter un coup d'œil.

— Non, Nancy, n'y va pas... C'est une mauvaise idée. Personne ne voudra admettre quoi que ce soit.

— Ça ne me prendra que quelques minutes. Je serai revenue en un clin d'œil ! » Elle partit en courant vers le cabinet, le sac de son appareil photo rebondissant sur sa hanche.

J'attendis sur des charbons ardents. On était à la mi-automne, et le temps, au moins, était agréable. Un fort vent s'engouffrait dans State Street en faisant claquer les drapeaux américains accrochés au sommet des gratte-ciel.

Alors que je contemplais la ligne d'horizon, une escouade de voitures de police suivies d'un panier à salade déboula dans la rue et pila devant le cabinet médical. Des policiers, la veste ceinturée, se déversèrent sur le trottoir puis se ruèrent à l'intérieur du bâtiment.

L'homme qui lisait le journal descendit de sa voiture et en rejoignit un autre en tenue civile.

Non, non, ce n'est pas possible ! Je ne pouvais pas rester là sous cet auvent à trembler comme une feuille ! Il fallait que je sorte Nancy de ce pétrin. Le premier pas s'avéra le plus difficile. Ma démarche prit de l'assurance, jusqu'à ce que j'arrive à quelques mètres du cabinet médical où un agent de police me barra le passage. « Non, mademoiselle, vous ne pouvez pas entrer ici ! »

Des curieux s'étaient rassemblés pour voir ce qui se passait. « Reculez… reculez ! » L'agent nous fit signe de battre en retraite.

Une femme en peignoir et bonnet de douche apparut sur le perron ; des larmes coulèrent sur ses joues alors qu'un policier l'emmenait vers une voiture de patrouille. Suivit un défilé d'hommes et de femmes escortés par d'autres agents. Deux hommes en blouse blanche avec une charlotte sur la tête furent embarqués séparément dans deux voitures, tandis que le reste des suspects appréhendés étaient emmenés dans le fourgon. Où Nancy fut la dernière personne à monter.

Profitant que le policier qui surveillait l'entrée avait détourné les yeux, je franchis le cordon invisible et me précipitai vers le panier à salade. Nancy, enfermée à l'intérieur, pressa son visage contre le grillage de la vitre. Elle ne pleurait pas, mais elle avait les traits tirés et les yeux grands comme des soucoupes.

Ce que je redoutais était arrivé, même si jamais je n'aurais imaginé que Nancy se retrouverait à ma place.

« Je vais te sortir de là ! » lui criai-je au moment où le convoi de police repartait de State Street.

Dans le métro qui me ramena à Clark and Division, j'eus l'impression que mon cœur allait exploser sous ma robe. Dès que j'en sortis, je courus jusqu'à l'immeuble de LaSalle Street, montai au premier étage et tambourinai à une porte.

Harriet ouvrit, des bigoudis sur une moitié de la tête.

« Qu'est-ce que vous…

— Je dois parler à Douglas. Mon amie a été arrêtée pendant qu'elle se renseignait sur le cabinet médical où Rose a avorté. »

Elle m'intima de ne pas parler si fort et me laissa entrer.

Sans réfléchir, je me laissai tomber sur son lit. « Tout est ma faute… » Je lui racontai ce qui s'était passé.

« Votre amie, c'est qui ?

— Nancy Kowalski. On travaille ensemble à la Newberry. »

Harriet avait le téléphone – sans doute était-ce nécessaire dans le cadre de son travail. Elle décrocha le combiné en bakélite noire et composa un numéro, que, visiblement, elle connaissait par cœur. Puis elle se retourna en parlant à voix basse, de sorte que je n'entendis pas bien ce qu'elle disait.

Quand elle eut terminé, elle reposa le combiné sur sa base.

« Et maintenant, on fait quoi ?

— On attend », répondit-elle en allant finir de mettre ses bigoudis devant ce qui lui servait de coiffeuse.

Par respect pour l'aide qu'elle m'apportait, je me tus mais, très vite, je n'y tins plus. « Comment pouvez-vous rester aussi calme ? Ça vous est égal ? »

Harriet me foudroya du regard. « Savez-vous que, au bureau de la WRA, on éteint des feux tous les jours ? Des filles ont des bébés sans être mariées, des salles de jeu japonaises sont perquisitionnées… Si je courais partout comme une poule sans tête, je ne serais pas en mesure d'effectuer mon travail ! »

Je n'avais aucune idée que je n'étais pas la seule à avoir de tels problèmes.

« Il faut vous prendre en charge, Aki… Faire quelque chose de votre vie… pour Rose ! »

Le reproche me piqua au vif. Me consumer pour ma sœur revenait-il à insulter sa mémoire ?

Quelques minutes plus tard, la sonnerie du téléphone me fit sursauter. Harriet, la tête inclinée, écouta son interlocuteur. « Oui, oui, d'accord, conclut-elle avant de se tourner vers moi. Douglas dit que Nancy est au commissariat d'East Chicago Avenue. Vous voulez l'adresse ?

— Non, je sais où c'est. »

L'agent de police aux cheveux blancs tout gras officiait de nouveau à la réception. Je me préparai à un accueil désagréable.

« Je voudrais parler au sergent Graves.

— Il n'est pas joignable aujourd'hui. »

Pas joignable ? Étrange. On avait beau être dimanche, j'avais imaginé qu'il serait sur le pont pour diriger une opération d'une telle envergure. Quoi qu'il en soit, j'allais devoir présenter ma requête à cet horrible cerbère. « Vous devez relâcher Nancy Kowalski. Elle n'a rien à voir avec tout ça. Il s'agit d'un énorme malentendu. »

Il consulta une feuille dans un classeur. « Elle a été accusée de conspiration en vue de procéder à un avortement.

— C'est ridicule ! Elle n'est même pas enceinte ! »

Mais l'agent n'était pas d'humeur à écouter mes arguments. « Si vous voulez qu'elle sorte, il faut payer sa caution.

— Combien ?

— Deux cent cinquante dollars. »

Je faillis m'effondrer. Cette somme représentait plus de deux mois de mon salaire, et je n'avais pas d'économies à proprement parler. Je ne connaissais qu'une seule personne qui serait peut-être en mesure de m'aider. Ressortant en vitesse du commissariat, je hélai un taxi. Il était hors de question que Nancy passe la nuit en prison.

Heureusement, j'avais noté l'adresse de Roy dans le carnet que je gardais toujours sur moi. En plein jour, l'appartement qu'il partageait avec Ike semblait moins impressionnant. La peinture extérieure était sale, le jardin pas du tout entretenu. Je dus frapper à deux reprises avant que Roy vienne ouvrir. Il avait dû être en train de faire la sieste ; les cheveux en bataille, il ne portait qu'un maillot de corps et un bermuda.

« Je suis un peu désespérée.

— Entre, entre… » Il frotta ses yeux ensommeillés tout en m'invitant à le suivre.

Je ne pris pas la peine de m'asseoir et restai debout sur le tapis d'Orient. « J'ai besoin d'argent, déclarai-je de but en blanc.

— Qu'est-ce que tu as fait, Aki ? » Il paraissait plus las qu'inquiet.

« J'ai une amie, une collègue, qui a des ennuis. » Je serrai si fort l'anse de mon sac que mes phalanges rougirent.

« Quel genre d'ennuis ?

— Je préfère ne rien dire.

— C'est quoi le problème, avec toi et Rose ? »

Je reculai d'un pas, prête à encaisser ses critiques. « Je ne comprends pas de quoi tu parles.

— Elle aussi, elle m'a réclamé de l'argent. Quelques jours avant sa mort.

— Pourquoi tu ne m'en as rien dit ? » Je n'arrivais pas à croire qu'il lui avait fallu autant de temps avant de me le révéler.

« Pour te dire la vérité, je viens juste de m'en souvenir. Elle est venue ici et est restée sur le seuil de la porte, tout comme toi.

— Et tu lui as donné de l'argent ?

— Un peu de liquide, ce que j'avais sous la main. Vingt dollars, peut-être.

— Elle t'a expliqué pour quoi c'était ? »

Roy secoua la tête. « Je ne l'avais pas vue depuis si longtemps que j'étais content qu'elle soit venue. » Il enfila une chemise à carreaux qui traînait sur le dossier d'un fauteuil. « J'aimerais pouvoir t'aider, Aki, reprit-il en attachant quelques boutons. Mais je viens de m'engager…

— Quoi ? » Je me laissai tomber sur le canapé.

« Je vais partir à l'armée. J'ai dû envoyer toutes mes économies à ma sœur pour aider ma famille à quitter le camp. Mon père est enfin sorti de Santa Fe. »

Tous les hommes *nisei* de mon entourage semblaient disparaître pour partir sur le front.

« Oui, je comprends... » Je savais autant que n'importe qui que recommencer dans un nouvel endroit où on n'avait aucune relation coûtait très cher. « Mais pourquoi tu t'es engagé ? Tu es au courant du nombre de morts... surtout parmi les *nisei* ?

— Toute ma vie, j'ai obéi aux règles. Tu le sais. J'ai toujours fait tout ce que mes parents ont voulu. Mais je ne peux plus. »

Je me relevai. « Préviens-moi quand tu partiras. Je voudrais te dire au revoir comme il faut. Et mes parents le voudront aussi.

— Ça me fera plaisir. » Il prit son portefeuille sur la table et en sortit un billet de vingt dollars.

« Non, non... Ta famille en aura besoin.

— La tienne aussi. » Je n'allais pas discuter sur ce point et acceptai l'argent.

On ne se serra pas dans les bras. Le faire alors qu'on était seuls dans l'appartement et qu'il était en bermuda eût été inconvenant. Mais on se regarda dans les yeux, et je me rendis compte que, en dépit de tous ses défauts – son mauvais caractère et le fait qu'on lise en lui comme dans un livre ouvert –, je tenais à lui comme à un frère. Redécouvrir l'affection qui me liait à Roy ne résolvait cependant pas mon problème. Comment réunir le reste de la caution pour faire sortir Nancy de prison ? J'aurais pu vendre le revolver caché dans un casier de consigne à la station de métro, mais il m'aurait semblé absolument criminel de me balader autour de Clark Street en trimballant une arme à feu ; en plus, qui sait, je pourrais en avoir besoin pour me protéger. Il ne me restait plus qu'une solution, celle que je redoutais.

Dès que je rentrai chez moi, j'ouvris mon deuxième tiroir. Là, sous mes sous-vêtements, était rangée la petite boîte bleue que m'avait donnée Art. La précieuse bague de fiançailles offerte à tante Eunice par son mari japonais, le symbole d'un amour qui valait la peine de risquer de perdre sa citoyenneté américaine. D'un autre côté, il y avait Nancy, mon amie et ma collègue, quasiment la seule personne à Chicago à m'avoir soutenue pendant que je cherchais à reconstituer les derniers jours de ma sœur. Je me forçai à chasser toute image d'Art en train de se livrer à des exercices militaires dans la chaleur du Mississippi. Je me sentais affreusement mal, mais que pouvais-je faire d'autre ?

23

Lorsque je revins au commissariat, toute la famille de Nancy était là. Ils me bombardèrent de questions, auxquelles la seule chose que je pus répondre était que tout ça n'était qu'un regrettable malentendu. Laissant les femmes les plus âgées s'asseoir sur le banc, je restai sur le perron en attendant que la file d'attente avance. Le soleil déclinait. Je me sentais minable d'avoir laissé tomber tout le monde : Nancy, une de mes rares amies, Art et tante Eunice. J'étais tellement perdue dans mes pensées que je ne reconnus pas l'homme qui montait les marches.

« Aki… » Douglas portait un chapeau en feutre et se tenait plus droit que d'habitude.

« Qu'est-ce que vous…

— Je vais voir ce que je peux faire. »

J'éprouvai un bref soulagement. Enfin, j'avais un avocat *hakujin*, un employé du gouvernement, qui plus est. La police devrait certainement l'écouter.

« Tenez. » Je lui tendis une grosse enveloppe.

« Qu'est-ce que c'est ?

— L'argent de la caution. »

Douglas hésita, comme s'il voulait me demander où je l'avais trouvé. Estimant probablement qu'il ne valait mieux pas, il referma la bouche et hocha la tête avant d'entrer dans le commissariat.

J'étais allée chez le premier prêteur sur gages qui m'était venu à l'esprit, celui voisin de l'Aloha. L'usurier occupait une position stratégique pour servir les joueurs malchanceux qui venaient de miser leur dernier nickel, mais qui avaient encore une montre au poignet à échanger contre du cash. Après avoir examiné le diamant de ma bague de fiançailles à la loupe, il m'avait proposé un prix, que je n'avais pas discuté. Le montant suffirait à couvrir la caution de Nancy, c'était tout ce qui comptait.

J'avais frotté l'annulaire de ma main gauche. « Je récupérerai la bague, n'est-ce pas ? »

Une éternité sembla s'écouler avant que Douglas revienne enfin, son chapeau à la main. Le ciel était noir, les lumières des réverbères vacillaient. « La police va la relâcher, m'annonça-t-il, remettant son feutre dont il rabattit le bord.

— Dieu soit loué ! » Je poussai un long soupir et m'avançai vers la porte.

« À votre place, je n'irais pas maintenant.

— Pourquoi ?

— Sa famille est très mécontente. Ces gens sont de fervents catholiques. Ils ne comprennent pas pourquoi vous avez entraîné Nancy dans ce traquenard. »

Elle s'était portée volontaire, songeai-je. Cependant, oui, je n'aurais jamais dû accepter.

« Laissez passer du temps… Les choses finiront par se tasser. » Lorsqu'il se tourna vers le réverbère, sa silhouette me parut étrangement rassurante.

Quand je finis par rentrer chez moi, je m'attendais à trouver mes parents furieux que je sois restée absente aussi longtemps. Au lieu de quoi ils supposèrent que j'avais passé un si bon moment avec mes amies que j'en avais perdu la notion du temps. S'ils avaient su la vérité, ils m'auraient probablement interdit de sortir de l'appartement pour le restant de notre séjour à Chicago.

Dès qu'ils furent endormis, j'essayai de téléphoner à Nancy à plusieurs reprises mais, chaque fois, à la seconde où je me présentais, la personne qui répondait raccrochait. J'étais désormais frappée d'anathème chez les Kowalski.

Le lendemain matin, au moment où j'arrivais à la bibliothèque, notre superviseuse, Mrs. Cannon, vint me voir. « Miss Kowalski a démissionné. Nous lui trouverons très vite une remplaçante. »

Phillis et moi échangeâmes un regard.

« Qu'est-ce qui s'est passé, hier ? » me souffla-t-elle une fois Mrs. Cannon repartie.

Je lui fis signe de me suivre dans une arrière-salle. « Tu avais raison. Nancy n'aurait jamais dû m'accompagner au cabinet du Dr McGrath. » Alors que je lui racontais ce qui était arrivé le dimanche après-midi, ses yeux sombres s'écarquillèrent et sa mâchoire se décrocha.

Un coursier apporta la pile de journaux qu'on devait mettre à la disposition des clients. Immédiatement, j'aperçus le gros titre à la une, DEUX MÉDECINS ARRÊTÉS POUR AVORTEMENT, et commençai à lire l'article. Phillis en fit autant dans un autre quotidien de Chicago. « Ça ne va pas, commenta-t-elle. Ça ne va pas du tout. »

Voir que les seuls suspects mentionnés étaient le Dr McGrath et son associé me rassura. « Nancy a été libérée sous caution. La police va sûrement laisser tomber les charges qui pèsent contre elle. Elle s'est juste trouvée au mauvais endroit au mauvais moment.

— Parfois, être au mauvais endroit au mauvais moment est la pire chose qui soit », rétorqua Phillis.

Tandis qu'on parcourait les journaux, le professeur Rip Van Winkle tapa sur le bureau. « Miss Kowalski est-elle là, aujourd'hui ? »

Nancy était sa préférée. Rip Van Winkle, un professeur à la retraite dont le vrai nom était Alexander Muller, avait une barbe de grizzli assez longue pour en faire une natte. Nancy avait été la seule de nous trois à écouter ses histoires sur la présidence de Lincoln et la division Nord-Sud.

« Non, elle ne viendra pas. En fait, elle a donné sa démission. »

L'académicien à la retraite recula d'un pas titubant. « Elle ne m'a rien dit… Qu'est-il arrivé ? »

Son désarroi était perceptible. Cette situation était insupportable.

Je haussai les épaules, puis allai chercher les livres qu'il avait réservés. Au moment où je revins à l'accueil, je savais ce que je devais faire.

« Phillis, il faut que tu téléphones à Nancy, insistai-je. Personne chez elle n'acceptera mes appels.

— Je ne suis pas certaine que…

— S'il te plaît ! Je sais bien que tu ne veux pas t'en mêler, mais il s'agit de Nancy et de son travail. Et tu as dit toi-même qu'on était amies. »

Elle fit la moue. Parler en l'air n'était pas son genre. M'entendre lui rappeler ses propres paroles pesa sur sa décision.

« D'accord. Je l'appellerai pendant la pause. »

Elle s'approcha du téléphone réservé aux appels à des institutions académiques. Je cherchai dans mon carnet le numéro des Kowalski. Phillis, qui avait des doigts élégants mais des ongles tout plats peu banals, prit son temps pour composer les chiffres. Patiemment, j'attendis que le cadran revienne en place avant qu'elle sélectionne le suivant. Quand le numéro fut enfin complet, je collai mon oreille contre la sienne.

« Allô ? » Nancy semblait particulièrement abattue.

« C'est Phillis. Qu'est-ce qui s'est passé ? Pourquoi tu as démissionné ?

— Ne quitte pas, d'accord ? » On entendit des murmures assourdis en arrière-fond, puis Nancy dire à quelqu'un : « C'est Phillis, ma collègue de la bibliothèque. » Après quoi elle revint au bout du fil et s'expliqua : « Mes parents disent que je ne pourrai plus travailler à la Newberry tant qu'Aki sera là. »

J'étais atterrée. La bonne nouvelle, c'était que les charges contre elle avaient été abandonnées, la mauvaise, que la police avait confisqué son appareil photo.

J'arrachai le combiné des mains de Phillis. « Nancy, c'est moi ! Reviens travailler ! Tes parents n'auront pas à s'inquiéter de moi. »

Elle ne répondit pas, mais je perçus de l'agitation autour d'elle. Finalement, elle dit : « Comment tu t'es débrouillée pour trouver l'argent de la caution ?

— Ne t'en fais pas pour ça. J'étais responsable. Tu m'as rendu un grand service... » Je déglutis, tout à fait consciente des conséquences de ce que je m'apprêtais à dire. « Je vais arrêter de travailler à la bibliothèque. Tu peux revenir. »

Nancy bafouilla vaguement, mais j'insistai. « De toute manière, je pensais reprendre des études. » J'avais déclaré à la famille Nakasone que je voulais être infirmière. Peut-être était-ce le moment de le faire.

Le bibliothécaire en chef, Mr. Geiger, ne sut pas très bien quelle attitude adopter quand je lui annonçai que j'allais démissionner. Il ôta ses lunettes, se cala dans son fauteuil et m'observa derrière son immense bureau. « Est-ce qu'il s'est passé quelque chose dans le département ?

— Nancy Kowalski va revenir, c'est tout ce que je peux vous dire. Et moi, je vais partir. J'espère reprendre des études. »

Mr. Geiger tira sur ses favoris. « Vous nous manquerez, Miss Ito. Vous avez été un atout pour cette bibliothèque. »

Alors que je prenais mon sac et mon déjeuner avant de m'en aller, Phillis me lança un regard de loin derrière une pile de monographies, comme si je l'avais trahie. Au cours des cinq derniers mois, nous étions devenues un trio aussi étrange que complémentaire et, en un seul dimanche après-midi, j'avais réussi à tout gâcher.

Je n'étais pas sûre de vouloir prévenir mes parents. Ils savaient que j'adorais mon travail à la Newberry, et ils en parlaient avec fierté aux *issei* qu'ils croisaient au temple ou aux cours d'anglais. Je me félicitai de trouver l'appartement vide et de ne pas être obligée d'inventer une histoire. Je pris un bain d'eau marron en essayant de me persuader que je trempais dans du thé plutôt que dans je ne sais trop quoi.

Pendant que je barbotais dans la baignoire, j'entendis frapper à la porte, mais je ne répondis pas. Si c'était important, je me dis que la personne reviendrait. Après avoir enfilé ma robe à rayures, je sortis regarder si on n'avait pas laissé quelque chose sur le seuil. Et, de fait, une enveloppe blanche était posée par terre contre le mur.

Adressée à Mr. et Mrs. Gitaro Ito, elle provenait du bureau du médecin légiste de Chicago. Rose était morte depuis cinq mois. Je ne voyais pas pourquoi ils nous envoyaient quelque chose maintenant. Incapable d'attendre le retour de mes parents, je décachetai l'enveloppe, non pas à l'aide d'une lame de couteau comme l'aurait fait mon père, mais en la déchirant sauvagement. De la gueule béante de l'enveloppe tomba un rapport pathologique de deux pages.

Comme sur le certificat de décès, il était noté que la mort était due à un arrêt cardiaque. La force de la collision avait tranché l'artère brachiale du bras et entraîné la mort en quelques minutes. Au moins, Rose n'avait pas souffert longtemps. Le légiste confirmait qu'elle s'était suicidée en se jetant sous un métro. « Aucune preuve n'indique qu'il s'agisse d'un accident ou de la conséquence d'un acte criminel », déclarait le légiste. Écœurée, je soupirai. Avait-il mené la moindre enquête pour en arriver à cette conclusion ?

Je lus la seconde page. Il n'y avait rien sur l'avortement de Rose.

Le jour où j'avais vu le médecin légiste, je me souvenais qu'il avait précisé qu'il devrait mentionner l'intervention dans son rapport. Avait-il changé d'avis ? Mais pourquoi au bout de cinq mois ? Je vérifiai, le rapport était daté de la veille. Tout ça n'avait aucun sens.

Assise à la table, j'étais en train de regarder l'eau goutter du robinet qui fuyait quand on frappa à la porte. Était-ce la personne qui avait déposé le rapport ? Sans demander qui était là, je m'empressai d'aller ouvrir et me retrouvai face à un *hakujin* imposant en uniforme bleu marine, avec un gros sac en toile sur l'épaule.

« Livraison de glace ! » Il avait une moustache de la couleur du caramel au beurre et un torse aussi large qu'une enclume.

« Oh… c'est aujourd'hui ? » rétorquai-je bêtement. Étant donné que je travaillais en général dans la journée, je n'étais pas au courant de l'agenda de la maison.

« Vous devez être la fille », dit le livreur en s'avançant vers la glacière. Après avoir mis ce qui restait du pain de glace dans l'évier, il en sortit un tout neuf de son sac et le plaça dans le compartiment supérieur.

« Mes parents ne m'ont pas prévenue…

— C'est tous les lundis. Mais, cette semaine, je suis venu un peu plus tôt. Ça tombe bien que vous soyez là ! » Des rides striaient son front et ses joues. Il avait peut-être dix ans de moins que mon père. « Vous avez le coupon ?

— Ah, le coupon… » Ma mère, je le savais, avait acheté une sorte de carnet de coupons à remettre au livreur de glace. Je farfouillai dans l'unique tiroir de la cuisine. Il était là, BOOTH'S ICE, imprimé à l'encre rouge.

En feuilletant les souches précédentes, je vis que sur chacune était écrit *20 lb.*

Je détachai avec soin un des coupons et le lui donnai. Ce faisant, quelque chose me parut familier. Ce chiffre *20* imprimé en rouge… n'était-ce pas la même typographie que sur le ticket trouvé dans le journal de Rose ?

Ses grosses chaussures crissèrent sur le lino quand il repartit vers la porte. Avant qu'il s'en aille, je lui demandai : « Au fait, est-ce que votre entreprise emploie des livreurs japonais ? »

Il se retourna. Les rides se creusèrent sur son front. « Pas à plein temps, mais on a un jeune Japonais qui nous aide de temps en temps. Il a un autre boulot. Il est réceptionniste au Mark Twain Hotel. »

Le *nisei* musclé aux cheveux bouclés… comment s'appelait-il, déjà ? Ken, Kenichi… non, Keizo. Absorbée dans mes pensées, je ne remarquai pas tout de suite que le livreur était parti. Courant récupérer l'enveloppe restée dans mon sac, j'en sortis le ticket déchiré, la preuve laissée en évidence, et le comparai aux coupons de l'entreprise de glace. Il était parfaitement identique. Keizo était-il celui qui m'avait enlevé ma sœur ?

24

Devant le Mark Twain Hotel, je jetai un coup d'œil dans mon carnet en faisant semblant d'attendre quelqu'un. Un homme *hakujin* entre deux âges avec un drôle de nez était en train de classer des papiers à la réception. La prochaine fois que je verrais Keizo, je ne savais pas très bien ce que je ferais. Je voulais le regarder droit dans les yeux pour voir comment il réagirait ; s'il se détournerait en se sentant honteux et coupable ou s'il me fixerait froidement sans une once d'humanité.

« Aki, qu'est-ce que vous faites là ? » Peggy avait les bras chargés d'une pile de peignoirs et un sac de serviettes pliées.

« Oh ! laissez-moi vous aider… » Je rangeai mon carnet et la débarrassai du sac.

Au moment où on entra dans le hall, je cherchai si Keizo n'était pas caché là quelque part. Mon imagination me jouait des tours.

J'attendis que Peggy ouvre la porte du salon de coiffure. À peine entrée, elle alluma, puis lâcha les peignoirs sur un fauteuil.

« Vous m'avez sauvé la vie ! s'exclama-t-elle en me reprenant le sac. J'espère que je ne vous ai pas mise en retard pour quelque chose d'important… Vous avez rendez-vous avec quelqu'un ? »

Mon cœur s'accéléra. Je m'efforçai de réfléchir. Je ne voulais pas dire quoi que ce soit d'inconvenant à cette femme que j'appréciais. « Je me demandais… vous connaissez bien Keizo, le garçon *nisei* qui travaille à la réception ?

— Ne me dites pas que vous sortez avec lui ? » Le visage d'ordinaire solaire de Peggy s'assombrit.

« Oh, non, pas du tout ! »

Elle parut soulagée. « Je ne voulais pas en parler, mais je crois qu'il est un peu dérangé… Il a fait peur à certaines de mes clientes, des jeunes femmes. Il en a même suivi une jusque chez elle, vous vous rendez compte ? Il y a environ quinze jours, j'ai dû avoir une petite conversation avec lui, et depuis, il m'évite. » Elle enfila sa blouse accrochée à une patère sur le mur. « Pourquoi vous me posez cette question ? »

Étant donné que je n'avais qu'une intuition et aucune preuve, je préférais ne pas en révéler trop. « Il a des renseignements sur les glacières qui me seraient utiles. Savez-vous où il habite ? »

Elle secoua la tête. « À vrai dire, je ne sais pas grand-chose de lui… Je ne connais même pas son nom de famille. »

Devais-je aller parler à son directeur ou à un de ses collègues ? Il fallait que je reste prudente. Je ne voulais surtout pas qu'il se doute de quoi que ce soit.

« Tenez, installez-vous dans un fauteuil. J'aimerais bien égaliser votre coupe. Là, ça devient un peu hirsute… Et ce sera gratuit. »

Je refusai poliment, mais elle insista. Peggy considérait qu'il relevait de sa mission de faire en sorte que mes cheveux aient la meilleure forme possible. Quelques coups de ciseaux ici et là, et mon visage parut tout de suite plus fin. Peggy était une magicienne avec ses ciseaux. Être seule dans le salon me donna envie de lui confier mon secret. « Je suis fiancée, laissai-je échapper.

— Quoi ? » Elle me saisit la main pour regarder mon annulaire. Je rougis.

« Ah, mais on ne l'a encore dit à personne… C'est pour ça que je ne porte pas la bague, mentis-je.

— Qui est-ce ?

— Il s'appelle Art Nakasone. Il est de Chicago. Il vient d'être appelé à l'armée et est parti faire ses classes.

— Oh, ma pauvre ! ça doit être difficile pour vous ! »

Tant de choses s'étaient enchaînées ces derniers temps que je n'avais pas vraiment eu le loisir de penser à Art. Je commençais à craindre que cela ne veuille dire que quelque chose n'allait pas dans notre relation.

« C'est pour ça que vous vouliez ce style à la Lana Turner, l'autre jour ? »

J'acquiesçai.

« Je me doutais bien que c'était pour quelqu'un de spécial ! » Elle balaya les cheveux sur mon peignoir avant de me l'enlever. « Je ne le répéterai à personne… Je sais garder les secrets ! »

Peggy avait confirmé que creuser la piste Keizo valait la peine, cependant, où le trouver ? Les *nisei* ne restaient pas assez longtemps à une adresse pour avoir le téléphone et, s'ils l'avaient, leur numéro ne figurait pas dans l'annuaire. En sortant du salon de coiffure, je m'arrêtai à la réception. L'employé au nez retroussé avait de gros yeux globuleux qui le faisaient ressembler à un poisson rouge souffreteux. Quand je l'interrogeai sur Keizo, il me dévisagea d'un œil hagard.

« Mais si, vous savez bien... Le garçon japonais qui travaille ici. » Je pris sur moi pour ne pas avoir l'air exaspérée.

« Oh, c'est son jour de congé...

— Vous auriez son adresse ? Ou son nom de famille ?

— Il n'est pas très causant », répondit le réceptionniste avant de s'occuper d'un client qui attendait derrière moi.

Pour obtenir des renseignements sur un *nisei* réinstallé à Chicago, ma seule autre possibilité aurait été Harriet, toutefois, à la suite du fiasco de l'arrestation de Nancy, je n'étais pas certaine que me savoir fouiner lui plairait. Néanmoins, il fallait que je sache si Rose avait été en relation avec Keizo. Je me rendis à son ancien appartement, où il n'y aurait peut-être personne, mais j'y allai quand même, juste pour voir.

Ce fut Louise qui ouvrit la porte. Toute pomponnée, elle portait une ravissante salopette couleur cuivre et un foulard à fleurs en bandeau sur la tête. « Aki ! On ne s'est pas vues depuis longtemps... Je partais rejoindre Joey.

— Ah, je voulais te demander quelque chose...

— Je vais à l'Olivet, dit-elle en refermant la porte à clé. Tu n'as qu'à m'accompagner, comme ça on discutera en chemin. » L'Olivet Institute se trouvait à environ un kilomètre et demi, au 1441 North Cleveland dans Old Town, où Joey travaillait et habitait. Cette agence de services sociaux s'était occupée de la jeunesse immigrante italienne avant l'arrivée en masse des *nisei*. Joey, un Nippo-Américain embauché dès le début, veillait désormais sur de jeunes garçons *nisei*.

Louise marchait à longues enjambées si rapides que je dus presque courir pour rester à son niveau. « Comment va Art ? s'enquit-elle.

— Je crois qu'il a un peu maigri. » Je repensai à sa dernière lettre : *J'ai perdu près de cinq kilos, ma chérie, je ne sais pas si tu me reconnaîtras*.

« Lui qui n'était déjà pas très gros…

— C'est à cause de l'entraînement. Ils doivent tout le temps courir.

— J'imagine qu'il te manque terriblement. »

Là encore, sa remarque me rappela que l'affection que je portais à mon fiancé n'était peut-être pas ce qu'elle aurait dû.

Arrivées à un carrefour, on attendit pour traverser. Louise resserra le foulard noué sur sa nuque. « Tu voulais me parler de quelque chose ? »

Je pris ma respiration. « Vous faites appel à quel livreur de glace ? »

Intriguée par ma question ridiculement triviale, elle fronça le nez. « Booth's Ice. Pourquoi ?

— Tu te souviens d'un livreur qui serait un garçon *nisei* ? »

On commença à traverser.

« Un *nisei* ? Non, j'ai toujours eu affaire à Mr. Booth. »

Au temps pour mes soupçons.

« Attends une seconde… Si, il y a en a eu un, qui est venu quelquefois l'année dernière, à l'époque où Rose, Tomi et moi habitions ensemble.

— Est-ce qu'il s'appelait Keizo ?

— Je ne sais pas. Il a cessé de venir l'hiver dernier. Je ne lui ai jamais vraiment parlé mais, comme j'étais la plus susceptible d'être là le matin, c'est moi qui réceptionnais les livraisons. On demandera à Joey s'il le connaît. Il connaît tout le monde. »

Nous venions d'arriver devant le gymnase de l'Olivet, un des plus grands bâtiments du complexe. Joey jouait au basket avec une poignée de lycéens, des Italiens et des *nisei*. Curieusement, toute sa maladresse disparaissait sur le terrain : il s'emparait de la balle et la lançait vers le panier.

Les mains enfoncées dans les poches de sa salopette, Louise s'adossa au mur en lui souriant. Qu'ils annoncent bientôt leurs fiançailles ne m'aurait pas étonnée.

Une fois le match terminé, et le groupe dispersé, Joey épongea son visage dégoulinant de sueur avec une serviette blanche sur laquelle était imprimé OLIVET. « Salut, Aki ! dit-il lorsqu'il m'aperçut.

— Tu joues drôlement bien.

— Tu t'y connais en basket-ball ?

— Je sais en tout cas qu'on est censé mettre la balle dans le panier. Et tu l'as fait plusieurs fois.

— Aki n'est pas là pour t'encourager, Joey, coupa Louise. Elle voulait t'interroger sur un *nisei* livreur de glace.

— Un livreur de glace ?

— Il s'appelle Keizo. Il travaille également à la réception du Mark Twain Hotel.

— Non, désolé… Je devrais le connaître ?

— Je me demande si Hammer le connaît, enchaînai-je en réfléchissant à voix haute. Ou peut-être Manju… »

À la mention de ce dernier, Joey et Louise échangèrent un regard.

« Qu'est-ce qu'il y a ? » Je voulais comprendre ce qui se passait.

Joey, toujours accroché à sa serviette, mit son poing sur la hanche. Louise croisa les bras.

Ces deux-là savaient quelque chose. J'étais bien décidée à découvrir quoi. « Dites-le-moi. Hammer ne lui veut aucun mal.

— Ça ne me surprend pas », rétorqua Louise.

Joey remit ses lunettes qu'il avait laissées sur une chaise. « Manju est en cavale… Il fuit la police.

— Pour quelle raison ?

— Ils sont toujours à la recherche du type qui a cambriolé une bijouterie à Near North.

— Tu ne veux pas dire que… »

Manju le rondouillard ? Ce garçon n'aurait pas fait de mal à une mouche ! Hammer était celui qui avait l'air d'être le méchant, du moins avant qu'il se soit mis à chanter dans la chorale.

« Il a traîné dans un club japonais, le Blossom, à South Side, qui est en cheville avec la pègre. L'établissement a été perquisitionné mais, le lendemain, tout le monde est revenu comme si de rien n'était. » D'après Joey, ce club se trouvait à côté du Community Hall de Southside, le lieu de réunion du nouveau temple bouddhiste.

Bien que nous ne soyons plus que tous les trois dans le gymnase, Louise parla tout bas, d'une voix à peine audible. « Et on a appris que Manju avait vendu des armes.

— Ce n'est pas possible… » Aussitôt, je pensai au revolver dans la boîte à bento, le cadeau qu'avait fait Rose à Tomi.

« Tu ferais mieux de l'éviter », ajouta Louise, comme si elle avait lu dans mes pensées. Je dis au revoir au couple, aux futurs Mr. et Mrs. Joey Suzuki, après quoi je me rendis à l'endroit précis où ils m'avaient recommandé de ne pas aller.

La différence entre le Blossom et l'Aloha était criante. Derrière la grande vitre de ce dernier, on apercevait une table de billard et, dans le fond, un bar. Le Blossom, lui, était complètement sous terre. Il me fallut arpenter plusieurs fois la rue avant de remarquer que des hommes japonais descendaient par un escalier vers ce qui ressemblait à un appartement en sous-sol.

Il n'y avait ni portier ni blonde voluptueuse devant la lourde porte en métal qui, lorsque je l'entrouvris, laissa apparaître un hall délabré, éclairé par une ampoule nue au plafond. En avançant vers une grande salle, j'entendis le cliquetis des tuiles de mah-jong et des jetons de poker. Le tripot n'était pas bruyant, et les joueurs ne semblaient pas ivres comme ceux de l'Aloha. Ils donnaient l'impression d'apprécier ce qu'ils buvaient et fumaient, tout en gardant les yeux bien ouverts sur leurs cartes ou leurs tuiles de mah-jong. Et ils ne me jetèrent pas de regards lubriques. En fait, ils regardèrent à travers moi comme si j'étais invisible.

Je n'osai m'adresser à aucun d'eux. J'avais compris le message : en tant que femme, je ne devais pas parler.

J'allais devoir trouver Manju grâce à mes seuls pouvoirs de détection.

Les clients ayant ici l'air de miser gros, Manju faisait probablement partie du personnel. Plusieurs croupiers en gilet faisaient tourner les roulettes, et une fille noire vendait des cigarettes, pas aussi glamour que celles qu'on voit dans les films. Comme moi, elle avait ce que ma mère appelait des *daikon ashi*, des jambes aussi épaisses et musclées que des radis. Elle portait une simple robe en jean et ses cheveux étaient coiffés en deux grosses nattes. Une serveuse, une autre femme noire de l'âge de ma mère, balançait des boissons d'une main experte sur un plateau. Elle allait le regarnir à ce qui faisait office de bar, deux tables de jeu rassemblées dans un coin. L'homme qui remplissait les verres était gros et sa chemise le serrait au niveau du ventre. Manju.

Je contournai les tables et me plantai devant les bouteilles d'alcools alignées. D'un geste machinal, Manju me tendit un plateau avant de me reconnaître.

Le plateau faillit basculer. « Qu'est-ce que tu fais ici ?

— N'est-ce pas moi qui devrais te poser la question ? Tu ne viens plus à Clark et Division ?

— Maintenant, je bosse ici.

— Il faut que je te parle. Au sujet d'un livreur de glace dénommé Keizo. Il travaille également au Mark Twain Hotel. »

Manju ne répondit pas, mais ses narines s'écartèrent, comme s'il savait très bien de qui il s'agissait. Il fit signe à un Noir d'une vingtaine d'années de venir le remplacer.

On sortit de la salle pour aller discuter dans le hall. « Oui, je le connais », dit-il en respirant fort. Il prit la cigarette calée derrière son oreille et l'alluma avec une allumette. « Pourquoi tu me demandes ça ?

— Qu'est-ce que tu sais sur lui ? »

Manju tenait sa cigarette d'une façon bizarre – les doigts repliés, comme s'il s'apprêtait à donner un coup de griffe. Ses doigts boudinés ressemblaient à d'énormes saucisses. Il donnait plus l'impression de sucer une paille que de fumer une cigarette. « Pas grand-chose… Évite de te retrouver toute seule avec lui. »

La fumée, n'ayant nulle part où s'échapper, stagnait dans l'entrée. J'avais la sensation d'avoir la peau froide et poisseuse. « Qu'est-ce que tu veux dire par là ?

— Une fille du Playtime m'a raconté qu'il s'était introduit chez elle, il y a environ un an. Il était déjà là quand elle est rentrée. »

Mon ventre se noua. Cette information confirmait ce que m'avait dit Peggy.

« Ce type crochète les serrures. C'est un cambrioleur. Il a fait plusieurs boulots pour d'autres, mais je crois qu'il préfère opérer en solo.

— Qu'est-il arrivé à la fille ?

— Tu t'en doutes… Par chance, son petit ami a débarqué, si bien que ce n'est pas allé très loin. Il l'a foutu dehors en le menaçant de le tuer. Depuis, Keizo n'a pas remis les pieds au Playtime. »

Mon sang circulait à toute allure dans mes bras et jusqu'au bout de mes doigts. J'avais du mal à respirer. « Pourquoi elle n'en a parlé à personne ?

— À qui elle en aurait parlé ? Aux flics ? Cette fille est une prostituée.

— Mais il faut que quelqu'un fasse quelque chose… Il ne peut pas s'en tirer indemne ! »

Manju leva les yeux au ciel. « Espèce de sainte-nitouche… Tu comptes survivre comment en te comportant comme ça ? Tu ferais mieux d'être comme ta sœur… Remarque, ça n'a pas suffi. »

Sa phrase me mit en rage. Peu m'importait qu'il fasse trente centimètres et cinquante kilos de plus que moi. Je lui flanquai un coup de poing sur le torse, lequel était plus ferme qu'il n'en avait l'air.

Il sourit, ses yeux s'étirèrent dans son visage tout rond. « Pardon, désolé… Peut-être que tu tiens un peu de ta sœur, en fin de compte.

— C'est toi qui lui as fourni le revolver ? »

Stupéfait, Manju lâcha sa cigarette à moitié fumée. Puis il retrouva son sourire. « Tu l'as trouvé ? Je préfère que ce soit toi plutôt que tes parents.

— Pourquoi tu as fait ça ?

— C'est elle qui me l'a demandé. Et elle me l'a payé un bon prix. Je lui ai rendu service. J'aurais aimé l'aider davantage. Surtout quand elle a voulu que je lui fasse un prêt. »

Je réagis au quart de tour. « Quel prêt ?

— Elle est venue me voir au mois de mai. J'ai bien vu qu'elle était aux abois. »

J'étais décontenancée. D'après Chiyo, qui se rappelait avoir vu les draps pleins de sang, Rose avait avorté à la fin du mois d'avril. Pour quelle raison aurait-elle eu besoin d'argent en mai ? « Pourquoi dis-tu qu'elle était aux abois ?

— Parce qu'elle a été gentille avec moi ! » Sa tentative de faire de l'humour tomba à plat. « Je ne sais pas du tout pourquoi il lui fallait de l'argent, juste que c'était important pour elle d'en trouver. »

Rose avait-elle préparé notre arrivée ? Était-ce pour être certaine d'obtenir l'appartement ? On lui avait envoyé de l'argent, mais peut-être que ça n'avait pas été suffisant.

« Je n'étais pas en fonds. Je n'ai rien pu lui donner, pourtant, j'aurais bien voulu.

— Tu n'en as jamais parlé à Hammer ?

— Ah non… Il avait le béguin pour Rose. » Manju le dit, tel un amoureux éconduit. Je me retins de lui poser la question en me rappelant la mise en garde de Roy : certaines choses ne me regardaient pas.

La cacophonie des voix monta d'un cran derrière la porte. « Je ferais mieux d'y retourner », dit Manju en m'abandonnant dans le hall sordide.

Sans attendre, je sortis du Blossom. Le tripot avait laissé comme une pellicule sur ma peau, et pas seulement à cause de la fumée de la cigarette. Dans cette salle, on percevait une sorte d'obscurité, une absence d'humanité. La vie se répartissait en deux catégories : du fric ou plus de fric. Si on n'en avait pas, on n'existait pas.

En descendant du métro à Clark and Division, je filai tout droit vers les consignes. Comment Keizo avait-il pu s'en prendre à autant de jeunes filles et de femmes sans craindre d'être arrêté et puni ? J'avais l'impression que nous étions comme les lièvres dans les champs de Tropico qui gambadaient et grignotaient dans l'herbe, rien que pour être attrapés et tués. Tout en repérant mon casier, je me demandai si, au bout de plusieurs semaines, il n'avait pas été vidé. Après avoir glissé une pièce dans la fente et ouvert la porte, j'aperçus le *furoshiki*, que je récupérai en me hissant sur la pointe des pieds. N'ayant rien dans quoi le ranger, je serrai le paquet contre ma poitrine sans me soucier qu'on le voie ou pas. Apprendre les méfaits de Keizo m'avait enhardie. Je mettais quiconque au défi de s'en prendre à moi ou à n'importe quelle autre femme *nisei*.

25

Elmer Booth, le patron de Booth's Ice, n'était pas un homme loquace. Son numéro de téléphone figurait dans la brochure de réinstallation que Harriet m'avait donnée cinq mois plus tôt. Il décrocha à la seconde sonnerie.

« Booth's Ice.

— Bonjour, c'est Aki Ito. J'habite dans LaSalle Street, et on se fournit chez vous en pains de glace. En fait, on a eu un petit problème… Il nous en faudrait un autre.

— Quand ?

— Euh… je crois savoir que vous avez un livreur japonais… On se sentirait plus à l'aise avec un Japonais.

— Quand ? »

Je lui indiquai une heure le jour suivant, à un moment où mon père irait passer un entretien en vue d'un nouvel emploi et où ma mère ne serait pas là. Je me devais de les protéger.

Le lendemain matin, comme je n'avais toujours pas annoncé à mes parents que j'avais démissionné de la Newberry, je m'habillai comme si je partais au travail. J'optai pour une de mes vieilles robes, effilochée à l'ourlet. De toute manière, j'avais décidé de m'en débarrasser. Qu'elle soit abîmée ou tachée de façon irrémédiable ne serait pas grave.

« Pas de café ? » s'étonna ma mère en voyant que la tasse que j'utilisais d'habitude était vide.

Je secouai la tête. J'aurais été incapable de garder quoi que ce soit de solide ou de liquide dans l'estomac. Pendant ce temps-là, mon père tentait, enfin, de réparer le robinet qui fuyait avec une clé à molette rapportée de l'Aloha.

« *Yamenasai !* » Maman le pria d'arrêter. À dire vrai, la fuite empirait : un jet d'eau giclait maintenant en continu à la base du robinet. Ma mère avait raison. Si mon père s'escrimait à vouloir améliorer notre logement, on serait bientôt sous l'eau.

Au moment où ils s'en allèrent tous les deux, ma mère, comme toujours, dit « *Ittekimasu !* », indiquant ainsi qu'ils sortaient. Je répondis « *Itterashai !* », la formule japonaise leur souhaitant le meilleur, ce que je ne faisais jamais. Ma mère plissa les yeux, l'air de croire que je les provoquais une fois de plus.

Dès qu'ils furent partis, j'allai chercher la boîte à bento dans le tiroir de la commode et en sortis le revolver. En matière d'armes à feu, mon expérience se limitait au fusil de mon père, toutefois j'en savais assez pour ne pas tourner le canon accidentellement vers moi. Après m'être entraînée à le tenir à deux mains, j'examinai le barillet, qui contenait quatre balles. J'aurais quatre chances de faire ce qu'il fallait. Pas une de plus.

Avant l'arrivée du livreur de glace, je répétai la scène. J'imaginai comment il entrerait, à quel endroit je cacherais l'arme sous un torchon, et ce que je ferais ensuite. Bizarrement, je ne ressentais pas la moindre nervosité ou agitation. J'étais on ne peut plus calme, comme dépourvue de toute émotion. J'étais prête. Prête, je l'avais été depuis la seconde où j'avais vu le cadavre de Rose.

À défaut d'autre chose, le livreur se montra ponctuel. Le coup qu'il frappa à la porte résonna tel le coup de pistolet tiré en l'air avant le départ d'une course de dragsters. Ça commençait.

« Entrez ! » dis-je sans bouger de ma position près de la table.

Il s'avança dans une salopette marron trop grande pour lui en portant le pain de glace dans un sac en toile. Bien que jeune, il était un peu essoufflé de l'avoir transporté en montant deux étages. Sans doute à cause de la fatigue, ou parce que je tournai la tête, il ne sembla pas se rappeler m'avoir vue au Beauty Box.

Il alla tout droit vers la glacière, posa le sac par terre et ouvrit le compartiment supérieur, dans lequel il constata que le dernier pain de glace qu'on nous avait livré était en grande partie intact.

Comprenant soudain que quelque chose clochait, il se tourna vers moi. Déjà en position, je brandis le revolver.

Keizo ne dit rien. Il m'observa de ses yeux perçants, tandis que le bloc de glace resté dans le sac fondait sur le lino.

« Les mains en l'air ! » ordonnai-je. Lentement, il obtempéra. Son torse large et costaud me fit penser à ceux des jeunes lutteurs de sumo que j'avais vus s'affronter à Little Tokyo. S'il s'approchait suffisamment, il n'aurait aucune difficulté à me maîtriser.

« Tu as tué ma sœur, Rose Ito. »

Cette fois, son visage exprima quelque chose. Ses sourcils se rapprochèrent en formant un V. « Je n'ai tué personne !

— Je suis au courant de toutes les choses horribles que tu as fait subir à ma sœur… Et à toutes les autres filles *nisei*. Tu t'en es sorti jusqu'à aujourd'hui, mais c'est fini… » Ma voix se brisa. Les larmes me montèrent aux yeux.

Il redressa le menton avec défi. « Qui va aller me dénoncer ? »

Pendant tous ces mois, savoir que personne n'irait porter plainte à la police l'avait protégé. Si on le faisait, trop de choses étaient en jeu. Par conséquent, on se taisait. Et Keizo passait librement d'un appartement à l'autre en profitant de notre silence.

Pouvais-je appuyer sur la détente et le tuer ? C'était mon plan. Et j'avais beau m'être convaincue que j'en serais capable, là, mes bras tremblaient. Keizo se fendit d'un sourire narquois, comme s'il devinait que ma volonté faiblissait.

Il avança de quelques pas. « Eh bien, vas-y… tire !

— Je vais le faire… Je vais le faire », répétai-je plus bas. Des larmes roulèrent sur mes joues et atterrirent sur mes lèvres. J'étais lâche. Je me détestais, tout comme je détestais la situation dans laquelle se retrouvait notre famille.

« Qu'est-ce qui se passe, ici ? » Une voix familière me sortit de ma torpeur. Pour une raison que j'ignore, mon père était rentré à la maison. Je n'osai pas le regarder, je voulais garder les yeux fixés sur Keizo.

« Cet homme a violé Rose et l'a mise enceinte. Ensuite il l'a tuée. »

J'eus peur que mon père ne me prenne le revolver, mais il attrapa la clé à molette restée près de l'évier. Puis il fonça sur Keizo, qui avait toujours les mains levées, et le frappa sur le côté du cou. Quand ce dernier s'effondra de douleur, mon père, comme un chien fou, continua à le bourrer de coups avec la clé. Alors que Keizo tendait les bras pour se protéger, j'entendis la chair se déchirer. Il se débattait violemment comme un poisson hors de l'eau, s'efforçant d'échapper au massacre tout en donnant par moments des coups de poing à mon père sur le torse. J'éprouvai une sorte de sentiment de justice à le voir transformé en victime, avant de réaliser que mon père allait trop loin.

« Arrête, tu ne veux pas finir en prison pour meurtre ! m'écriai-je.

— Gitaro-*san*, *yamenasai !* » hurla ma mère. Je ne m'étais pas aperçue qu'elle venait d'arriver.

Tandis que mon père reculait en titubant, la clé dans une main et se tenant l'épaule de l'autre, je pointai le revolver sur la tête de Keizo.

Son visage enflé, réduit en charpie, n'avait plus vraiment un aspect humain. Ses avant-bras étaient tout tordus. « Je ne l'ai pas tuée, dit-il, le sang qui suintait de ses gencives rougissant ses dents. Mais je l'ai vue à la station de métro… J'ai vu avec qui elle était…

— Cesse de mentir ! m'écriai-je en continuant à braquer le revolver.

— C'était un flic… c'était un flic !

— Pas mal, ton histoire ! » J'avais recouvré mon assurance. Prête à l'abattre sur place, je pris soudain conscience de ce qu'il venait de dire et m'obligeai à respirer. « Attends, attends… Il ressemblait à quoi ? »

Je pensais qu'il allait répondre grand, brun et costaud.

« Blond, de taille moyenne, mince… »

À la seconde même, mon cœur se serra. *Ce n'était pas possible !* L'espace d'un instant, je baissai le canon du revolver, ce dont Keizo profita pour se relever et filer en trombe. Son visage et ses bras étaient amochés, mais ses jambes étaient encore solides.

« Arrête-toi ! » cria mon père, assis par terre près de la porte, où ma mère examinait son épaule blessée. Quand il essaya de se relever, elle l'en empêcha.

Laissant l'arme près de l'évier, je descendis les deux étages en courant, mais il était trop tard. Keizo s'était enfui, laissant derrière lui des traces de sang.

Totalement vidée, je remontai avec difficulté l'escalier en étalant les gouttes de sang sous mes semelles. Ma robe rapiécée était trempée de sueur. Alors que j'arrivais au premier étage, Douglas surgit devant moi.

« Qu'est-ce qui s'est passé ?

— Rien. » La WRA était la dernière institution que je voulais voir se mêler de ça.

« Attendez-moi ici », m'ordonna-t-il avant de rentrer dans l'appartement de Harriet.

Trop épuisée pour protester, je restai plantée là, savourant la fraîcheur de la brise qui montait par la porte ouverte du rez-de-chaussée.

Douglas revint et me tendit une enveloppe.

« C'est quoi ?

— J'ai récupéré l'argent de la caution. »

Je l'acceptai avec reconnaissance, sans même trouver l'énergie de le remercier.

Dans l'appartement, l'eau coulait dans la baignoire, sans doute pour que mon père prenne un bain, et toutes les taches de sang avaient été nettoyées sur le sol. Ma mère s'évertuait à faire entrer le nouveau pain de glace à côté de l'autre dans la glacière. Je me précipitai pour l'aider. À force de pousser, on réussit à mener à bien la tâche.

Alors que, hanche contre hanche, nous nous lavions les mains à l'évier, elle me demanda en japonais : « Ce garçon a tué Rose ?

— Je n'en suis pas sûre, répondis-je en toute honnêteté en m'essuyant les mains sur un torchon. Mais il lui a fait du mal. Et à d'autres filles également. » Les doigts encore humides, je pris le revolver sur la paillasse et allai le remettre dans la boîte à bento.

Aucun de nous ne versa une larme. Ma mère ne fit pas le moindre commentaire au sujet du revolver. On resta chacune dans une pièce, elle dans le salon, moi dans la chambre, en écoutant les éclaboussures de mon père dans la salle de bains.

Je ne sortis pas avant le lendemain en fin d'après-midi. Mes parents, épuisés par l'épisode traumatique de la veille, avaient prévenu leurs employeurs respectifs qu'ils étaient souffrants et restèrent au lit. Maman avait découpé un morceau du nouveau pain de glace pour appliquer une compresse de froid sur l'épaule de Papa. Vers quatre heures, je pris un bus qui m'emmena directement à la morgue, là où je m'étais rendue avec mon père le jour de notre arrivée à Chicago.

L'heure de la fermeture approchait, et la plupart des employés se préparaient à rentrer chez eux.

Le médecin légiste était assis derrière son bureau, entouré de piles de dossiers encore plus hautes et plus instables, telles des sentinelles ivres. Je frappai au montant de la porte ouverte. Il leva la tête, les yeux d'un bleu aussi saisissant qu'ils m'avaient paru des mois plus tôt.

« Ah, Miss Ito ! » Il le dit comme s'il s'était attendu à me voir.

« Est-ce vous qui avez déposé le rapport révisé devant chez nous l'autre jour ? » Je me plantai sur le seuil, les mains sur les hanches.

Il ajusta ses lunettes de lecture sur son nez. « Je vous l'ai fait porter par un de nos employés.

— Il n'y est fait aucune mention de l'avortement.

— Je croyais que vous ne vouliez pas. C'est ce que m'a dit l'officier de police. Il me harcelait depuis un moment pour que je le supprime et, après qu'il est passé me voir il y a quelques jours, j'ai finalement décidé de modifier le rapport. »

Pourquoi la police s'intéresserait-elle à un tel détail ?

« Quel officier de police ?

— Le sergent Graves, du commissariat d'East Chicago Avenue. Il m'a expliqué qu'il transmettait cette requête de la part de votre famille. »

Je repartis en bus en pleine heure de pointe. Ne trouvant pas de place assise, je restai debout au coude-à-coude avec des secrétaires. La dernière fois que j'avais vu le sergent à la coupe en brosse et aux taches de rousseur remontait à plusieurs semaines. Il avait exprimé de la compassion pour la situation difficile des Nippo-Américains réinstallés que nous étions. Il avait empêché l'agent Trionfo de m'agresser verbalement et avait toujours semblé prêt à écouter ma détresse. Mais pour quelle raison était-il intervenu afin que soit supprimée toute mention de l'avortement de Rose ? Pourquoi avait-il menti au médecin légiste en prétendant réclamer cela en notre nom ? Qu'il l'ait fait au moment où avait eu lieu la descente de police à la clinique ne relevait sans doute pas du hasard.

Quand j'arrivai à la maison, mes parents étaient couchés. Ils avaient dû se lever pour dîner car un sandwich tout frais m'attendait sur la table. Ainsi qu'une lettre qui venait du Mississippi.

J'emportai la lettre, le sandwich et une chaise dans le couloir, préférant m'asseoir là parce que je pouvais contempler l'horizon par la fenêtre. Bien que la nuit soit déjà tombée, on distinguait le sommet des toits, les fenêtres illuminées et des silhouettes qui se mouvaient, preuve que la vie existait en dehors de notre immeuble.

Après avoir mangé la moitié du sandwich, je posai l'assiette par terre et m'essuyai les doigts. Tout en décachetant l'enveloppe avec délicatesse, j'imaginai la langue d'Art lécher le rabat. Il s'exprimait davantage par écrit que face à face, et je voyais bien pourquoi il voulait devenir journaliste.

Ma chérie,

Étant sans nouvelles de toi depuis plusieurs jours, je t'écris brièvement pour savoir comment tu vas.

Le Mississippi est enfin plus agréable. La température est maintenant d'environ vingt degrés, pas très différente de celle de Chicago.

Un nouveau a pris le lit voisin du mien. Il s'appelle Funabashi, mais il est aussi blanc qu'on peut l'être. Comme sa mère est irlandaise, je lui ai parlé de tante Eunice. Il vient du New Jersey. Son frère était dans l'armée avant le bombardement de Pearl Harbor, et les gradés ne savaient pas quoi faire de lui jusqu'à ce que soit mis en place le 100e bataillon formé de nisei *à Hawaii.*

Vu que ni lui ni moi n'avons vécu dans un camp ou à Hawaii, on est tous les deux des outsiders. Certains des autres nisei *ne savent pas trop comment nous prendre, mais ça nous va comme ça.*

Le lit de l'autre côté est occupé par un nisei *qui a passé la majeure partie de sa vie à Okinawa. Écoute ça : l'armée japonaise l'a enrôlé alors qu'il était à bord d'un bateau qui le ramenait en Amérique. Il a été mobilisé par deux pays ennemis ! Il ne parle pas très bien l'anglais, mais on arrive à se comprendre. Il est grand et costaud. Je parie qu'il finira par manier le Browning. (C'est un fusil-mitrailleur.)*

C'est étrange de penser qu'on nous a tous séparés, comme s'il ne fallait pas qu'on soit avec les Blancs. Nous sommes pourtant aussi différents les uns des autres que semblables. Quoi qu'il en soit, je ne devrais pas m'étendre davantage là-dessus si je ne veux pas être censuré.

S'il te plaît, écris-moi dès que tu le pourras. J'ai envie de savoir ce que tu as fait.

Je t'aime comme un fou.

Tout à toi,

Art

Je repliai la lettre et la remis dans l'enveloppe. Je rangeais toutes les lettres d'Art dans une boîte à cigares que mon père avait rapportée de l'Aloha. À côté se trouvaient le médaillon qui contenait le sable de notre premier vrai rendez-vous, et l'argent de la caution. Je savais qu'il fallait que j'aille récupérer ma bague au plus vite. Même si le prêteur sur gages ne la revendrait pas sans mon accord, je n'avais pas une très grande confiance dans les pratiques du quartier rouge de Clark Street.

Cette fois, en remontant la rue, j'espérais croiser Georgina et ses amis. Georgina ne me faisait plus peur, surtout depuis que je connaissais son nom.

Sans doute était-il trop tôt pour que les danseuses soient déjà sorties. J'aperçus seulement des joueurs *hakujin* qui s'empressaient de manger un morceau avant de passer une nouvelle nuit à jouer aux cartes.

Le prêteur sur gages était encore ouvert. Dans la vitrine pleine de montres et de bijoux exposés sur des présentoirs en feutre noir, je cherchai des yeux ma bague de fiançailles en retenant mon souffle. Heureusement, elle n'était pas parmi les babioles à vendre. Elle devait être en sécurité derrière le comptoir.

Au moment où j'entrai, une clochette tinta en haut de la porte. Le prêteur sur gages arriva d'une pièce à l'arrière de la boutique en mastiquant son dîner.

« Je viens reprendre ma bague. » Après avoir sorti mon reçu de la poche intérieure de mon sac, je posai l'enveloppe avec l'argent de la caution, plus les vingt dollars de Roy pour payer les intérêts.

L'usurier eut l'air surpris, comme si ça n'arrivait pas souvent.

On procéda à l'échange, après quoi je repartis chez moi, la bague à mon doigt. Pendant tout le trajet, je songeai à Art, auquel je devais une lettre. Je m'interrogeais sur ce qu'il fallait que je lui dise. Pourrait-il m'accepter telle que j'étais réellement ?

26

Art avait dû écrire à sa famille en leur demandant de prendre de mes nouvelles car, deux jours plus tard, je reçus un appel de Loïs.

« On voudrait que tu viennes dîner avec nous dimanche soir », me dit-elle. J'entendais le perroquet jacasser en arrière-fond. « Ce sera un repas très simple, juste un ragoût de thon. »

Étant donné que nous n'avions pas de four, un ragoût de thon me paraissait divin.

Lorsque j'arrivai, ce fut comme si je retrouvais ma famille élargie, non pas parce que je les connaissais vraiment – ce n'était que la troisième fois que je venais chez eux –, mais parce qu'ils étaient tous contents de me voir. Je n'avais pas à prouver que j'étais jolie ou intelligente. Aki Ito telle qu'elle était leur suffisait. D'où mon hésitation à leur raconter ce qui m'avait occupée ces derniers temps. Je voulais rester dans leurs bonnes grâces, or l'impression qu'ils avaient de moi reposait sur un tissu de mensonges. J'étais lasse que tant de choses de notre existence aient été effacées. Notre maison à Tropico. Le travail de mon père. Notre vie quotidienne qui tournait autour du marché et de la communauté japonaise en Californie du Sud. Si je continuais à vivre dans ce monde, il fallait que je m'accroche à des morceaux de réalité, si dérangeants soient-ils.

J'étais assise à un bout de la table, Mr. Nakasone à l'autre, du côté de la cuisine. Mrs. Nakasone, dans le même tablier à fleurs, était à la gauche de son mari, Eunice entre nous deux, et Loïs, ses longs cheveux tressés en deux nattes, à ma gauche. On parla de la perte de poids d'Art, puis des *nisei* qu'il rencontrait en faisant ses classes. En revanche, personne ne prononça un mot sur le moment où il serait envoyé en zone de combat. Aucun de nous n'osait le formuler à haute voix.

« Il y a eu de l'animation dans le quartier », dit soudain tante Eunice en changeant de sujet. La peau très fine autour de ses yeux ressemblait à du papier froissé. Ses cheveux gris frisés étaient tirés en chignon. « Ils ont arrêté le braqueur *nisei*. »

Je bus une gorgée avec tant de précipitation qu'un peu d'eau dégoulina à la commissure de mes lèvres. Je me tamponnai le menton avec ma serviette.

Mrs. Nakasone se trémoussa sur sa chaise, comme s'il lui tardait que la conversation passe à autre chose.

« Il sortait d'un magasin d'alcools à South Parkway. La police, qui l'avait suivi, l'a coincé juste après qu'il a acheté un paquet de Camel.

— Comment tu le sais, Tatie ? demanda Loïs.

— J'ai des amis haut placés. Le criminel s'appelle Manjiro ou quelque chose comme ça. »

Ma gorge se noua. Je redoutai de faire une crise cardiaque à la table des Nakasone. Si Manju avait bien été interpellé pour le cambriolage, quelqu'un se souviendrait-il qu'une jeune *nisei* correspondant à ma description était venue lui parler au Blossom ?

« Je n'ai rien vu là-dessus dans le journal, dit Mr. Nakasone en japonais, semant le doute sur l'histoire de sa belle-sœur.

— Peut-être que la police a d'autres chats à fouetter. » Tante Eunice avait réponse à tout.

La nouvelle de l'arrestation me souleva l'estomac. M'efforçant de continuer à manger, je ne réussis qu'à repousser la nourriture d'un bord à l'autre de mon assiette. Je ne tins pas une minute de plus. « Je veux que vous sachiez que je ne suis pas celle que vous croyez. »

Tout le clan Nakasone cessa de manger pour me dévisager.

« Je ne suis pas une fille bien… Et Art ne le sait même pas. »

Les yeux laiteux de tante Eunice m'observèrent avec attention.

« J'ai pointé un revolver sur un *nisei*, un homme dont je suis persuadée qu'il a agressé ma sœur quand elle était en vie. Il se pourrait que ce soit lui qui ait agressé Betty. J'étais prête à le tuer… »

J'avais l'impression qu'il n'y avait plus le moindre filet d'air dans la pièce.

« Mais je ne l'ai pas fait, et j'en ai honte. Tout comme j'ai honte de l'avoir affronté de cette manière. Je ne savais pas quoi faire d'autre. La police n'aurait rien fait.

— Qu'est-il devenu ?

— Il a pris la fuite. Je me suis renseignée aux deux endroits où il travaillait, au Mark Twain Hotel et à Booth's Ice. Il a appelé pour dire qu'il était malade.

— Peut-être qu'il ne reviendra pas », suggéra Loïs. C'était de la pensée magique. Cependant, s'il n'était plus à Chicago, il était quelque part ailleurs, prêt à s'introduire chez une autre femme.

« J'espère qu'il ne cherchera pas à se venger je ne sais comment, dit Mrs. Nakasone.

— Je ne crois pas… Mon père a fait le nécessaire pour l'en dissuader. » Je m'abstins d'entrer dans les détails macabres.

Je voyais bien qu'ils étaient tous curieux de savoir d'où venait le revolver. Ne sachant comment l'expliquer, je décidai de ne rien dire, à moins qu'on ne m'interroge.

« Je suis heureuse que notre Art sorte avec une combattante », déclara Mrs. Nakasone.

Son mari se remit à manger et émit un grognement.

On termina le repas en silence. Les nouilles se coinçaient dans ma gorge, j'avais de la peine à avaler. Était-ce la fin de mes relations avec la famille Nakasone ?

Loïs et sa mère débarrassèrent les assiettes. Je me levai pour les aider, mais tante Eunice me retint par le poignet. « Reste ici », m'ordonna-t-elle. Elle avait de la poigne, surtout pour une vieille dame, et je n'osai pas lui désobéir. Pendant ce temps, Mr. Nakasone se retira au salon dans son royaume de produits japonais.

« Art ne sait rien de tout ça ? »

Je secouai la tête.

« Il n'a aucune idée à quel point la mort de ta sœur te tourmente. »

Je haussai les sourcils. Bien que ce soit douloureux à entendre, c'était la vérité.

« Ren et moi n'avons pas eu d'enfants, tu le sais ? »

N'y ayant jamais vraiment réfléchi, je ne sus quoi répondre.

« Art et Loïs sont comme mes enfants. Je les connais par cœur. » L'haleine de tante Eunice sentait le poisson. « Et j'en sais long aussi sur le mariage. Quand on n'a pas d'enfant, on connaît son époux, parce qu'il n'y a personne d'autre. Et ça n'a pas été facile… Les parents de Ren au Japon n'approuvaient pas notre union. Les miens non plus. On était tout seuls. Alors, on a dû apprendre à se parler… bien que l'anglais de Ren ait été épouvantable ! »

Par respect pour son ton solennel, je me retins de rire.

« Le mariage est une chose très, très difficile, Aki… Je ne sais pas ce qu'il en est pour tes parents. J'ignore ce qu'ils t'ont enseigné. »

Ma mère ne me disait jamais rien sur ce sujet. Toutefois, à voir sa réaction et celle de ses amies *issei* quand un couple japonais se séparait, j'avais capté le message qu'il était scandaleux de divorcer.

« Ma mère a fait un mariage arrangé, expliquai-je. Je ne crois pas qu'elle comprenne très bien comment ça marche en Amérique. » Des bruits de vaisselle nous parvenaient de la cuisine.

« Eh bien, tu vas devoir montrer la voie. Si tu aimes sincèrement Art, ce dont je suis persuadée, tu dois lui dire ce qui se passe dans ta tête. »

Je baissai les yeux. Je n'avais jamais envisagé de dire ce que je ressentais. Comment l'aurais-je pu, alors que j'avais en permanence l'impression de tâtonner dans l'obscurité pour savoir où j'étais ?

« Je vais rendre votre bague à Art », dis-je tout bas.

Tante Eunice me serra plus fort le poignet. « C'est de ça que je parle. Ne prends pas de décisions précipitées. Ouvre ton cœur. Ouvre ta bouche. Écris-lui une lettre. » Puis elle me relâcha et se tourna vers la cuisine en criant : « Je croyais qu'il y avait du crumble aux pommes pour le dessert ! »

On mangea le crumble en buvant du café. Après m'être confessée, je me sentis plus légère. Je pris même Polly, le caniche blanc, sur les genoux, tandis que Loïs caressait le chat, Crockett. Duke, assis à mes pieds, attendait qu'une miette tombe sur le sol. La vie serait-elle un jour d'une telle insouciance ? Si irréel, et inaccessible, qu'il me paraisse, j'étais reconnaissante d'entrer dans ce monde de temps à autre, de me rappeler ce qui était possible.

Le soleil était couché. Le moment était venu pour moi de partir. Alors que je me dirigeais vers la porte, toute la famille m'entoura pour me dire au revoir.

« *Haï*... c'est pour ton père », dit Mr. Nakasone en me tendant un paquet de calamar séché.

Mrs. Nakasone me serra dans ses bras. « Ça va aller, Aki. Ta famille et toi avez enduré beaucoup de choses. N'essaie pas de résoudre tous tes problèmes toute seule. Tu peux nous parler. Sache-le. »

Loïs me raccompagna sous le porche, Duke et Polly sur ses talons. Crockett arriva en dessinant des huit entre ses jambes.

« Tu crois vraiment que c'est le même homme qui a agressé Betty ?

— Je ne sais pas. Il aurait pu.

— Elles sont parties à la ferme que vient d'ouvrir le patron de l'usine. »

Je me souvenais que Roy avait dit que son employeur possédait des champs de pommes de terre dans un endroit appelé Marengo, près de la frontière du Wisconsin. J'espérais que Betty y trouverait la paix, tout en sachant bien que, quoi que l'on fasse, fuir la tragédie était impossible.

Je repartis de chez les Nakasone avec un sentiment de libération. Je n'avais pas pris conscience que mes secrets liés à ma volonté de retrouver le tueur de Rose étaient aussi pesants. Sa famille semblait pleine de compassion, mais j'ignorais comment Art le prendrait. Sans doute se sentirait-il coupable d'être à des centaines de kilomètres. Il n'aurait pas pu sauver la situation.

Au bout de la rue, la maison en briques avec un petit jardin m'attira. Je jetai un coup d'œil sur les mauvaises herbes et les pissenlits. Devant l'entrée, la poussière et les feuilles avaient été balayées. Je soulevai le crochet du portail en fer et m'approchai de la porte. Je ne lui en voudrais pas si elle ou sa famille me mettait dehors.

J'appuyai une fois sur la sonnette ; une sonnerie stridente retentit. Personne ne venant, je l'interprétai comme le signe que je devais partir. À l'instant où je me retournai, la porte s'ouvrit. « Bonjour ! » La femme noire, de l'âge de ma mère, portait des lunettes ovales et avait les mêmes dents légèrement en avant que Phillis.

« Bonjour, je suis Aki Ito. J'ai travaillé avec Phillis à la bibliothèque.

— Ah oui, vous êtes la fille *nisei*… Je suis sa mère. »

Entendre Mrs. Davis employer le terme *nisei* plutôt que japonaise m'étonna.

« Phillis est-elle là ? J'étais chez les Nakasone plus haut dans la rue et j'ai pensé passer la voir.

— Entrez, ma chère ! » Mrs. Davis me conduisit dans un salon élégant avec une épaisse moquette marron et des meubles sculptés qui m'évoquèrent l'époque élisabéthaine. Une grande croix était accrochée sur le mur, à côté du portrait d'un jeune homme noir en uniforme, que je supposai être le frère de Phillis.

Elle m'invita à m'asseoir dans un des fauteuils – je me sentis telle une reine sur son trône –, puis appela sa fille pour qu'elle vienne dans le salon.

« Aki… » Phillis descendit l'escalier en bois sombre. Comme d'habitude, j'étais incapable de dire si elle était contente ou pas de me voir.

« Vous voulez boire quelque chose, les filles ?

— Non, merci. Je viens de dîner chez les Nakasone, répondis-je.

— Bien, je vous laisse toutes les deux. » Mrs. Davis s'excusa et monta à l'étage.

Phillis s'installa sur le canapé, qui avait les mêmes pieds en griffes de lion que le fauteuil. Ses cheveux étaient de nouveau coiffés en rouleaux de la victoire, sauf qu'elle n'en avait pas deux mais plusieurs.

« Salut, dis-je.

— Salut.

— Tu dois être surprise de me voir. » Dans la pièce flottait une puissante odeur parfumée qui commençait à submerger mes sens.

« Oui. » Phillis n'était pas du genre à envelopper les choses dans du papier doré. Mieux valait que je sois directe.

J'agrippai les accoudoirs en bois. « Vous me manquez, toi et Nancy… Je n'ai pas tellement d'amies. » Je n'en avais qu'une seule, Hisako, et je ne savais pas trop où elle était.

Assise toute droite sur le canapé, Phillis me regarda sans réagir. Déterminer ce qu'elle ressentait était difficile. « Toi aussi, tu nous as manqué, dit-elle d'un ton mécanique, comme si elle tapait les mots à la machine. Reviens travailler à la bibliothèque. Nancy parle tout le temps de toi. Elle a raconté à sa famille ce qui était arrivé à ta sœur, et tout le monde comprend pourquoi tu voulais rencontrer ce médecin.

— J'ai tendance à aimer aller jusqu'au bout…

— Tu devrais lui téléphoner. Appelle-la ce soir. La Newberry n'a encore embauché personne pour te remplacer. Peut-être que tu pourras reprendre ton poste. »

Pour ça, il était trop tard, en tout cas dans ma tête. J'avais avancé, je m'étais engagée à m'inscrire à l'école d'infirmières. Mais je voulais qu'elles restent toutes les deux mes amies. Je jetai un regard sur la photo de Reggie.

« Au fait, comment va ton frère ? »

Phillis esquissa un sourire. « Il va bien. Il sera bientôt de retour à Chicago. En congé de convalescence.

— J'imagine que tu es impatiente de le voir. »

Elle acquiesça. « Être à la maison lui fera du bien. Tout comme à ma mère. »

Et à toi, songeai-je avant de me lever. « Je ferais mieux d'y aller. »

Phillis me raccompagna à la porte. « Au revoir, Aki. » La lumière du crépuscule se reflétait sur son visage. Avec ses yeux sombres et pénétrants, elle était vraiment très belle. Pourquoi avais-je mis si longtemps à m'en apercevoir ?

Je sortis de chez les Davis en ayant l'impression d'avoir appliqué en partie le conseil de tante Eunice : j'avais ouvert ma bouche.

Quand j'arrivai chez moi, mes parents étaient de nouveau endormis. Mon père avait quitté l'Aloha et pris un poste de concierge au Henrotin Hospital. Il commençait à sept heures du matin, de sorte que ma mère et lui avaient à présent les mêmes horaires. Qu'il n'aille plus traîner cinq jours par semaine dans les affaires louches de North Clark me soulageait.

Il n'était pas trop tard pour téléphoner. Cette fois, ce fut Nancy qui répondit, et non quelqu'un de sa famille. « Oh, Aki, c'est bon d'entendre ta voix ! Phillis m'a prévenue que tu m'appellerais peut-être… »

Et elle se lança aussitôt dans un récit haletant, où il était question aussi bien de sa famille que du professeur Rip Van Winkle.

Comme on profite d'une brèche dans un exercice de corde à sauter, je m'immisçai dès qu'elle marqua une pause. « Je suis désolée, tu sais… De t'avoir entraînée chez ce médecin. »

Suffisamment de temps s'était écoulé pour que Nancy se soit remise de ses émotions. « Se retrouver en taule était plutôt intéressant… Dans le panier à salade, je suis devenue amie avec les autres filles, notamment la réceptionniste du médecin. Tu savais que la police faisait chanter les femmes qui se sont fait avorter ? Non, mais… tu imagines ? »

Cette révélation s'infiltra dans mon cerveau. « Tu peux répéter ?

— Des policiers repèrent les filles qui ont avorté et vont ensuite chez elles leur extorquer de l'argent. La secrétaire m'a tout raconté ! » Fière de cette nouvelle amitié, Nancy s'étendit longuement sur le fait qu'elle avait consolé la jeune femme pendant tout le temps où elles étaient restées derrière les barreaux.

Incapable de me concentrer sur la suite, je ne pensais plus qu'à l'élément manquant que Nancy venait de m'offrir : la raison pour laquelle Rose avait réclamé de l'argent au mois de mai. Et pourquoi le sergent Graves tenait à faire éliminer toute mention de l'avortement.

Le lendemain matin, je descendis directement voir Harriet. Quand elle ouvrit la porte, je constatai avec joie que Douglas était là. J'aperçus sa longue silhouette sur le lit. Il n'avait pas ses chaussures ; curieusement, le voir en chaussettes m'intimida.

Après qu'elle m'eut invitée à entrer, je leur racontai que Keizo avait vu un policier avec Rose dans le métro juste avant sa mort. Je laissai de côté la partie concernant le revolver. J'avais beau vouloir être plus franche avec eux, je ne leur faisais pas entièrement confiance. « On m'a dit que la police était arrivée quinze minutes après que soit survenu l'accident. Si un policier était déjà sur place avec Rose, pourquoi un tel délai ? Et pourquoi n'a-t-il pas expliqué ce qui s'était passé ?

— C'est étrange, admit Douglas. Mais ça remonte à plus de cinq mois. Ce Keizo ira-t-il parler au procureur général ? »

Je secouai la tête. « Non, ce ne sera pas possible… Mais je crois savoir qui pourrait être cet officier de police. »

Douglas inspira à fond. « Vous n'avez rien de concret, Aki… Si quelqu'un a poussé Rose sous ce métro, je tiens autant que vous à ce qu'il soit poursuivi en justice. Toutefois, en l'absence d'un témoin fiable, vous n'avez pas grand-chose…

— Et si cet officier de police reconnaît les faits ? »

Harriet, qui pinçait les lèvres d'un air songeur, intervint : « Pour quelle raison le ferait-il ? »

On retourna la question dans tous les sens. D'après Harriet, le plan que j'avais échafaudé avec Douglas était absurde. Peut-être. Mais je devais au moins tenter le coup.

En remontant chez moi, je m'étonnai de voir mes parents encore là, assis dans la salle à manger. Sur la table, la théière en métal était posée sur une manique, à côté de deux tasses japonaises et d'une petite boîte bleue. Ma bague. Je ne parvenais pas à en détacher les yeux.

« Tu as laissé ça sur la commode », dit ma mère en japonais. Mon père avait l'air las. Ses cheveux mêlés d'un peu de gris avant le début de la guerre étaient devenus tout blancs. Et si fins sur le dessus de sa tête qu'on voyait son crâne.

« Oh, c'est Art qui me l'a offerte… On s'est fiancés. »

Je m'attendais à ce que ma mère hurle de bonheur, mais tous deux restèrent figés comme des statues sur leurs chaises.

« Quand avez-vous prévu de vous marier ? me demanda-t-elle.

— Dès qu'il aura une permission, sans doute. » Je ne savais pas du tout quand ce serait.

« Tu es sûre que c'est ce que tu veux ? »

Je fronçai les sourcils. « Moi qui croyais que vous seriez contents… surtout toi, Maman ! C'est la seule chose que tu nous as toujours dite à Rose et à moi, qu'il fallait à tout prix qu'on se marie.

— Je ne voudrais pas que tu te précipites…

— Ou que tu fuies à cause de Rose, ajouta mon père en anglais.

— J'aime bien Art, nous l'aimons bien tous les deux, reprit ma mère. Mais tant de choses ont changé… Trop de choses. Peut-être que ce n'est pas une bonne idée d'en rajouter maintenant. »

Je pris la petite boîte sur la table. *Qu'est-ce que vous en savez ?* voulais-je leur crier. *Tous les deux, vous ne vous êtes pas vraiment mariés par amour.* Dans mon for intérieur, je savais que les propos de ma mère contenaient une part de vérité, mais je n'avais pas le temps d'y réfléchir.

Douglas chargea un coursier d'apporter une enveloppe adressée au sergent Graves au commissariat. J'avais rédigé le mot à la main :

Cher sergent Graves,

Je voudrais que vous veniez chez moi aujourd'hui à deux heures afin de discuter d'une affaire des plus pressantes concernant ma sœur, Rose. J'ai la preuve que sa mort n'était pas un accident. Ni un suicide. Avant que je transmette cette information à la presse, j'espère que vous viendrez me voir en personne pour en parler.

Bien à vous,

Aki Ito

Le sergent avait pris mon mot au sérieux ; quelques minutes avant deux heures, je le vis arriver par la fenêtre. Il frappa à la porte d'un geste autoritaire. À la seconde où je le fis entrer, il alla vérifier s'il y avait quelqu'un dans la salle de bains et dans la chambre. Quand il fut certain que nous étions seuls, il s'assit à la table en face de moi. « Alors, de quoi s'agit-il ? » Son visage avait perdu toute la chaleur et la dignité qu'il avait affichées lors de nos précédentes rencontres.

Je lui montrai le journal de Rose. « C'est le journal intime de ma sœur. Je l'avais fabriqué pour elle au camp. Mais comme quelqu'un a arraché les dernières pages, je n'avais aucune idée de ce qu'elle avait écrit pendant les derniers jours de sa vie, jusqu'à ce que son ancienne colocataire me les fasse parvenir. » Je sortis plusieurs pages bidon que j'avais pliées dans une enveloppe de taille standard.

« Elle a écrit ce que vous lui avez fait, a tout dit du chantage que vous avez exercé sur elle après son avortement. Et elle a demandé de l'argent un peu partout, mais elle n'en a pas rassemblé assez.

— Que voulez-vous ? » Graves me foudroya d'un regard noir qui, en temps normal, m'aurait ébranlée. Mais pas ce jour-là.

« Un témoin s'est présenté. Il m'a raconté qu'il vous avait vu avec ma sœur à la station de métro Clark and Division, quelques minutes avant qu'elle ait été tuée. »

Le sergent se leva d'un mouvement si brusque que sa chaise faillit se renverser. « Je ne comprends pas ce que vous insinuez. »

Je marchais sur des œufs, j'en étais consciente. Je devais jouer de prudence, démontrer que je détenais des preuves suffisantes pour le menacer. « Vous avez menti au médecin légiste pour qu'il ne parle pas de l'avortement de ma sœur dans son rapport. Vous ne vouliez pas que quelqu'un sache ce qu'elle avait fait.

— C'est qui, ce témoin ? Quant à ces pages de journal, n'importe qui peut en fabriquer ! »

À l'évidence, Graves ne reconnaîtrait pas ses crimes. Je ne le supportais plus. « C'est vous qui avez poussé ma sœur sous ce métro ! » criai-je, assez fort pour que les voisins m'entendent.

Il secoua la tête en jurant tout bas, puis plus fort, comme s'il récitait une incantation. « Quelque chose ne va pas, avec vous ! Personne ne lui a dit de sauter sous ce métro… Je ne l'ai pas tuée… Elle s'est tuée toute seule ! »

Ses mots jaillirent avant que j'aie pu les organiser dans ma tête. Attendez… Rose s'était suicidée ? Parce qu'elle n'avait pas réussi à réunir l'argent réclamé ? Ou parce qu'elle n'avait pas voulu laisser le sergent s'en tirer avec son chantage ?

J'étais si abasourdie que je ne réagis pas tout de suite en le voyant s'emparer des fausses pages du journal de Rose.

Il les fourra sous sa veste d'uniforme. « De toute façon, personne ne vous croira, dit-il avant de se diriger vers la porte. Je considère la mort de votre sœur comme une affaire classée, Miss Ito. Ne venez plus m'embêter.

— Vous ne vous en sortirez pas comme ça ! » Je n'allais pas me dérober.

La main sur la poignée, il se tourna vers moi. « Je vais vous dire ce que j'ai dit à votre sœur. Si elle se faisait arrêter, il n'y aurait pas de Chicago pour le reste de la famille. J'aurais pu tous vous empêcher de venir. Mais je ne l'ai pas fait. »

Oh, quel humaniste ! songeai-je avec amertume.

« J'ai le pouvoir de rendre la vie très difficile à votre famille. Je suis certain que vous ne voudriez pas qu'il leur arrive quelque chose… surtout à votre père, qui a un petit problème avec l'alcool et le jeu ! »

Ses paroles me glacèrent. À l'évidence, le sergent avait tenu des fiches sur nous pendant tout ce temps.

Il sourit, comme sans doute il avait souri à Rose le jour où elle n'avait pas été en mesure de lui remettre l'argent du chantage. J'imaginais ma sœur sur le quai, en train d'écouter le policier menacer l'avenir et le bien-être de notre famille.

Elle ne le laisserait pas avoir gain de cause. Et elle avait mis fin au pouvoir qu'il avait sur elle en sautant sous ce métro.

Le sergent referma doucement la porte derrière lui. Encore toute tremblante, je m'approchai de la fenêtre. Dès que je l'aperçus s'éloigner dans la rue, je m'empressai d'aller ouvrir le placard. L'ami de Douglas, Skip, journaliste au *Chicago Daily Tribune*, se tenait accroupi entre nos manteaux. Contrairement à Douglas, c'était un homme corpulent avec de grosses bajoues et à la mise négligée. À l'instant où il se retrouva en pleine lumière, il se mit à écrire dans son carnet comme un fou. Ne voulant pas l'interrompre, je descendis chercher Douglas chez Harriet.

« Il a quitté l'immeuble, me dit ce dernier en sortant sur le palier. Vous avez tout noté ? Le sergent a-t-il reconnu avoir tué Rose ? »

Je ravalai mes larmes. « Non, ce n'était pas ce que je pensais », murmurai-je avant de remonter l'escalier à pas lents.

Douglas était juste derrière moi. « Qu'est-ce que vous dites ? »

Oh, Rose, tu n'avais pas à tout porter toute seule ! C'était pourtant ce qu'elle avait toujours fait, porter notre famille sur son dos. Pour ça, il existait même un mot japonais : *onbu*, un mot bref, doux et puissant. Ma mère m'avait raconté que c'était ce que sa propre mère, la grand-mère que je n'avais jamais connue, avait fait dans les rizières. Elle avait attaché son bébé sous son kimono avec une longue ceinture en tissu spéciale. En portant sa fille ainsi contre son dos nu, ma grand-mère sentait si elle respirait et allait bien.

Le journaliste était affalé dans un fauteuil.

« Alors ? » l'interrogea Douglas.

Skip sourit. On aurait dit un gros chien qui venait de chiper un os à la table de son maître. « Il a quasiment admis qu'il avait fait chanter Rose Ito. Et si les autres filles confirment avoir été la cible d'un chantage, on tient notre article !

— Mais, s'il a tué Rose… »

Le reporter secoua la tête. « Ça n'aurait eu aucun sens… Pourquoi aurait-il voulu se débarrasser d'une source potentielle de revenus supplémentaires ? »

Malgré moi, je dus tomber d'accord avec lui. « Oui, je crois que Rose s'est suicidée… » Le dire m'était douloureux. « Et c'est pour nous qu'elle l'a fait. »

27

Le journaliste travailla rapidement. À la fin de la semaine, un article de Skip Cooper, intitulé LE CHANTAGE DE LA POLICE DÉCOUVERT, parut à la une du *Chicago Daily Tribune*. Trois femmes qui avaient préféré rester anonymes désignaient le sergent Graves, tout comme une femme au foyer entre deux âges qui faisait une déclaration officielle. Rose n'étant plus là pour témoigner, son nom n'apparaissait nulle part.

Je téléphonai à Skip pour lui exprimer ma satisfaction.

« Sans l'entretien avec la secrétaire et les autres filles, je n'aurais jamais pu écrire cet article », me dit-il. Et pour ça, je devais remercier Nancy Kowalski. C'était elle qui avait convaincu la secrétaire de parler à Skip, auquel cette dernière avait indiqué les personnes que le sergent avait fait chanter, et menacées de les envoyer en prison pour s'être livrées à un acte illégal.

« Le procureur va accuser Graves de corruption, enchaîna Skip. Et il fera tomber avec lui d'autres policiers du commissariat. » Apprendre que Trionfo faisait partie du lot ne me surprit pas.

On se dit au revoir. Je ne voulais pas être en retard au rendez-vous que j'avais ce matin-là à la WRA.

La même longue file d'attente s'étirait jusque dans la rue. De plus en plus de Nippo-Américains arrivaient à Chicago ; on parlait de plusieurs milliers. Où cet organisme placerait-il ces nouveaux arrivants ? Des conflits avaient éclaté entre des employés *nisei* et des syndicats depuis longtemps établis. Étions-nous venus ici pour être sous-payés et prendre les emplois des Américains ? Le problème était que la plupart d'entre nous étions nés en Amérique.

Au lieu de faire la queue, je passai la tête dans l'embrasure de la porte et fis signe à Harriet, qui distribuait une liste d'offres d'emplois. Elle m'invita à entrer et, cette fois, contrairement à la première, je n'hésitai pas à passer devant tout le monde. J'avais un rendez-vous.

« Aki, je vous présente Mrs. Sappenfield, la représentante du programme national de réinstallation des étudiants nippo-américains.

— Bonjour ! » Mrs. Sappenfield me serra chaleureusement la main. Voir qu'elle n'avait ni rouge à lèvres ni aucun maquillage me mit plus à l'aise. Comme si cette femme jugeait inutile de chercher à m'impressionner. « Vous pouvez m'appeler Linda. » Naturellement, je ne l'appellerais pas par son prénom.

Elle me montra des brochures sur diverses formations d'infirmière. Mon pouls s'accéléra. J'appris que plusieurs hôpitaux acceptaient de former des femmes *nisei* et que, grâce à l'US Cadet Nurse Corps, je serais dispensée des frais de scolarité.

Mrs. Sappenfield me donna un formulaire à remplir. « Je crois savoir que vous avez suivi une formation d'aide-soignante au Manzanar Hospital. »

Je confirmai d'un signe de tête.

« Nous avons placé un certain nombre d'entre vous dans des écoles à travers tout le pays. »

Une onde de chaleur se répandit dans ma poitrine. Était-ce l'effet que faisait l'espoir ?

Le cœur battant, je promis de lui rapporter le formulaire dûment rempli. Était-il vraiment possible que ce soit ma nouvelle vie ? En sortant dans la rue, je sentis de plein fouet le vent d'automne qui faisait tourbillonner des détritus et des feuilles mortes. Je pensai à mon amie Hisako Hamamoto à Manzanar, la première à m'avoir dit que je ferais une bonne infirmière.

« C'est pour bientôt, Hisako », murmurai-je en souhaitant pouvoir le lui dire un jour de vive voix.

Avant de rentrer, je m'arrêtai au Mark Twain Hotel, comme j'en avais pris l'habitude chaque fois que je passais dans le quartier. Le même employé *hakujin* au nez en trompette officiait à l'accueil. Georgina, des bigoudis sur la tête, lisait un magazine dans un fauteuil vert au fond du hall.

« Oh, délicieuse Aki ! qu'est-ce qui vous amène ?

— Vous avez vu Keizo ?

— Qui ?

— Keizo, vous savez, le *nisei* qui travaille à la réception. »

Georgina se mordilla la lèvre. « Maintenant que j'y pense, je ne l'ai pas vu depuis plusieurs semaines.

— Il a agressé des filles, des femmes… dont ma sœur. »

Elle posa son magazine sur ses genoux. « On va ouvrir l'œil. Et on veillera à ce qu'il n'ait plus sa place à Clark et Division. »

Quand j'arrivai chez moi, mes parents étaient prêts à aller dire au revoir à Roy. Je rangeai les brochures dans mon tiroir et pris la lettre que j'avais écrite à Art. Je ne savais pas très bien ce qu'il adviendrait de nous, mais je lui avais tout raconté à propos de Rose. J'avais même expliqué que sa première visite chez moi avait reposé sur un mensonge ; je n'étais pas malade, je me remettais du coquard que je m'étais pris à l'Aloha. J'imaginai Art en treillis boueux lisant ma longue lettre dans le Mississippi. La véritable Aki Ito aurait-elle encore une place dans son cœur ?

« Ne sois pas *guzu-guzu*, Aki ! me réprimanda ma mère. On ne voudrait pas louper Roy. »

On s'autorisa une folie en prenant un taxi. Qui sait quand nous reverrions Roy ? Lorsqu'on arriva à Union Station, cette même gare où il était venu nous chercher en ce triste jour de mai, plusieurs de ses amis *nisei* l'entouraient déjà pour lui faire leurs adieux. Désormais, Ike et Kathryn étaient officiellement en couple, laissant Chiyo sur la touche. Celle-ci avait quitté l'appartement de Clark Street. Et, comme elle l'avait prévu, depuis que ses parents étaient arrivés de Heart Mountain, dans le Wyoming, elle ne pouvait plus venir à autant de soirées ou rassemblements de *nisei*. Elle s'était davantage investie dans le nouveau temple bouddhiste, où il était question que s'ouvre une antenne de la Young Buddhist Association.

« J'aime bien que tu aies laissé repousser tes sourcils, lui dis-je sur le quai.

— C'est vrai ? Je les trouve ridicules ! Mais ma mère m'a fait remarquer que, avec mes sourcils épilés, j'avais l'air d'une call-girl. »

La tignasse de Roy, en revanche, avait disparu : à l'armée, la boule à zéro était obligatoire. Le plus jeune des frères Bello s'était chargé de lui couper les cheveux, et c'était ma mère qui avait balayé ses belles boucles avant de les mettre à la poubelle.

« J'espère que tu n'es pas comme Samson et que tu n'as pas perdu tous tes pouvoirs ! » dit Ike.

Il avait lancé cette remarque au-dessus de la tête de ma mère, qui s'inclina devant lui, éblouie à l'idée qu'il allait devenir médecin.

En réalité, cette coupe lui allait bien. Roy était devenu une version différente de lui-même, un Roy qui avait laissé pour de bon derrière lui l'époque du marché et de Manzanar.

« J'ai l'impression qu'on passe notre temps à dire au revoir, lui dis-je.

— On se reverra…

— Mais probablement pas ici.

— Non, pas à Chicago, en Californie. » À la seconde où il évoqua notre région d'origine, une sensation de chaleur m'envahit. Pourrions-nous un jour retourner chez nous ?

« L'hiver arrive, Aki, reprit Roy en empoignant son sac de marin. Je doute que tu puisses survivre à un hiver à Chicago ! »

Je repensai à l'histoire de ses orteils, à sa hantise qu'ils aient pu geler pendant la vague de froid survenue en début d'année.

« Mais oui, j'y survivrai ! » De ça, au moins, j'étais sûre et certaine.

Remerciements

Avant tout, je suis redevable à Erik Matsunaga et à Bob Kumaki, qui m'ont guidée dans l'Amérique japonaise de Chicago, aussi bien du passé que du présent. Erik, comme moi, est un historien de la société passionné par les cartes et la géographie. Allez voir son travail sur Chicago sur le site Discover Nikkei. C'est également lui qui m'a présenté Catherine Grandgeorge à la bibliothèque Newberry de Chicago ; merci de m'avoir indiqué les documents décrivant ce qu'était le travail à la bibliothèque dans les années 1940.

Bob et son épouse, Mary Collins, m'ont gentiment accueillie chez eux et fait découvrir quels étaient les points de référence de la vie nippo-américaine à Chicago : le collecteur de fonds et la fête du temple bouddhiste de Chicago, le cimetière de Montrose, ainsi que divers quartiers, notamment Uptown, où se trouve l'Aragon.

Mon éditrice à Soho Crime, Juliet Grames, m'a poussée à rendre la voix d'Aki Ito aussi réaliste et présente que possible. Pour être honnête, ça n'a pas été facile, mais je suis très heureuse de l'avoir fait pour rendre hommage aux Nippo-Américains qui se sont battus pour se construire une vie après avoir été libérés des centres de détention américains où ils avaient été enfermés pendant la guerre. Merci à l'éditrice de Soho Press, Bronwen Hruska, et à toutes les personnes travaillant sous sa direction, en particulier celles à qui j'ai eu affaire directement – Amara Hoshijo, Rachel Kowal et Steven Tran.

La réalisatrice Janice D. Tanaka a généreusement partagé avec moi ses recherches, entre autres, des photos et des articles de journaux. Ces derniers et des histoires anecdotiques m'ont aidée à donner vie aux personnages de *Ma sœur est morte à Chicago*, qui représentent des personnes réelles demeurées dans l'anonymat après toutes ces années.

Par leur savoir et leurs remarques, Janet Savage, Amisa Chiu, Jane Yamashita et Eilenn Hiraike ont contribué au processus de réécriture. D'autres m'ont fourni certains détails concrets : Gwenn Jensen ; Clement Hanami et Jamie Henricks, tous deux du Japanese American National Museum ; Karen Kanemoto, de la Japanese Mutual Aid Society de Chicago ; Tim Asamen ; Michael Masatsugu ; et Duncan Williams. Que seraient les études nippo-américaines sans Arthur A. Hansen et Brian Niiya ? Merci à eux deux pour leur lecture attentive.

Grâce à la City of Pasadena Individual Arts Grant, j'ai pu m'atteler au commencement de ce livre, et aussi engager des discussions à la Pasadena Central Library et à La Pintoresca Branch Library. Je tiens à exprimer ma reconnaissance aux bibliothécaires Christine Reeder et Melvin Racelis, ainsi qu'à leurs collègues Sharon Yamato et Lynell George.

La Los Angeles Public Library est restée une source essentielle de matériaux, et m'a même procuré des volumes des archives de Chicago publiés dans les années 1930 et 1940. Les Hill Avenue Writers, nommément Kristen Kittscher, Kim Fay et Désirée Zamorano, m'ont aidée à rédiger en partie le premier jet par leur seule présence inspirante. Merci à la Hill Avenue Branch de la Pasadena Public Library de m'avoir attribué un espace pour nos réunions. Des partenaires précieux ont facilité le processus de réécriture : Sarah Chen, San Gabriel Valley Women Writers et plusieurs membres de Crime Writers of Color. Puisque j'ai fait preuve d'une extrême négligence en omettant de créditer Kathryn Matsumoto dans mon dernier roman mettant en scène Mas Arai, *Hiroshima Boy*, je tiens à la mentionner ici. Mea culpa pour cet oubli.

Mon agente, Susan Cohen, a soutenu ce projet avec détermination en me faisant comprendre qu'une histoire comme celle d'Aki méritait une place sur les rayonnages d'une bibliothèque publique et dans les bibliothèques personnelles, que ce soit sous forme numérique ou papier.

Parce qu'ils me permettent de ne pas perdre le nord et de rester équilibrée, je remercie mon mari, Wes ; ma mère, Mayumi ; mon frère, James, et ma belle-sœur, Sara ; et mon neveu préféré, Rowan. Tulo sera toujours le meilleur compagnon canin de la pandémie de 2020.

Lectures et autres sources

À ceux qui voudraient lire des récits non fictionnels sur cette période de « réinstallation » à Chicago, je recommande expressément de consulter *REgenerations Oral History Project: Rebuilding Japanese American Families, Communities, and Civil Rights in the Resettlement Era* du Japanese National Museum, qu'ont dirigé Arthur A. Hansen et Darcie Iki. Les entretiens à Chicago ont été organisés et pour la plupart menés par Mary Doi, qui a effectué un travail splendide. Tout est accessible en ligne via Calisphere.

Les articles approfondis de Charles Kikuchi comprennent des entretiens avec soixante-quatre Nippo-Américains qui se sont établis à Chicago dans les années 1940, après être sortis des camps de détention de la Seconde Guerre mondiale. Ces articles font partie des Special Collections de l'UCLA et sont accessibles sur Online Archive of California.

Erik Matsunaga a cartographié les communautés nippo-américaines historiques de Chicago et documenté les histoires de figures notables dans des entretiens. Vous trouverez ces cartes et ces histoires en ligne à Discover Nikkei et @windycitynikkei sur Instagram.

Le Japanese American Service Committee de Chicago possède la meilleure collection de matériel historique concernant la réinstallation des familles. Leurs archives numériques proposent des photographies des années 1940 rendant compte de ce qu'était la vie des jeunes *nisei* dans la Windy City. Par ailleurs, le site Nikkei Chicago de Ryan Yokota offre une mine extraordinaire d'histoires de gens anonymes, les « Untold stories of Nikkei (Japanese Americans in Chicago) ». L'article d'Ellen D. Wu, « The Forgotten Story of Japanese American Zoot Suiters », s'est révélé particulièrement éclairant pour imaginer un personnage comme celui de Hammer Ishimine. Je recommande chaleureusement son livre *The Color of Success: Asian Americans and the Origins of the Model Minority*.

Le livre d'Alice Murata, *Japanese Americans in Chicago*, publié par Arcadia, propose un bon aperçu photographique. Elle a par ailleurs écrit de nombreux essais sur les *nisei* de Chicago.

The Great Unknown: Japanese American Sketches, de Greg Robinson, révèle des histoires peu connues, notamment sur les métis qui vivaient dans d'autres régions que sur la côte Ouest. Voir également son livre très novateur *After Camp: Portraits in Midcentury Japanese Americans Life and Politics*, qui analyse ce qu'ont vécu les Nippo-Américains après avoir été confinés pendant la guerre. En outre, je conseille *City Girls*, de Valerie Matsumoto, concernant les activités des femmes *nisei* avant et durant la Seconde Guerre mondiale.

Charlotte Brooks a elle aussi effectué des recherches approfondies sur les Nippo-Américains à Chicago. On peut lire son article « In the Twilight Zone between Black and White: Japanese American Resettlement and Community in Chicago, 1942-1945 » dans le numéro de mars 2000 du *Journal of American History*.

Densho reste la meilleure source numérique sur l'histoire des Nippo-Américains en général. Les entrées de l'encyclopédie « Hotels » (Brian Niya) et « Resettlement in Chicago » (Ellen Wu) contiennent des informations concises sur ces deux sujets.

Pour se faire une idée des opinions qui prévalaient parmi les différentes communautés de Chicago dans l'après-guerre, *Chicago Confidential* (1950) se révèle très éclairant. Malgré des remarques offensantes en plusieurs endroits, le point de vue cynique décalé donne un aperçu sans fard sur certains quartiers.

Pour se renseigner sur les soldats afro-américains pendant la Seconde Guerre mondiale, je recommande *The Invisible Soldier: The Experience of the Black Soldier, World War II*, compilé et édité par Mary Penick Motley. *Bridges of Memory: Chicago's First Wave of Black Migration* renferme des récits oraux édifiants sur les Afro-Américains arrivant à Chicago.

Sur l'histoire de l'avortement aux États-Unis, il faut absolument lire *When Abortion Was a Crime: Women, Medicine, and Law in the United States, 1867-1973* de Leslie J. Reagan. Ce livre évoque des arrestations à Chicago dans les années 1940.

Je suis tombée amoureuse de la région de Los Angeles que l'on appelle Tropico depuis que j'ai entendu ce nom prononcé par un *nisei* dans un entretien. C'est par là que réside ma chère amie Heather Linquist, et les balades qu'elle adore faire autour du fleuve Los Angeles, notamment en période de pandémie, m'ont aidée à imaginer l'attirance que ressent Aki pour cet endroit. Notre amitié s'est forgée au cours du travail qui a été exposé au Manzanar National Historic Site et de la coécriture du livre *Life after Manzanar*, lequel comprend certains éléments sur Chicago. Une autre amie, Donna Graves, a écrit sur la présence des premiers immigrants japonais à Tropico. Citons d'autres sources d'information : *Making the San Fernando Valley: Rural Landscapes, Urban Development, and White Privilege*, de Laura R. Barradough ; *The San Fernando Valley: America's Suburb, Los Angeles*, de Kevin Roderick ; et deux livres publiés par Arcadia, *Early Glendale* et *Atwater Village*.

Autre publication d'Arcadia, *Chicago's Polish Downtown*, écrit par Victoria Granacki en collaboration avec le Polish Museum of America, offre une vue d'ensemble de la communauté polonaise, tandis que *Polish-American Politics in Chicago*, d'Edward R. Kantowicz, présente une analyse plus fouillée.

À ceux qui voudraient plonger dans les archives concernant la police de Chicago, je peux indiquer *The Police and Minority Groups*, édité par le Chicago Police Department en 1946 ; *Chicago Police Problems*, édité par le Citizens' Police Committee of Chicago, publié par la University Chicago Press en 1931 ; et *Criminal Justice in America/The Kohn Report: Crime and Politics in Chicago*, édité par Aaron Kohn.

Enfin, les journaux des années 1940, et pas seulement les plus importants, regorgent de détails intéressants. Les dix quotidiens publiés dans les camps nippo-américains sont accessibles via le site Densho et certaines bibliothèques. Les archives des anciens numéros du *Pacific Citizen* sont consultables sur ce même site.

MIXTE
Papier issu de
sources responsables
FSC® C003309

L'éditeur de cet ouvrage s'engage dans une démarche
de certification FSC® qui contribue à la préservation
des forêts pour les générations futures.

Pour en savoir plus :
www.editis.com/engagement-rse/

10/18 – 92 avenue de France, 75013 PARIS

Imprimé en France par CPI

N° d'impression : 170267